ピエール・ロチ
市川裕見子 訳

日本秋景

ピエール・ロチの
日本印象記

JAPONERIES D'AUTOMNE

中央公論新社

目次

第一章　京都　聖なる都　7
第二章　江戸の舞踏会　59
第三章　二人の老人がつくる驚きの料理　83
第四章　皇后の装束　89
第五章　三つの田舎の言い伝え　113
第六章　日光の聖なる山　117
第七章　サムライたちの墓にて　189
第八章　江　戸　197
第九章　「春」皇后　225

訳者あとがき　261
註　281
索引　300

凡例

一、訳註は、短いもの、必須と思われるものについては、〔 〕を用いて本文内に挿入し、その他については アラビア数字をふって巻末にまとめた。
一、原註は、「†」を付したアラビア数字で示し、章末に置いた。
一、カタカナのルビは、原文中で音写されている日本語、あるいはフランス語の日本語読みである。
一、〈 〉、《 》は原文でイタリック等の強調が行われていることを示す。

日本秋景

ピエール・ロチの日本印象記

第一章　京都　聖なる都

エドモン・ゴンクール[1]に

近年にいたるまで、京都《キョート》はヨーロッパの人間にとって、近寄ることのできない神秘的な存在だった。それが今では鉄道で行けてしまう[2]。ということはそれだけ俗化し、ありがた味が薄れてもうおしまいだ、ということかもしれない。

神戸《コーベ》から快速の列車で向かえばいいのだが、その神戸は「内海〔瀬戸内海〕」の玄関口にあたる大きな港湾都市で、世界中のどの船舶もこの港に立ち寄ることができる。

神戸からの出発

I

夜が明ける少し前に、船から出発。というのも私の乗ってきたフリゲート艦[3]は、陸地からかなり離れたところに投錨《とうびょう》していたからである。停泊していた場所では空は澄んで冷たく、星がまだ残っていた。向かい風がひどく、艀船《はしけぶね》はなかなか進まずに海水をどっさり浴びた。

この時間の神戸港はまだ薄暗く、ひと気もなくて、思わぬ拾い物はないかとうろつく浮浪者がいるばかりである。鉄道まで行くには、居酒屋や飲み屋の立ち並ぶ国籍不明の一角を通ってゆかねばならない。日は出たばかりで、爽やかに冴えている。安酒場は店を開けていた。奥の方にランプが輝くのが見える。『ラ・マルセイエーズ』〔フランス国歌〕に『ゴッド・セイヴ』〔イギリス国歌〕、アメリカ国歌を唄う歌声が聞こえてくる。「外出許可がおりた」水夫は皆そこにいて、船に戻ろうと目を覚ましているのだ。道の途中で、私の船の連中とすれ違った。彼らは夜も果てたので、〈人力車《ジン・リキ・シャ》〉（†1）に旦那然と座って、帰ってゆくところだった。薄闇の中で私と気がついたのかどうか、通りすがりに帽子をとってお辞儀をしてゆく。

歓楽街の尽きたところに、鉄道駅がある。朝日が昇ってきた。日本のものはなんでもそうであ

人力車に乗ったロチ。本書『日本秋景』は、初来日した1885年時の、
9月から11月にかけての本州旅行をもとにしているが、
写真は1900–01年の二度目の日本滞在時のもの。

るが、おかしいくらいの小さな鉄道で[4]、とても本物とは見えず、冗談かなにかかと思わせるが、それでもちゃんとそこにあり、出発し、進行する。

切符売り場では、私の通行許可証がためつすがめつされた。奇妙なこまかい走り書きがいっぱいの、〈古紙《ふるがみ》〉かと思うようなものだったが、それでも正規の許可証だというわけで、切符が手渡された。人はほとんどいない。いても三等の乗客だったので、私の車両に乗ったのは私一人きりだった。

汽車はホイッスルに鐘、蒸気といったおなじみの音を立てて動き出したが、これは日本もフランスと変わらない。こうして、旅路についたのである。

II

秋晴れの中、朝日を浴びる、みずみずしい肥沃な田園地帯。すべて耕作し尽くされていながら、なお緑の色が濃い。とうもろこし畑、稲田、芋畑。芋の葉はわが国の街の公園などで見かける、観賞用の大きな葉に似ている。これらの田畑ではたくさんの人が働いている。平野がどこまでも続いており、ただ、樹木に覆われた高い山々の連なりにずっと沿ってゆく。半目を閉じて見れば、ヨーロッパかとも思える。たとえるなら地平線にアルプス連山の見える、ドーフィネ地方だろうか。

草地の緑の中に、赤い花がおびただしく群生しているが、湿原に生えるユリ科植物の一種〔ヒガンバナであろう〕で、ほっそりした縮れた花びらは、ダチョウの羽飾りのようだ。稲田の四方をぐるりと囲っている小さな溝はどこもこの花でいっぱいで、いたるところ優美な羽根の縁飾りをなしている。

奇妙な名前の小さな停車場などがある。鉄道の建物、鉄パイプだの機械だののすぐそばに、古い寺社が思いがけず姿を現して驚かされる。反りかえった屋根をして、神聖な樹木や石造りの柱門、怪獣の像などがある。

この日本はちぐはぐで雑多で、とても本当とは思えないほどで、十五世紀も二十世紀もの間ずっと動かずにいたのに、突然近代の諸物に心酔して、目まいを起こしているのである。

道中で最初の大都市は大阪《オーサカ》で、列車はそこで停車した。商業都市で寺社はほとんどなく、何本もの小さな通りが垂直に交わり、ヴェネチアのような運河と銅製品や磁器を扱う雑貨店があって、人出はアリの巣さながらの活況を呈している。

大阪から京都までは同じ緑の田園地帯で、同じ肥沃な耕作地、同じ樹木に覆われた山並みが続く。単調で、眠くなってきた。

終点の手前の停車場で、私の車室《コンパートメント》に一人の立派な上流婦人が、優雅なお辞儀をして入ってきた。人物図屏風から抜け出して来たかのようである。歯は黒塗り〔お歯黒〕をし、眉毛は念入りに剃ってある。茶色の絹の衣装にはツル[5]が金糸銀糸で織り出されており、まばらな髪に大きな鼈甲《べっこう》の留め針〔簪（かんざし）〕を挿している。日本語で愛想のよい言葉を交わし合うと、私は寝てしまった。

III

「京都ですよ！」とくだんの老婦人がにこやかに笑いながら、私の膝を叩いて起こしてくれた。

「〈オーキニ・アリガト、オカミ - サン！〉（マダム、ありがとうございます！）」と私は言って、地面に飛び降りる。まだ寝ぼけまなこだ。

さてそこで、〈人力さん《ジン・リキ・サン》〉（†2）の一群に襲われる。汽車から降りた人だかりの中で、ただ一人ヨーロッパ風の服を着ていたために、全員の標的となったのである（艦船《ふね》ではわれわれは、彼らをただ〈ジン〉と呼んでいた。その方が簡単だし、いつも悪魔の手下みたいに迅速に動く、この速足《はやあし》たちにはぴったりの呼び名だから）。

誰が私を乗せるかで、彼らは押し合いへし合いしていた。やれやれ、私にとっては誰であろうと同じことだ。どの車がいいというわけでもないから、一番最初の車に飛び乗った。ところがなんと五人もの人間が駆け寄ってきて、前から横から後ろから取りつこうとする……いや！　そりゃ多すぎる。二人もいれば十分だ。ほかの者たちを追っ払うのに怒ったふりまでして、長いこと言い合いをしなければならなかった。やっとわかってもらえた。〈ジン〉の一人が梶棒の間に入り、もう一人は長い白帯で柄《え》につながれて、さてわれわれは疾風《はやて》のように飛び出した。

なんと大きな街なんだろう、この京都は。大庭園や殿堂、仏塔などで成りたち、ほとんどパリと同じ面積を占めている。まっ平らな土地に造られてはいるものの、高い山々に囲まれており、それはあたかもより神秘性を強めるためであるかのようだ。

迷路のような小道を走る、走る。まわりは黒ずんだ低い木造の小家屋である。さびれた街といった趣きだ。これぞまさに本物の日本で、どこを取っても似つかわしくないものは一つもない。お目汚しなのは私ばかりだ。私を見ると人が振り返ってゆく。

「はっ！　はっ！　ほっ！　ふっ！」。〈ジン〉たちが獣のような声をあげて景気をつけ、通行人たちをどかしている。ひどく軽いほんとに小さな車で、走っている人間、それも全速力で走って

也阿弥ホテル

いる人間に引かれてこんな風に動きまわるのは、相当に危険である。石に乗れば跳ねあがり、急旋回すれば車体が傾き、また人だの物だのを引っかけたり倒したりする。とある非常に広い並木通りでは、流れの速い川があり、両側が切り立った土手になっているのだが、その川べりすれすれに、猛烈な勢いで走ってゆく。今にも川に落っこちるのではないかとひやひやした。

三〇分ほども気違いじみた疾走を続けたあげくに、ヤアミ〔也阿弥〕ホテルにたどり着いた。その住所を〈ジンン〉たちに知らせておいたのだ。新築したばかりの、見たところ本物のホテルのようで、西洋からわざわざ訪れる旅行者を泊めるため、ある日本人がイギリス流にのっとって建てたものだそうだ。[7]なにか食べるものにありつこうと思えば、そこへ行くべきである。日本料理はせいぜいがお愉しみ程度にしかならないからだ。

そのホテルは街を囲む山の、五〇メートルほどの高さのところに、庭園や木立に囲まれ魅力的なしつらえで建っていた。とてもしゃれた階段を登り、小石や花々で縁どりされた砂の坂道を上がってホテルまで行くのだが、それら全てがあまりにきれいで整っており、飾り壺に描かれた景色さながらで、それでいて非常にのどかで、ほんとうにすがすがしい。

　ホテルの主人は青い長衣〔藍染の着物〕をまとい、外階段のところで何度も何度もお辞儀をしながら迎えてくれた。内装も新品の出来立てで、風通しがよく、行き届いて優美だった。壁や天井は白く、軽やかなつくりで完璧な仕上がりだった。部屋に入ると行水《ぎょうずい》用に、たっぷりのきれいな水を持ってきてくれた。だがその行水は人前でおおっぴらにやるのである。扉は開けっぱなしで、主人もボーイたちも女中まで入ってきて私を手伝い、私を見ようとする。おまけに、窓は隣家の庭の方を向いていて、その庭では二人のニッポン人のご婦人がちっちゃな小道を散歩していて、自分たちも見物しようと立ち止まっているのだった。

　最初に出された軽い食事はまったくのイギリス風で、紅茶とバター付きトーストがついていた。それから私は雇っていた二人の〈ジン〉を呼び出した。一人あたりの日当が〈七五銭《スー》〉〔スー（sou）はフランスの旧い貨幣単位〕で、これだけの値段で彼らは私の思うがままに朝から晩まで走り、自分たちばかりかこの私まで引っ張りながら、息も切らさず、あえぐこともしないのである。

　大急ぎで見物をし、多くの経験をした京都の日々の中で、思い出に残っているのはこの〈ジン〉での走行である。馬を速足で駆るようなものすごいスピードで連れ去られ、轍《わだち》から轍へと跳《は》ね、人の群れにぶつかり、崩れかけた小橋を越え、さびれた一帯を渡りながら、自分が一人きりで旅をしていることを実感していた。階段を登ったり降りたりさえした。その時には一段ごとにドスン、ドスン、ドスンと座席の上で激しく跳ねて、まるでポーム球戯[8]でもしているかのようだった。ついに夜には茫然自失の体《てい》となり、目の前にチラチラと次々にいろんな物が現れて、ちょうど万華鏡をあまりに速く動かしすぎて、その変化に目がおかしくなった時のようだった。

この京都はなんと不揃いで、さまざまに姿を変える不思議なところだろう！　通りはまだ賑やかで、〈ジン〉や通行人、物売り、ごちゃごちゃした張り紙、風にはためくとっぴな幟《のぼり》で溢れている。ある時は喧騒の真っただ中を走っていくかと思えば、またある時は打ち捨てられた物々の静寂の中、滅び去った大いなる過去の残骸に取り囲まれる。織物や磁器などの絢爛《けんらん》たる陳列品の中にいるかと思えば、大寺院の近くまで来ると、仏像を売る者ばかりで、想像もしなかったような像であふれる店を開いている。はたまた、突然竹林のもとに入って驚かされる。ものすごい高さの細い竹の幹がひしめき合っていて、まるで自分が微細な虫になって、六月のフランスの畑で、細い麦穂の下を動き回っているような気にさせられるのである。

そしてこの京都という古《いにしえ》の天皇たちの都は、なんと途方もない宗教の堆積場所、なんと巨大な霊場であることか！　三千もの寺社仏閣があって、そこにはありとあらゆる男神、女神、神獣に捧げられた、はかりしれない財宝が眠っている。がらんどうの静まりかえった殿堂を、靴を脱いで、次から次へと部屋を渡ってゆく。部屋は全体が金で塗られ、見たこともない妙なる珍しい装飾がほどこされている。樹齢百年を超えた神木の並木道の両脇は、花崗岩や大理石、青銅でできた怪獣の一群で固められている。

IV

高い所から京都を一望しようと、明るい日の射す朝九時に、私はかつてモールバラ夫人[9]がそうしたように、ある塔に登ってみた――それはヤサカ〔八坂〕の塔である――。この塔は、中国人が香を焚くあの青銅製の象の背中に見かけるような、段々のある仏塔である。下の一階にあたる部分は、寺院のしつらえがしてある。大きな金塗りの仏像などは古びて埃《ほこり》をかぶっており、また角灯や、ハスの束を挿した聖瓶もある。

二人のおばあさんが番をしていて、一銭《スー》の入場料を求める。一スーといっても、もちろんニッポンの、菊と怪獣〔龍〕をあしらった硬貨〔一銭貨〕のことである。それから愛想のよい素振りで、「お上がりください」という。「付き添いはしませんよ。心配してませんから。この穴から入ってね」。

そこで私は、ひとりで行けるのが嬉しくて、登り始める。垂直な梯子がいくつも連《つら》なっているのだが、竹の手すりは長い間に、人の手によってツルツルになっている。塔は木造だが、これは日本の建物はすべてそうなのである。時代がかった梁《はり》は文字通り下から上まで、中国のインク〔墨〕で書かれた落書きで埋めつくされている。訪れた者たちの感想が書かれているに違いないが、私には読むことができない。残念だ。きっと貴重なものもあるだろうに！

上階には、隅の方に〈厨子《ずし》〉が置かれていた。私はそれを開けて、中に納められた仏像を見てみた。老いさらばえた、といった体《てい》で蓮の台座に倒れ込みそうになっていたが、埃をかぶりながらも神秘的な笑みを浮かべていた。

この高みにある陳列室からは、まるで空を飛んでいるかのように、まっ平らな土地にアリのように人がひしめき合っている広大な街が一望できる。四方を囲む高い山々は、松や竹の林になっており、見事な緑の色合いをかもし出している。一見すると、ほとんどヨーロッパの街のようだ。暗灰色の瓦をのせた何千もの小さな屋根は、フランスの北部地方のスレート葺《ぶ》きの屋根さながらだ。この暗ぼったいものが層をなす中を、まっすぐな道路が縦横に走り、それが明るい線を描いている。思わず教会や鐘楼を探してしまう。いやしかし、そんなものは見当たらない。それどころか、堂々たる高い屋根、あまりに大きく奇妙に反りかえった屋根屋根が、見なれない変わったアクセントをなしている。それらは低い小家が並ぶ中にそびえる、殿堂や仏塔である。この古い宗教の中心都市から、私のところまで、いかなる音ものぼってこない。これほど高いところにいると、京都はまるで死に絶えたかのようである。美しい静かな日の光が街を照らし、その上にまるでヴェールのように、秋の朝の薄もやがかかっているのが見える。

V

清水寺《キヨ・ミズ》、――それはもっとも美しく、もっとも崇拝されている寺のひとつである――この寺もご多聞に洩れず少し山に入った、美しい緑の木立の中に立っている。――そこまで上がっていく道は、あまりひと気がない――。沿道はことに陶磁器商で占められていて、そのおびただしい陳列品が釉《うわぐすり》や金泥できらきらと輝いている。店には人が居らず、外で見張っている者もいない。――こうした通りが賑わうのは、決められた参詣日や祭りの時だけで、今日はまるで、もう参観者の来なくなった展覧会場のようだ。

ずっと登りの坂道をあがって近づいていくと、陶磁器屋より次第に神器仏具店の方が多くなり、陳列品もいよいよ変わったものになってくる。何千という神仏像や怪獣の像、不気味な、邪悪な、嘲笑的な、はたまたグロテスクなものが並んでいるが、ひどく大きな古い像もあり、これは打ち壊された古寺からの出物で、たいへんな高値がついている。またとりわけ土や漆喰《しっくい》でできたものが数多くあって、石畳の通りにまではみ出しているのだが、一銭《スー》もしない値段でほんとに面白おかしく、これは幼児用の玩具である。いったいどこまでが拝む像で、どこからがおもちゃなのか？　日本人にだって、わかっているのだろうか？

坂がいよいよきつくなってきたので、私はもう降りて歩いて行くことにした。もっとも〈ジン〉たちはそんなことはしなくてよい、この道は全部車で登っていけると言い張っていた。ついに堂々とした、花崗岩で出来た本物の石段があらわれ、その上方に桁外《けたはず》れに大きな、寺院の最初の柱門〔仁王門〕がそびえ立っていた。

まずは高台にある大きな中庭に入る。そこからは聖都が一望できる。樹齢数百年の木々が枝を広げており、その下に墓だの怪物だの、宗教小物の売店や花を飾った茶店などがごちゃごちゃと並んでいる。神仏の像がぎっしり詰まった、付属の小さなお堂がぱらぱらと点在していた。そしてその奥に、二つの大きな寺院が姿を見せており、その巨大な屋根組は圧巻だった。

一つの霊験あらたかな泉〔音羽の滝〕があって、はるばる遠くから人々が飲みに来るのだが、その水は山から冷たく清らかなままここまでたどり着き、青銅製の幻獣《キマイラ》の口から水盤に吐き出されていて、その幻獣はといえば、羽毛を逆立て鉤爪《かぎづめ》を立てて猛り、とぐろを巻いて今にも飛びかからんばかりである。

この奥の二つの大寺院は、足を踏み入れたとたんに、宗教的畏怖に近い気持ちに襲われる。神仏が奥の方に姿を見せており、それが暗がりなだけに、いっそう深みが増すのである。一連の柵があって、神仏の居るところには踏み込めないようになっており、そこでは灯されたランプがおぼめいた光を放っている。神仏は段になった棚や椅子の上、金の玉座に腰をおろしている。仏陀《ブッダ》、阿弥陀《アミダ》、観音《カンノン》、弁天《ベンテン》に、ごたまぜの神器や仏具から、神道《シントーイズム》の真理を顕す鏡まである。こうしてみると、日本の神々の系譜は恐るべき混乱をきたしているように思われる。これらの前には見たこともないようなお宝が山をなしている。時代がかった形のとてつもなく大きな香炉、目もあやな大燭台、金銀のハスが束となって伸びている聖瓶などである。寺院の曲面天井からはおびただしい刺繡をほどこした旗〔幡（ばん）〕や角灯、巨大な銅や青銅製の飾り燭台が触れ合わんばかりにぎっしりと、ただただ雑然と吊り下げられている。もっとも時がたっているために、全てがやや灰色を帯びていて、そのおかげで全体に絵筆をひと刷毛《はけ》かけて、色合いを整え和らげたかのような色調になっている。どっしりとした柱には青銅の台座がついているが、人の高さまでは柱がすり減っている。何代にもわたる今はもういない人々が、お参りに訪れては手で触れたためである。その全体が、過ぎ去った時代の遠い昔の精神を今に放っている。

　男の一団と女の一団とが、履き物を脱いで神仏像の前に列をなしているが、気楽で気軽な様子だった。もっともお祈りはとなえており、「霊」を呼び出すべく両手を打ち鳴らしている。そのあとは天幕を張った茶を出す店に行って腰をおろし、煙草《たばこ》を吸ったり笑ったりしている。

　もう一つの寺院も先のと似通っている。同じように貴重な品々が山と積まれ、同じく老朽化していて薄暗い。ただ、より変わっていて特殊なのは、片持ち梁《はり》で造られていて、断崖の上に宙に浮いた状態になっていることである。何世紀にもわたって驚異的な吹き放ちの基礎杭が、寺院を空中に支えてきたのだった〔清水の舞台である〕。中に入った時にはどうとも思わなかったが、端までたどり着いて奥のヴェランダまで出て、身を乗りだして眼下の緑の谷底を覗きこんで、初めて驚いた。みずみずしくて爽やかな竹林が、上から見ると短縮遠近画法[11]を使ったかのようにはるか遠くに見えるのである。そこにいると、まるでなにか巨人ばりの天空の住まいの、ヴェランダにでもいるかのようである。

吹き出す水とはじける笑い声という、非常に陽気な物音が下からのぼってくる。そこには五つの奇跡の泉があって、若妻たちが母親になれるという効験があらたかなので、女性たちが一団となって葉影に陣取り、その水を飲んでいるのである。

その木立は美しく独特で、日本の竹だけで成っていた。そのため上方から見ると、同じ揃った羽毛が広大に連なっているようで、同じ美しい緑色が濃淡をなして先へ行くほど明るい色を帯びている。全体があまりに軽やかなので、少しの風にもさざめき、揺れている。そして女性たちは、この緑陰の井戸の縁でニッポン人の小妖精といった格好で、色の取り合わせの変わった華やかな色調の筒型の衣をまとい、髪を高く結い上げて、それに簪《かんざし》だの花だのを挿している。

こうした目にも爽やかな光景は、思いもかけない安らぎを与えてくれた。たった今ランプの明かりで恐ろしい神仏ばかりを見てきて、相変わらず自分の背後のほの暗い陣内に、それらが列をなしているのを感じていたからである。

VI

也阿弥《ヤアミ》ホテルでは、食事はすっかり英国風に設《しつら》えられている。パン一つ一つがとても小さく、真っ赤なローストビーフに茹でたジャガイモが出てくる。

おまけに、目下《もっか》の泊り客はといえば四人のイギリス人観光客だけで、二人の立派な風采の白髪まじりの紳士《ジェントルマン》と、二人の熟年の未婚婦人だった。この二人の女性は身長が六フィート〔一メートル八〇センチ強〕あってものすごく醜く、白いモスリン地[12]のドレスは腰のまわり中に手におえないワイヤーが浮き出ていて、まるで帆布雨具でもまとっているかのようだ[13]。すでに日本のしとやかなメス猿たちに慣れた私の目には、この女性たちがなにか縁日の見世物のために服を着せられた、大きなオス猿のように見える。

　このホテルには、私にとってかなり魅惑的なひとときがある。それは昼餐後、たった一人で市街を一望できるヴェランダに腰をおろし、半睡の状態でタバコを吸っている時である。前景は庭園で、小迷路あり、敷きつめた小石に極小の湖あり、また背丈の小さな灌木もあって、葉の茂ったものもあれば、花だけついたものもあり、すべて陶磁器などに描かれる景色そのままである。こうした日本ならではのなよらかな風物の上方に、大遠景として街全体が何千という黒い屋根を連ね、殿堂や寺院があって、青みを帯びた山々に取り囲まれているのである。秋の軽い白い靄《もや》がつねに空中にかかって、心地よい日射しがその澄んだ光で全体を明るく照らしている。そして野は、虫たち[14]の奏でる絶えざる楽の音に満たされている。

　おや！　二人のお嬢《ミ》さん《ス》が部屋から抜け出て、庭園の小道ではしゃいでいる。赤ん坊のような子供っぽさと、オランウータンのような優雅さでね。あー、いや、この場所は耐えがたくなってきた。

「ヤアミ〔也阿弥〕さん、お願いです、はやく私の〈ジン〉をよこしてください。出かけます。タイコ―-サマ〔太閤様〕[15]の御殿にね！」

十回も二十回も、私たちは街を二分しているこの幅広い急流〔鴨川〕をまたがなければならない。（目下それはほとんど干上がっていて、大きな石ころだらけの川床が日射しを浴びて広がっている。）
しかし木橋の中でも今日渡ろうとしていた橋は、最近真っ二つに割れて崩落してしまっていた。そこで急ごしらえの梯子をつたって、川床まで降りていかなければならなかった。〈ジン〉たちは車を肩に担いで、私のあとをついてくる。おまけに立派なご婦人方を乗せてわれわれの後を走って来た、大勢の〈ジン〉たちがわれわれのやり方をまねたものだから、今や美女たちが浅瀬で裾をからげ、丈の高い木製の履物をはいたままよろめき歩き、叫んだり笑い声をあげたりの大騒ぎだった。

向こう岸には貧者が群がり、おそるべき困窮のさまを呈していた。[16]それは古着やぼろを売る行商の女たちが市をなしているのだった。道の両側の石畳の上に、汚れて破れて垂れた、とんでもないぼろ着が山と積まれ、中にはかって豪奢だったもので、いまでもまばゆいものもあった。古くなったふとんや肌掛け、足指のところで割れた靴下〔足袋〕、多彩な絹織の美しい婦人用の帯、ツルや蝶、花々を刺繍した絹地のきれいな着物。欧風の古い山高帽には、さぞやアヴァンチュールの詰まった物語があるにちがいないが、そんなものまでがこれら日本の屑の上にしおたれて売りに出されている。きっと掘り出し物もあるにちがいないが、探しまわるのも厭《いや》だ。はやく通り過ぎよう。どれも黄色人種のにおい、カビ臭さ、死臭がただよう。

この後は、くず鉄商となる。変わった道具がごたまぜにしてあり、灰色の埃《ほこり》の中には仏塔のランプや、仏像の首飾りまで埋もれていた。申し分ないご婦人方も、やはりまた車に戻り、私の後から走ってくる。私はまるで後宮の女たちを従えたといった格好で、このインドばりのお伴の行列は、全速力で厖大なガラクタの山を越えていく。

道幅が広くなって、一帯は様相を変えた。今度は樹木あり、広場ありの広い並木道である。さてそこには「太閤様《タイコー・サマ》」の御殿〔西本願寺〕の見事な暗色の高屋根が、緑なすその上に姿を見せていた。大きな城壁〔築地塀（ついじべい）〕がまわりを囲っている。古くて厳《いか》めしい、厳かな一つ目の柱門の前で、〈ジン〉たちは車を止めた。どっしりとした柱の土台は青銅でできている。まっすぐな上部帯状板《フリーズ》には不思議な彫刻飾りがほどこされている。屋根組はずっしりと重くとてつもなく大きい。

それから私は、ひと気のない広大な中庭に足を踏み入れる。樹齢数百年の木々が植わっており、その枝にはまるで老人の四肢に松葉づえをあてがうように、つっかい棒があてられている。御殿の広大な建物は、最初私には全体の設計プランのまったく判然としない、一種無秩序なものに見えた。いたるところ、これら重圧感のある堂々とした高い屋根の角が、中国風に反りかえり、黒い突起した装飾物をつけている。

誰も見当たらないので、行き当たりばったりに進んでゆく。

ここでは、近代日本と切り離せない笑顔がぴたりとやむ。私は理解しがたい過ぎた時代の静寂の中に、一つの文明の死せる壮麗さの中に、足を踏み入れたと感ずるのである。その建築も絵図も美意識も、私にはまったく見慣れない、新奇なものである。

番をしているお坊さんが私に気づき、ふかぶかとお辞儀をしながらこちらにやってきて、名前をたずね、通行許可証の提示を求めた。

たいへん結構です、というわけで、その人が自ら御殿そっくりを案内してくれることになった。ただしどうぞ靴を脱ぎ、帽子をお取りください、とのことだった。来観者用のビロードのサンダルまで持ってきてくれた。あ、いや、あなたと同じように履き物なしで歩く方がいいです、と言ってわれわれの静かな散策が始まった。広間につぐ広間がどこまでも続いていて、すべて金塗り[17]で、見たこともない、えもいわれぬ装飾がほどこされていた。

床はどこもかしこも例のお決まりの厚みのある白ゴザ〔畳のこと、以下は畳と訳す〕が敷かれていて、これは皇宮だろうが寺院だろうが、町人や貧乏人の家だろうが、同じように簡素で行き届いた、清潔なものを目にすることができる。家具はいっさいなく、そうしたものは日本では見かけないか、あってもわずかである。したがって御殿はすっかり空っぽである。驚くほど豪奢なのは、障壁と曲面天井である。貴重な金泥が隈なく塗られ、ビザンチンの様相を呈したその地《じ》の上に、日本のすぐれた時代の名匠たちが、こぞって比類のない絵を描いているのである。各々の部屋がそれぞれ違った、名のある絵師の手になっており、お坊さんがうやうやしげに絵師の名を挙げた。ある部屋にはなじみの花ばかりが描かれ、また別の部屋には空を飛ぶ鳥ばかり、そして今度は陸地の獣ばかり、といった具合である。また狩りや戦さも描かれており、武具に身を固め、恐ろしげな面をつけた戦士たちが馬を駆って怪物や幻獣を追いかけている場面もあった。なんといっても珍奇なのは、扇子ばかりで飾られた部屋である。ありとある形、ありとある色の、拡げたり閉じたり半開きにしたりの扇子が、極上の金地の上にきわめて優雅に散らしてある。天井も同じく金が塗られており、格天井《ごうてんじょう》[18]になっていて、やはり同じ手の技で丹念に絵が描かれている。おそらく一番素晴らしいのは、天井の周囲をぐるりと取り囲む一連の上部帯状板《フリーズ》〔欄間〕である。職人たちが何代にもわたって辛抱づよく、身をすり減らして、これほど厚い木板からほとんど透けんばかりの繊細なものを彫り上げたことに、人は思いを馳せずにいられない。それはバラの花の茂みだったり、からまる藤の花のつるだったり、稲穂の束だったりする。また別のところでは、全速力で空《くう》を切って飛んでゆくツル[19]の群れが、何千という脚《あし》やかしげた首、羽をからませ合っているのだが、その組み合わせ方が絶妙なので、全てが生きていて立ち去り、翔ってゆくようで、ごたごたしたり、もたつくところが少しもない。

　この御殿には窓がひとつもなく、薄暗い。魔法にかかるのには最適なほの暗さである。ほとんどの部屋は、外の露台から斜めに日が差し込んでおり、部屋の四辺の内、露台に面したところは塗りの列柱があるだけで、外に向けて完全に開放されている。これは奥行きのある納屋かホールの明かりの取り方である。奥の部屋部屋はもっと神秘的で、手前の部屋部屋とは、似たようなまた別の列柱越しにつながっていて、そこに入る光はさらに弱くなっている。それらはごく細い竹でできた巻きあげ式のカーテン〔簾(すだれ)〕で自由に閉めることもできる。このカーテンの地は透ける部分を使ってモワレ〔波状木目模様地〕のようなデザインを成しており、とてつもなく大きな紅絹の房《ふさ》で天井から吊るされている。部屋同士は互いに、一種の柱廊《ポルチコ》でつながっており、その柱廊は、今では見られない意想外の形状をしている。ある柱廊は完全な円形をなしていて、その中を立ったまま、まるで大きな抜け穴をくぐるように渡る。ある柱廊はもっと複雑な形をしていて、六角形だったり星型だったりする。これらすべての半開の開口部は、黒い漆塗りの枠を付けていて、全体の金の色調と際立った対照をなして、すこぶる優美であり、古《いにしえ》の金銀細工師が素晴らしい彫刻をほどこした青銅《ブロンズ》の飾りで、その四隅が補強されている。

何世紀もの年月がまた、この御殿を美しくするのにあずかっており、諸物の輝きに少しくヴェールをかぶせて、金づくめの一式をとても優しい、目に立たない色合いに溶かし込んだ格好になっている。この静けさ、このひと気のなさからして、まるで「眠れる森の美女」かなにか、魔法にかけられた城館にでもいるかのようである。見知らぬ世界、われわれの地球とはまた別の惑星の、姫君の住む館である。

幾つもの館内の小庭園〔庭坪〕の前を通るが、これらは日本のならいに従って、自然そのままの景観の縮小模型となっている。それらはこの金色《こんじき》の宮殿にあって、思いがけない対照《コントラスト》をなしている。同じ様に時を経ることによって、それぞれの小さな岩や湖、淵などが緑に覆われ、小山はほろほろと崩れ、極小のつくり物めいたそれら全体に、本物らしい趣きが備わってきているのである。樹木は、私にはどのような日本の技《わざ》を用いるのかわからないが、矮小につくられて、大きくは育たないようにしてあり、それでいて、ひどく老成した様子をしている。ソテツは何百年も経ているせいで、いくつかに株別れし、まるで幾本もの幹からなる小さなヤシの木、太古の植物のようである。というかむしろ、どっしりとした黒い枝付き燭台というべきか、それぞれの枝の先っぽには葉が出ていて、みずみずしい緑の羽根の房飾りさながらである。

これまた驚くべきなのは、この大いなる征服者にして大帝たる「太閤様《タイコー・サマ》」のお選びになった特別な間である。ごく小さく、ごく簡素で、全庭園の中でもとりわけかわいらしく凝ったしつらえの庭園に面している。

謁見の間は、最後の方に見せてもらったが、一番広大かつ壮麗だった。奥行き五〇メートルほどで、もちろんすべて金塗りで、目もあやな欄間が付いている。やはり家具は一つもない。漆塗りの棚があるばかりで、美々しい諸侯たちは到着するやその棚に、自分の武具を預けるのである。奥の列柱の後ろに壇があり、今は昔、フランスで言えばアンリ四世〔在位一五八九年〜一六一〇年〕の時代に、太閤様がそこで接見をされたのである。かくして人はそれら謁見の式に思いを馳せ、角《つの》や獣面、人を威す怪異相を兜《かぶと》に頂いた、きらびやかな諸侯たちの入場など、ありとあらゆるとてつもない宮廷の儀典礼を脳裏に浮かべるのである。その場でいろいろ思い浮かべはするのだが、やはり現前に甦らせることはできない。時が遠く隔たっているばかりでなく、この地球上の民族同士の距離のあまりに遠く離れているせいである。われわれが事物に関して受け取ってきた概念、受け継いできた観念から、あまりにかけ離れたものであるからである。この国の古い寺院についても同じことが言える。われわれはよく理解しないままに眺め、その象徴するところのものには気づかないままである。この日本とわれわれの間にはそもそもの源の相違が、大きな深淵として横たわっているのである。

「もうひとつ、別のお部屋にまいりましょう。そうすると廊下があって、それをつたって行けば館内の仏堂に出られます」とお坊さんが言った。

最後の部屋にはたくさんの人がおり、それまでの部屋はどこも空っぽだっただけにびっくりしてしまった。しかし静かなことには変わりはなかった。人々は壁際にうずくまって、一心不乱に何か書いている。それは僧たちが、祈りの文句を細い筆で米の紙〔ロチは和紙のことをこう言う。以下和紙と訳す〕に書き写しているのだった。一般の民衆に販売するためである。この部屋の壁には、金の地に全面すべて王者たる虎の絵が描かれていて、実物より少し大きく、猛《たけ》り、見張り、疾駆し、甘え、眠るという、あらん限りの姿勢を取っている。じっと動かない坊さんたちの上に、虎たちの凄みのある性悪な大きな顔が、尖った爪を見せつつ、そびえているのである。

入る時、案内の坊さんは一礼をした。この地球上でも、もっとも礼儀正しい国民のもとにいるのであるから、私もやはり礼をしなければならないと感じてそうした。すると今度は、私へのお辞儀が部屋全体に、次々と行き渡っていき、そうやって私たちはそこを過ぎた。

廊下は書きものや経文の巻物で溢れていたが、そこを通って、さて仏堂にたどり着く。期待していた通り、大変壮麗なものだった。壁も曲面天井も円柱もすべて金塗りで、欄間には葉むらと、咲き誇るものすごく大きな牡丹の花々が描かれているが、その彫りがあまりに繊細なために、そよ風が吹いても花が散り、黄金の雨となって地面に降りそうである。列柱の後ろの薄暗いところには仏像や仏具が、聖瓶や香炉、灯り台などの宝物の積み重なった中に安置されている。

ちょうど勤行（仏教の礼拝）の時間だった。庭の一つでは、鐘がコントラバスの重々しい音色を、ゆっくりゆっくりと響かせ始めた。坊さんたちが黒の絽《ろ》の着物に緑色の袈裟《スルプリ》をつけ、儀式にのっとって入場をしたが、そのやり方は非常に複雑で込み入っており、それから内陣の中ほどに来てしゃがみこんだ。信者たちはほとんどいなかった。二、三のグループがいるきりで、それもこのお堂の中にたまたま迷い込んできたように見えた。それは女性たちで、畳の上に散らばり、小さな煙草用の箱〔煙草盆〕と小パイプ〔キセル〕を持って来ていて、笑いをこらえながら小声でおしゃべりをしていた。

その間にも鐘の音は前より速くなってきていて、坊さんたちが像にぬかずき始めた。青銅の鐘の響きはさらに速くなり、坊さんたちは完全に面《おもて》を地につけ、ひれ伏した。するると、神秘的な一帯に何事かが生起した。それは私には、ローマ・カトリック教会の礼拝における聖体奉挙のミサ[20]にとてもよく似ていると思われた。外では鐘が猛るかのごとく、素早く激しく連打されていた。

この御殿にあるものは、もうこれで全部見たようだった。けれどあいかわらず部屋部屋のつづき具合、全体の間取りはわからずじまいだった。もしも一人だったら、まるで迷宮に入ったかのように迷子になってしまったことだろう。

幸いなことに、案内人のお坊さんは自ら私に靴を履かせてくれた後、出口まで連れて行ってくれるという。また新たな静かな庭をよぎり、巨大な古木のそばを通ったが、これは奇跡の神木で、何世紀にもわたってこの御殿を火災から守ってきたのだという。その坊さんは私が入って来たのと同じ門まで案内してくれ、そこでは〈ジン〉たちが私を待っていた。

私はゴ・ショ〔御所〕へ行くように、と言った。ミカド〔帝〕たちの捨ててしまったかつての天皇の宮殿である。それはひと気のない広場、茫漠とした土地の真ん中にぽつんとある。ただそのどこまでも続く、どっしりとして砦のように斜めにかしいだ塀を見ると、なにがなんでもそれを越えたくなってくる。

そこでは果たして、慇懃《いんぎん》を尽くされながら、入館はさせてもらえなかった。ほとんど常時立ち入り禁止となっているのだと諭《さと》された。今現在はことに無理である、というのも年老いた皇太后[21]を迎える大がかりな準備でおおわらわのところだから、というのである。皇太后はかつての都に戻りたがっているとのことだった。

この高位の未亡人に拝謁できないとは、まことに残念しごくである！ 日本《ニッポン》のかつての皇后に、私室でふだんの姿のままにひっそりと会い、つぶさに眺めることができたらさぞ面白かったろうに。


磁器製造所はあまり興味もなかったが、それでも見学しないわけにはいかない。何世紀にもわたって仕事を続け、世界中に何千何万という茶碗や壺、花瓶をまき散らしてきたのである。近代的なものは、そこには一切入り込んできていない。その単純で原始的な手法には驚かされる。すべてが一〇〇〇年前と同じように、捏《こ》ねられ、撫でられ、回転され、焼き締められるのである。

二度に分けた焼成の間に、大勢の絵師たちが目を見張るような速さでこの品々に絵付けをしている。相変わらず同じツル、同じ魚、同じ美女たちを写していて、もうあんまり見過ぎて、うんざりしてしまうような代物である。

工房の絵師たちは平均して一日一〇銭《スー》の賃金が支払われているが、大変な名のある絵師には、例外的に四〇銭、五〇銭まで支払われることもある。きわめて高い値段で売れる貴重品に、彩色をほどこす絵師たちの場合である。

もっともこの産業技術を行使するその腕の確かさには、讃嘆の念を禁じえない。私たちがひと文字書くのと同じ時間で、絵師たちはそらで覚えている人物群を描きあげてしまう。ふた筆ふるえば、線からはみ出すことなく色付けがほどこされている。そしてさりげなく線を引いても、それがこの上ない厳密な正確さなのである。これほど確かな手わざの達人を育成するには、よほどじっくりと落ち着いた、長きにわたる継承がなされてきたに違いない。じきに日本が近代化の波に飲まれて、労働者たちがアルコールに溺れるようにでもなったら、こうした名もなき絵師たちもおしまいであろう。

VII

〈大仏《ダイ・ブツ》〉（大きな仏陀《ブッダ》）の寺〔奈良の東大寺大仏殿〕はまるで冗談のお寺、信者を楽しませる大がかりないたずらのようである。

この「大きな仏陀」は、その頭と肩（少なくとも三〇メートルの高さはある）[22]しか見えない間は、深い地の底からぬっと顔を出したように見える。像が首をピンと伸ばしていて、まるで誰かが、なんとか地中から抜け出ようとしているかのようなのだ。[23]この仏像ひとつでお堂はすっかり埋まってしまい、その縮れ髪〔螺髪（らほつ）〕は屋根につっかえている。

この大仏殿にたどり着くには、ほかの神仏殿と同様、連なる階段と柱廊玄関、中庭を通ってゆく。内陣の戸口に来て、人ははじめ眼前のその金色の小山、不格好な堆積物がいったい何であるのかよくわからない（仏陀の肩である）。自分の頭をぐっと上にあげて、初めてその金色に塗られた巨大な顔が、空中にあるのが目に入る。その動かない大きな目は、三〇メートルの高みから間の抜けた呑気さで、あなたを見下ろしている。

私は地方からやってきた日本人《ニッポン》の家族連れと、ちょうど同じ時にお参りをすることになったのだが、彼らは聖都に来るのは初めてで、この純朴な人たちは、とりわけご婦人方は、こんな大きな仏さまを見て肝をつぶしていた。「アー！」とか「オー！」とか驚きの声をあげ、そっと嘆声を洩らしたり、忍び笑いしたりしている。いや、ほんとに、この仏陀《ブッダ》はあまりに滑稽だ。ツルのような長首に、愚かしげな様子。いたずらっ子たちが街角にこしらえる雪だるま的なおかしさ。小さな子供たちのつくるに任せた、巨大な戯画《カリカチュア》のようなおかしさ。この田舎から出てきた善良な一家は、大仏の鼻の真下で、笑いに笑って涙を流さんばかりである。それを見て、ほかの参拝客や番をしている坊さんまでが笑い出した。私がどんな顔をするかと、彼らはこっちを見た。そこでこらえきれずに私も笑い出してしまったのは、どうにもいたしかたない。この日本という国はなんという国だろう。すべてが突飛で、ちぐはぐだ。この深々とお辞儀をし、絶えず笑っているたわいのない国民が、何世紀もの間、これほど近寄りがたい神秘の内に身を閉ざして暮らし、何千という寺社をその怪獣や怪物の像とともに生み出しえたとは、どうして想像できよう？

二銭《スー》払えば、「大仏様」をひと巡りできる。登りの急な板を渡って、巨像の頭のうなじよりやや高い部分の後ろ側を通ることができるのである。私もそれに参加した。例の旅行中の一家も一緒である。この斜めに渡した板は滑りやすく、おまけに古くてひびが割れ、虫に喰われている。ご婦人方は今にも落ちそうで、私は手を差し伸べて支えてあげ、それですっかり仲良くなった。この巨大な頭部の後ろの薄暗い片隅に、年老いた坊さんがうずくまっていた。一銭渡すと、坊さんはわれわれに、大いなる「太閤様」の所持していた甲冑と戦闘用仮面とを見せてくれた。それから非常に古い仏具入れを開けてくれたが、中には動物の頭をした神仏や得体の知れない聖遺物が安置されていた。ここではもう笑う者はいない。

この寺院の境内には、都の鐘の中でも最大の釣り鐘がある。その円周は少なくとも六メートルか八メートルはある。鉄をはめた巨大な横木を使って鐘をつくのだが、それは綱で水平に吊るされた破城槌[24]といった代物である。

またさらに二銭払うと、この鐘をつかせてくれる。私が革ひもにつながれると、人々が私を取り囲み、子供らも駆け寄ってくる。二、三人の若い娘たちもすばしこくやってきて、私の後ろに自分たちをつないで手助けしてくれようとするのだが、厄介なことに笑って吹き出したり、逆方向に引っ張ったりして、全員合わせても三匹の猫ちゃんぐらいの力にしかならない。

それでもこの大槌がついには動いて、だんだん揺れ始めた。ボーン！……ボーン！……洞穴で響くようなものすごい音が、オーケストラの力強い響きのように後を引き、この音は聖なる都全体に聞こえたに違いないと思うほどだった。

手伝ってくれた人たちは、喜んではしゃぎまわる。誰もがびっくりして、大笑い、大騒ぎとなった。

夕方近くになると、あまり変わったものを見たせいで、いささか頭がボーッとしてくる。小車でやたらな走行をし、道の石ころにぶつかるたびに跳ねあがってガタガタと揺すぶられてきたので、少し疲れも出てきた。なにより日本の細道と、無数の同じ灰色の小家が果てしなく続く、その単調さに飽きてくる。家は納屋のように開けっ放しで、その似たような中身、畳と小さなタバコ盆、祖先を祀る小さな祭壇〔神棚や仏壇〕を、人に見せようとしているかのようだ。それにあの黄色人種の、米の料理やら麝香《じゃこう》やら、なんだかわからないものの匂いも鼻についてくる。おまけに誰も彼もが、まるで檻の中の動物でも見るかのようにこちらを振り返る。好奇心いっぱいの若い娘たちの人だかりが、こちらが立ち止まったとたんにすぐできる。みな似たような顔立ちで、黄色くて子供っぽく、ちっぽけな甘えた目をしていて、まるでまだ下絵か粗彫りでもあるかのように、目鼻立ちがくっきりとしていない。なのに、いつも変わらず礼儀正しく、いつも変わらず笑っている……。しまいにはどうにも、なにもかも嫌気がさしてくるのである。

それに、これでもかというほど寺社に出入りした。たくさんの神仏像、微笑んでいたり悪相だったり、得体の知れない像、じっと動かぬ渋面、こわばった歪んだ顔、怪しい化身。これらがついには頭の中でごっちゃになり、混じり合って変貌してゆくこと、まるで夢の中にでもいるかのようである。

すべての寺社の中でももっとも不気味なのは、米の神を祀ったそれ〔稲荷神社〕だ。模型かというほどにどれも小さく、人目に触れぬ片隅や樹木の陰に隠れてあり、まるで悪者の棲み家《か》のようである。単純な、わざと粗いつくりにしてあって、ほかの洗練された贅沢な寺社とは対照をなしている。木格子にはいたるところ紙片が掛けられて結んであり、その中身は願かけや人の運勢〔おみくじ〕などである。

このお堂の中にあるものはといえば白いキツネがいるきりで、決められた同じポーズで、尻をついて座っている。耳をジャッカルのようにぴんと立て、その耳の内部はバラ色に塗られている。油断のならない意地悪そうな、ほの白い鼻づらである。唇は、笑ったように見える死者の引きつりのごとくめくれ上がり、その下の細い歯に、不思議な小さな金色の物体をくわえている。模型のような小さな祭壇の上のこのキツネたちは、互いに目を交わし合っている。――そして中にはぼろぼろになったキツネもある……。

その金色の小さなものが何を表しているのかはよくわからないが、かならず同じ物体[25]が、祠《ほこら》のキツネたちの尖った歯の間に挟まれていた。

VIII

夜の帳《とばり》がおりると、ある特殊な一帯では女たちの展示会が行われていて、これは面白いものである。

われわれ西欧の国々での売春業にあるような、侘しくうしろ暗い雰囲気はまったくない。この地では、自覚のないふしだら、おどけた子供じみた善良さでもって事が行われるのである。店頭の陳列窓には、小さな木格子の後ろに展示される若い女性たちが一斉に並んでいる。ひどく着飾って、ランプの光にまぶしく照らされて腰をおろしている。白布のように白いのは、頬にべったりと塗られた米の粉末〔おしろい〕[26]のせいである。誇張して大きく見せた黒い瞳、そして下唇のもとに紅い円を描いて、われわれの国で言うところの「おちょぼ口（la bouche en cœur〔ハート型の口〕）」を強調して見せている。

展示されている女たちの静かなことに、なにより驚く。彼女らは自分たちを見ている客たちを一顧だにしないのである。威厳を保って超然としており、じっと動かぬこと、まるで偶像《アイドル》のようである。

それでも、堅気の世界に属する女性たちの一団が通って、その中に自分の身内や友達がいた時は別である。そうなると笑顔が浮かび、会話が始まる。この地区は、夕刻には若い娘たちの好む散歩道になっていて、小さな透き格子の後ろには、かならず誰かその娘たちの知り合い、いとこや姉妹がいるのである。ここはまた、家族の集《つど》う場所でもある。ひとつの一家が、祖父母、孫子《まごこ》もみな総出でやってくるのである。

IX

旅の間中、夏の名残りの日が輝いていた。ホテルの私の部屋には、早朝から開け放たれたヴェランダから、明るい日が射し込んでくる。そこで傍らの庭に、お隣りのニッポン人のご婦人が二人、しなをつくっているのが見えるということになる。彼女らの幼い子供たちが、なんとも面白い凧を揚げていた。凧に太った太鼓腹の仏陀〔ここは達磨（だるま）であろう〕が描かれているのである……。

この街で驚いたことの一つは、ある壮大な寺院が造営中なのに出くわしたことだった。もうすでに三千からの寺院があるのだから、必要に迫られて、というわけではない。

これは蒸気機関だの進歩だのにすぐさま熱中するこの国民の、もう一つの対照的な面を表している。

そしてこの新たな寺院は、大きさといい壮麗さといい、これまでの寺院にいささかも劣るものではない。支柱が地面から林立しているが、一本一本値の張る、稀少な巨木が選《え》り出されている。木材全体の配置にあたっては、精巧かつ入念な準備がほどこされていた。ぴったりとつくられた臍《ほぞ》と臍穴《ほぞあな》は、白木でできた暫定的な覆がつけられているが、それがしっかりとまわりを囲って、その驚くほどに精緻なかみ合わせが、後で雨や通行人の手、日光などによって損なわれないように守っているのである。そしておそらくはどこかで大勢の職人が、壺や枝付き燭台を彫金し、不変の姿勢と一〇〇〇年前の微笑みをもった荘厳な神仏の像を作成しているのであろう。

私の〈車夫《ジン》〉たちは、大方の日本人と同じように背が低い。〈ジン〉はほとんど皆そうだが、傘の形をした大きな帽子をかぶっている。着ている上着〔印半纏（しるしばんてん）〕は、幅広の袖が付いていて、丈はとても短く、われわれの上着の一番短いものぐらいだが、背中に大きなニッポンの文字がたくさん書かれていて、ごしゃごしゃした突飛な柄になっている。

ズボンもシャツも身につけない。細い布帯をごく特殊な形に結わえて〔ふんどし〕、それが、われわれのところではブドウの葉っぱか、はたまた大昔はイチジクの葉っぱがなしていた役割を、〈ジン〉たちのために果たしているのである。その足は腰部までむき出しで、腱も筋肉も素晴らしく、黄色い肌をしているものの、まさに彫像さながらである。

〈ジン〉たちは決して疲れず、息を切らすこともない。坂を上がる時だけは、胸にわずかに玉の汗が浮かぶ。すると彼らは上着を脱ぎ捨てる。人ごみの中では声を発し、通行を知らせる。しかし走ることはやめないので、あやうく人を引きそうになる。

柄《え》を引く〈ジン〉のカラカワとは、すっかり仲良くなった。彼は私と一緒に寺院や店に入って、いろいろと説明をしてくれたが、非常にはっきりとした日本語で、私にもわかりやすかった。ひどく親切で、歴史や神仏のこと、神話伝説をよく知っていた。もう一人はハマニチといって、梶棒の間に入って引いている男だが、無口でとっつきにくく、私との間柄は、丁寧ではあったが一種の冷たさがあって、いささか緊張関係にあったと言ってもいいほどだ。

「北野天神《キタノテンジ》〔北野天満宮〕」に近づくにつれて、全体がくすんできて、あたり一帯はますますさびれて、ひっそりとしてきた。ここは神道《シントー》の「牛」を祀る大神殿である。中心からはずっと離れていて、もう田舎といってもいいほどで、うら寂しい市外区が続くそのはずれにある。少なくとも一時間は猛スピードで〈人力車〉を走らせて、ようやくその入り口にたどり着いた。

だがここは、古き日本である。この町はずれはずっと昔の、虫の喰った、黒ずんだ古き日本なのである。木造の小家は一〇〇年もたっていて、老朽化して今にも崩れそうな有り様である。風変わりな屋根組が歪んで、ひび割れ、砕けている。打ち捨てられているかのようで、どこにも人っ子ひとり見えなかった。

しかし何か壮大な寺社に近づいているということはわかる。今まさにこの時、厳かな儀式が執り行われているに違いない。というのも、宗教的な行事が催される際の慣例で、提灯《ランタン》を吊るす腕木のついた支柱が道の両側にずらりと据えられていたからである。[27] 支柱は二歩幅ずつ離れて立っていて、それがどこまでも並んでいる。提灯は巨大な灰色のボール形で、羽を広げて飛ぶコウモりの背が黒い色で描かれている。[28]こんな一風変わった祭りの飾り付けでは、この一帯が陽気になるわけがない。それどころか、陰鬱なことこの上ない。果てしなく列をなすその提灯に、花模様ならぬ夜行動物がつけられているとは……。まるで何か不気味な、盛大な野外祭りの仕度でも見る思いである。その招待客たちは、夜中にならなければやってこないことだろう。

どうやら着いたようだ。目の前に、薄暗いかたまりのような樹齢一〇〇年の喬木の枝が姿を現したのである。きまって神々に捧げられる樹木の一つだった。それから、柱門《ポルチコ》〔鳥居〕となる。それらは目の粗い花崗岩で出来ていて、非常に古い宗教様式で、とくに村々の寺社[29]や、森の奥の辺鄙な礼拝場所に見られる様式である。その型は、はるか太古に消失した文明から日本人に引き継がれ、伝承しているものに違いない。というのも日本人のものらしくないのである。厳めしく堂々としており、なにより簡素である。見たこともない、という印象を受ける。だが、絵に描いて見せなければならないだろう。とても言葉では説明できない。二本のどっしりした円柱があって、下へいくほど広がった一種の円錐形をなしている。その二本の円柱には、上方にまっすぐな一番目の横材《アーキトレーブ》が渡されていて、その少し上に二番目の横木が渡されているが、これは湾曲していて、はみ出さんばかりで、その両はじは三日月のように宙に浮いている。たったそれだけで、何の飾りもなく、彫刻もない。全体に神秘的で猛々しい。エジプトの柱塔《パイロン》や、ケルト民族の支石《ドル》墓《メン》の流れを汲むものだ。そこで周囲の複雑な凝った造りからは、妙に浮いてしまっている。

鳥居の後には道の両側に、怪獣がずらりと石の台座に載って並んでいる。怪獣の像が落とす影の上には、大樹がたくさんの手をもつ神仏像さながらに、入り組んだ枝を伸ばしている。

怪獣の像は、まずは花崗岩でできた巨大な虎のような者たち〔狛犬・獅子〕からはじまるが、尻をついて座り、顔の真ん中には犀《さい》のツノがあって、凄みのある笑いを浮かべている。大きな脚には白い小さな包帯が巻きつけられていて、まるで怪我をしているかのようである。それは細い帯状の和紙に祈りの文句を書き付けたもので、人々はそれを付けて神獣の怒りを鎮めようというのである。

次に続くのは牛たちで、実物よりほんの少し大きく、花崗岩や青銅《ブロンズ》、珍しい色模様が入った高価な大理石などでできている。その後は石造りの墓だか丈の高い角灯だか〔籠灯〕が並んでいるが、それらは中国の物見櫓《やぐら》に似ている。

こうした異様なものに囲まれて、神木の涼しい木陰を人々が散策している。近づくにつれて、ますます人の群れで混んでくる。周囲の一帯にはなぜ人がいなかったのかがわかった。住民たちはみな、祭りのためにここに集まっていたのである。もっとずっと遠くからも来ているに違いない。それほど大変な人出だった。たわいのない気楽な人々の群れは、扇子や茶碗に描かれた絵に見られる通りで、ぺちゃくちゃしゃべったり、動き回ったり、ドッと笑ったりするような、そういう群衆である。もっとも群衆がいくらおどけていても、これほど不吉な怪獣が棲む森陰にあっては、なんだかしっくりこない。

大勢の笑みを浮かべたご婦人たちは、美しく油で固めた髷《まげ》に、一輪の造花を挿している。足元までぴったりとした筒型の衣装は、袖は長くて幅広で、長い帯はプーフ[30]風に結ばれている。厚底の木製の履物〔ぽっくり下駄〕に足を載せて、音を立てて内股に歩いているが、それがエレガントな歩き方なのである。そしてしなをつくり、上目づかいに小さな目をきょろつかせ、体を精一杯前へかがめれば、さあこの上なく優雅なお辞儀の出来上がりである。

男たちはゆったりした青色の着物を着ている。中には足をむき出しにして、尻を見せている者もいる。神官たち[31]は振鈴をつけ、褐色のモスリン地のたっぷりとした衣を身にまとい、先の尖った馬鹿でかい帽子〔烏帽子（えぼし）か〕のかげで顔は見えないが、ゆっくりと歩いて物乞いをするように手を差し伸べ、無数の小鈴を絶えず鳴らしている。子供の一団は荘重に、みんなで手をつないでいる。男の子たちはぽっちゃりとしている。女の子たちは、はやご婦人の装いで、花や大きなかんざしをお人形さんのような髷につけている。日本の幼児たちはいつだってかわいいのだが、そのあとは醜くなってしまう。やがてはエナメルの象眼をしたような目で大げさな上目づかいをしたり、ごてごてとしたふくらんだ着物を着たり、頭に剃りを入れてところどころおかしな房を残すという思いもよらない髪型をしたりで、ひどく滑稽になってしまうのである。

今度はお茶を出している店がある。ニッポン人の家族がやって来て座っている。またお堂がたくさんあって、中にはいろんなものが置かれている。その一つには生きた大きな黒い雄牛がおり、これは神獣で獰猛な様子である。寝わらがきちんときれいに敷かれ、白絹の紐でつながれている。安全のため、鼻の穴には螺鈿《らでん》をはめこんだ鼻輪が通してある。別のお堂には見事な細工をほどこした、神々を乗せる乗り物〔神輿（みこし）〕が収められていた。それを引くのがこの黒い雄牛なのだと私の〈ジン〉が説明してくれた。その神々が外に出てゆく時は、ここの神官たちの長い行列が後につき従うのだそうである。ほかに幟《のぼり》や幡《ばん》、金の棹《さお》など儀式の大行列に必要なあらゆる付属品があって、その行列は一〇〇〇年の昔から変わらぬしきたりで毎年行われているとのことだった。[32]

人がますます混んできて、今度は大きな神殿の前に出た。丈の高い入り組んだ屋根構えが、灰色の山をなしてわれわれの眼前にそびえている。高さは古木の枝を越えており、背景の全体を覆いつくしていた。内陣へはとてつもなく大きい幅広の階段を登ってゆくのだが、ニッポン人の男、ニッポン人の女で溢れかえっている。その人たちは裸足か、または親指のところで割れている白い靴下〔足袋〕を履いて歩いている。そこで下の方にはものすごい数の、厚底の木製の履き物や藁《わら》のサンダル〔草履（ぞうり）や草鞋（わらじ）か〕があって、神官が一人でその番をしている。帰る時、みなどうやって自分の履き物を見分けるのだろうか？　私には謎である。私も靴を脱いだが、自分の短靴を見まちがう恐れはまったくない。ここでは異色の履き物だからだ。そして友達のカラカワを連れて上がっていった。早く着きたくて、呑気にじっとしている団体をちょっと押しのける。アーモンド型の小さな目をした多くの黄色い顔が振り返って、好意的な好奇心でもって私を眺める。ムスメたちの間には驚きの軽いさざめきが起こって、通りすがりに私に向かって軽く会釈をする者までいる。そこで私も笑いをこらえながら、軽く頭を下げてそれに応えた。

上にあがると、列柱のある長いヴェランダがあって、それに面して神殿が開けっ放しになっている。人々が畳の上に腰をおろしているが、畳はご婦人方の小さなタバコ盆でいっぱいである。一つの欄干《らんかん》が神殿の真ん中に渡っていて、信者と神官とを隔てている。はやほの暗くて神秘的な内側の方で、神官たちはじっとうずくまっている。彼らは白い衣装を着て、黒い兜《かぶと》状のかぶり物をしている。彼らの後ろには二つ目の欄干があり、その上には少なくとも五〇メートルはある

[33]かという飾り棚があって、聖瓶や神器などが山と積まれて輝きを放っている。これぞ純然たる神道《シントー》信仰の神殿である。仏像も、人物や動物の姿もどこにも見られない。おびただしい神仏の像が氾濫するのをよそで見慣れた後では、気分があらたまってほっとする思いである。香炉や花瓶の間に、渋面が顔をのぞかせることもない。ただあるのは、真理のシンボルである、磨かれた丸い鋼《はがね》の鏡だけである。

　ほかの信者たちと同じように、私も神官のいる囲いの中に小銭をいくつか投げ入れる。すでにたくさんの小銭が撒かれていて、畳を埋め尽くしている。しかし神官たちは、今晩熊手でそれらをかき集めるだろうに、まるで目に入らないかのような様子をしている。私が献金をしたことは、人々に大いに受けた。私のまわりで賞賛の言葉が交わされる。「この外国人は、感心な若者だね」。

　参拝客はみな小声で長いお祈りの言葉をつぶやき、たまに両手を打ち合わせて、うわの空の《霊たち》を自分たちの方に引きつける。時おり一人の神官が立ち上がって神殿のずっと奥まで行き、赤い塗り〔朱塗り〕の上等な階段を登って、銀の花束の上に置かれたそこの一番大きな鏡に向かってお辞儀をする。するとほかの神官たちが一斉に地面に頭をつける。彼ら一人一人の後ろには白い衣装の裾と、二枚のゆったりとした袖の端とが長く垂れている。こんなふうに地べたに打ち伏していると、なんだか翼の生えた大きな獣に似て、もう体のつくりもよくわからない。そのうす暗がりの中、棚の上の花瓶や神器の間を、素早くこそこそと小さな灰色のものが走るのが見える。鼠《ねずみ》やハツカネズミだった。

そして祈禱《きとう》の間中、一人の神官が上方から下がっている白い帯布でもって、天井から吊るされた銅製の、馬鹿でかい鈴のようなものをゆすっている。それはくぐもったはるかな、聞いたこともないような微音を響かせ、まるでとてつもなく大きなハエが唸っているように聞こえる……。

この神社とそのもの寂しい一帯から遠く離れたところ、街の中心の一番賑やかな一角〔四条河原のあたり〕に、塗り物や華やかな布地、磁器などを陳列した店々に挟まれて、芝居小屋が一か所にかたまって興行している。木造の非常に背の高い建物で、仮小屋のような軽いつくりである。色とりどりの横断幕や彩色絵、金縁の絵画や鏡などに埋まって、建物自体は隠れてしまっている。趣味の低級な大道芸まがいのけばけばしさである。おまけに周囲にぐるりと、めっぽう丈の高い竹が植えられていて、そこに幟《のぼり》が掛けられて、風にはためいている。

内部も雑な造作で、定期市か何かのようである。特等の桟敷席にはしかるべき人々が身を落ち着けていた。平土間にはゴザが敷いてあり、一般庶民がにこやかにひとかたまりとなって座っている。おびただしい小さなタバコ盆や小型コンロ、小型のパイプも一緒である。

小屋の中では朝から晩まで芝居〔歌舞伎〕が上演されて、それが一週間も続く。残虐さはリアルで、本物の血が流れたりする。演奏は銅鑼《どら》や木打ち楽器〔拍子木か〕、ギター〔三味線〕、横笛などで、これらがこぞってきしみ、唸り、調子をはずし、前代未聞のキテレツさ、ぞっとするようなもの悲しさである。

わが国と同じで、過ぎ去った時代のきらびやかな衣装や鎧甲冑《よろいかっちゅう》、豪華な式典がいまだに見られるのは、もはやほぼ芝居においてのみである。役者たちは声をふりしぼってゆっくりはっきりと、メロペー〔古代ギリシア詩の朗吟〕ばりの一本調子でほとんど唄うようにせりふを吐く。やはりわが国と同じく、役者に夢中になる者たちがいて、役者たちのほとんどは桟敷席でしなをつくっている、どこぞの麗しいご婦人にぜいたくをさせてもらっているのである。

女優はどうかといえば、いくら優しげで甘い声、可憐な様子をしていても、どうにもしようがない。だまされてはいけません。なんと全員が男なのだ。濃いメーキャップをし、カツラを着けているのである。

〈舞台〉は旋回式の板になっていて、鉄道の転車台のような大がかりなつくりである〔回り舞台〕。一枚の仕切り壁が舞台装置を支えていて、背景をなしているが、それがこの舞台の板の上に立って真ん中で板を二分しており、あとの半分が観客から見えないようにしている。そして一幕が終わると、大がかりな器械がゆっくりとドラのような音をたてながら旋回を始める。すると舞台装置も、最後の仕草をしたまま突然動かなくなった最終の出の役者らも、ともに回って隠れていく、というわけである。少しずつ真ん中の仕切り壁が、観客にもう片方の面をあらわにしてゆく。また次の舞台装置をつけたその半面が、同時にすっかり準備ができてポーズをとっている新しい役者たちを連れてくること、お盆に載せて、さあどうぞと言わんばかりである。

幕間《まくあい》に私は舞台裏の、役者たちの楽屋を訪ねてみた。華麗に着飾った高雅な老貴婦人が、気高く美しい抑揚にのせて、優しい母親の役を演じたところだった。そこで私は、間近で彼女を眺めてみたかったのだ。
彼女は優しい笑顔で私を迎えてくれた。しかし彼女は当然ながら男で、年も幾つだかわからない、やくざ者のたぐいである。この幕間に衣装を着替えようと、野蛮人のごとくもろ肌脱ぎになって見苦しい黄色い体を見せており、それでいて簪《かんざし》を挿した大きな丸髷も、老貴婦人の顔立ちもそっくりそのままだったのである……。

道を歩いていて、もしもある家からハンガリーのチャルダーシュ[34]のように、熱気を帯びてギター〔三味線〕を奏でる音が聞こえてきたら、それは入って見物してもよい、ということである。そこは〈ゲイシャ〔芸者〕〉（プロの演奏家にして舞踊家）を置いているところ〔置屋〕で、晩餐会や祝宴のために一晩の賃貸しをしている。ほとんどの芸者は美しく、ほっそりとして品がよく、気が利いていて愛らしい手をしている。子供の内から、よりすぐりの幼い子の中から選び出して、その後江戸《エド》〔ロチは東京をこう呼ぶ〕の〈芸者養成機関〉で、「パリ国立高等音楽院《コンセルヴァトワール》」のように育成をするのである。ごく早いうちから彼女らは、贅沢と愉悦の具として仕込まれる。人の望むダンスはなんでも、優雅なもの、神秘的なもの、あるいは卑猥な踊り、恐ろしげな踊りを顔をさらして、または面をつけてこなすのである。彼女らの中には一〇歳になるかならぬかの子たちもいるが、とても魅力的な、魂の入っていない小さなお人形さんで、猫のように撫でてやりたくなる。おかしな衣装をつけておかしなお化粧をし、いい匂いをさせて、それはかわいらしい華奢な小さな手をしている。

X

聖なる都である京都でも、私にとって驚異中の驚異は〈三三クデ〉[35]寺院（†3）〔三十三間堂〕、別名〈千の仏の寺〉である。これは八〇〇年前に、今となってはどのような妄想的な狂信家によるものかわからないが、ともかく構想され、しかもこの人物はそれを完遂させる驚くべき実行力の持ち主だったのである。この寺はほかのどの寺社とも似ていない。祭壇も香炉も、内陣もない。ただ競技場の巨大な観覧席のような、二、三〇〇メートルの長さ[36]の一〇段の階段席があって、そこに神仏の一群が、すべての霊場や天界から出てきて、何か黙示録的な光景か世界の滅亡に立ち会うべく到来し、ずらりと並んだかのようである。

　中央の特等席には一つの塔の土台ほども大きな、咲き誇った金色のハスの花の上に、金色の光背を負った巨大な金色の《仏陀《ブッダ》》〔千手観音〕が坐している。仏像の光背は、途方もなく大きなクジャクの尾をひろげたような有り様をしている。《仏陀《ブッダ》》は二〇体ほどの、人間を大きくしたような異形の者たち〔二十八部衆〕に囲まれ守られているが、その者たちは悪魔のような、死骸のような様相を帯びている。丈の低い黒ずんだ中央の扉から中に入ると、ほぼ眼前にこれらの悪夢に出てくるような連中を見ることになるので、思わず後ずさりしてしまう。彼らは特等席より低いすべての段を占領していて、下方まで脅すように降りてきているのである。

彼らは腕を振り上げ、拳《こぶし》を握りしめて威嚇《いかく》の仕草をしている。歯ぎしりをし、口唇のない口を開け、まぶたのない目をぎょろつかせて、緊迫したぞっとするような表情を見せている。その静脈や筋は、手足をあらわに走っているが、それは驚くほどの解剖学的な正確さで描き出されている。彼らは鮮血のような赤や、青味を帯びた色、緑がかった色に塗られているが、まるで皮膚を剝ぎ、筋肉組織を露出させた人体標本の模型か、あるいは死体のようで、生身の肉体の、あるいは腐乱した死体のありとあらゆる色合いをしている。西暦で言えば一〇〇〇年頃、われわれヨーロッパではロマネスク教会の素朴な聖人像がつくられていた頃に、日本ではすでに洗練された、人体に通暁した醜怪な像を生み出せる芸術家たちが存在したのである。

この中央の大桟敷の両側には、一〇〇〇体の神仏が乗る階段席が広がっていて、右手に五〇〇体、左手に五〇〇体立ち並び、ちょうど軍隊の一軍団分の空間を占めている。すべて同じ姿をしていて、左右対称にどこまでも続いている。人間離れした体つきで、頭から足の先まで金色に輝き、どの像にも四〇本[37]もの腕がついている。光輪がぐるりと取り囲む高く結った髪からは、どれも同じ金色の光線がほとばしり出ている。同じ金色の衣装がすべての腰をきっちりと締め付けているのは、エジプトの像のような線の硬さである。どの仏も同じ神秘的な笑みを優しく浮かべ、六本か八本、両手を合わせて静かな祈りの姿勢を取っている。一方、また別の両腕は扇のように広げられ、槍や弓矢、死者の首や見知らぬ神具などを宙に振りかざしている。

自らの住まいのその薄暗がりの中で、神仏は一斉に同じ方向の、あらぬ一帯の奥を見つめて微笑んでいる。永遠なるものの辛抱強さでもって、さる奇跡の光景がやって来るのをじっといつまでも待ち構えている。彼らは、その光景を目にするために集合しているのに違いない。その動かぬ軍勢は、金色の槍や光線、光輪を突き立て、放ちながら、寺院の中の離れたところにまで静かに光を及ぼしているのである。

やがてついには疲労を覚え、次のような思いがつきまとって離れなくなる。すなわち、こうした待ちの姿勢、こうした微笑、こうした金の燦然たる煌《きら》めき、――そして他の、真ん中の恐ろしげな者たちの猛り狂った身ぶり手ぶり、――これらすべてが何時間も何日も、四季を経て何年も何世紀も、一千年来続いているのだ！　という思いである。

寺院の裏手に細長い囲い地があって、いつとはわからぬ昔から射弓場に使われている。今日もまた何人かの男たちがそこにいて、腕をまくり上げて、このかっての武将たちの高貴な技《わざ》の鍛錬に励んでいた。彼らははるか遠くの白い衝立の的《まと》に向かって矢を放っていたが、それはまるで昔の一場面のようであった[38]。

カラカワは私に、どっしりとした寺院の造作部分に、何千本もの矢片が射こまれたままになっているのを、指し示して見せた。屋根からはみ出た太い天井の根太が、古の武将たちの矢の的となってきたのである。根太の何本かは白っぽい矢片でハチの巣状態となり、それが何世紀もの間積み重なって、もはやありえない光景と化していた。屋根組の下から何匹かヤマアラシが出てきて、ガーゴイル[39]よろしく宙に浮いているのかと思ったほどだった。

XI

夕方、すでに少し暮れかけた頃、私は出発すべく駅の方に向かった。あいかわらず同じ忠実な車夫たちに引かれていったが、もう一台の人力車が私の車の後をついてきている。箱に入ったいかにも珍しい古道具の品々、中でも寺社付近でほこりをかぶっていた骨董品の中から私があちこちでかき集めた、宗教関連の品物を運んでいるのである。

一番厄介なのは金を塗った木造りの、仏陀の大きなハスの花束で、最後の最後になって買ったものだったが、私がその茎束のところを手に持っていると、まるで本物の生花を持っているようだった。途中の道で、そのブーケを梱包してくれる者が見つかると、ジンたちは請け合ってくれた。だが私は心配だった。というのも、すでにわれわれは鉄道に近い町はずれの、より侘しいひと気のない通りを走っていたのである。

突然カラカワが鳥のような叫び声をあげ、小車がガタガタッと揺れてぴたりと止まった。樅材《もみ》の小板をいっぱい置いた露店の奥に、彼は私の求めている親父さんを見つけたのである。

そこで私は、その大きなハスの花をあいかわらず手にもったまま、中に入っていった。年寄りのニッポン人があわててお辞儀をしながら飛んできて、私の花を取り上げて本数を数え、寸法をはかり、すばやくあれこれ計算する。容器には一二銭かかるという。しかも詰め綿に少なくとももう三銭かかるから、しめて一五銭にはなるというのである！

そして彼は、この法外な値段に私が怒り出すのではないかと、気づかわしげにこちらを見る。いやいや、とんでもない。私はこの親父さんに巡り合えて本当に嬉しかったので、愛想よくこれを受け入れ、出来るだけ急いでくれと言った。すると家族全員が大喜びだった。鋸《のこぎり》を引き、釘を打つなど、原始的な小道具を使って、猿《ましら》のごとき敏捷さで品物をつくり上げてゆく間、私のところには座るためのクッションと一杯のお茶が運ばれ、この家のほんとに小さな二人の〈ムスコ（†4）〉が連れてこられた。赤ん坊たちは嬉々としていて、身ぎれいでかわいかった。同時に通りでは、〈ムスメたち〉が一団となって、私を見物にやって来ていた。彼女らは最初のうちは、自分たちを見る異国の人間の視線とぶつかるたびに、笑って顔を隠すようにしていたが、そのあとあっという間になついて、近づいてきて質問をし始めた。フランス人か、イギリス人か、年はいくつか、たった一人で何をしに来たのか、いろんな箱の中に何を入れているのか？　というのである。

彼女らの言うことが私の耳に聞き取れ、そう努力しなくても自分の返答が理解してもらえたので、びっくりしてしまった。この日本も日本語も、私はつい最近知ったので、よく頭に整理されてもいないのである。ほんの半年前までは、日本は地球の一隅（それもなんと一番はじっこだ）で、人生で訪れたことのない、見も知らない国だったのである。私はこの新奇な単語を発音している声が、とても私の声とは思えず、もはや自分が自分でないような気がした。

今宵はこの〈ムスメたち〉が、きれいにさえ見える。おそらく私が、このアジアの果ての人々の顔立ちに、すでに慣れてきたせいだろう。とりわけ彼女らはとても若く、まだ出来かけのような、目鼻立ちのはっきりしない小さな顔をしていて、日本では思春期の少年少女や子供のもつ魅力は、異論の余地がないのである。ただ、この人生の神秘の初花は、よそよりも早くしおれてしまう。年月とともにほどなく引きつり、ゆがみ、老猿と化してしまうのである。

ムスメたちは、これから絵に描かれようとしている群像といった体《てい》で、ちょっと澄ました乙な物腰で、着ているものは華やかで奇抜な色合い、それに幅広の帯を大きくふくらませて結んでいる。すっかり日が暮れて、天気はどんよりと曇り、冬の大気をともなっていた。戸口の暗いかまちを額縁にして、彼女らはひどく輝いて見えた。不思議なことだが、日の名残りがすべて彼女らのところに集まっているかのようだった。その頭ごしに、ひと気のない小道が遠くまで続いているのが見える。彼女らの住む黒ずんだ木造の小さな家並みがくっきりと浮かんで、波型や三角の縁どり模様を描いて、灰色に暮れなずむ空に突き出ている。その空にはコウモリが飛んでいる。もう二度と戻ることはないであろうこの街を去る瞬間に、どこからともなく憂愁《メランコリー》が私を襲い、ただ一人、遥《はる》けくも来つるものかなの思いを深くしたのである。

老人のたくみな包装は、終わった。そこで私は支払いをし、輪を作っている人々に永の別れの〈サヤナラ〉（さようなら《アデュー》）を告げてふたたび走り出し、金のハスの出来立ての箱を持ち去ったのである。

私がこの京都を去りがたかったことは、すでに記したと思う。折しも道の曲がり角で、薄明かりにいたく人を惹きつける風貌を認めたので、扇子で〈ジン〉の一番手のヤマニシの背を叩き、私は今ひとたび車の一行を止めさせた。すっかり心を奪われてしまったのだ。ひとつの魅惑、いわばひと目惚れで、ただちに、われわれの運命が永遠に結ばれるのを感じたのである。それは仏具商の戸口にあった、人間と同じ大きさの仏で、足を組んで座っていた。非常に古い阿弥陀《アミダ》像[40]で、六本の腕、五つの眼をもち、身ぶり盛んで薄笑いを浮かべ、猛々しい。市場《しじょう》に出てくることのまれな類いの仏像で、まさに掘り出し物だった。ちょうど値段も手ごろだったので、私はさらに半値に負けさせようとした。交渉は成立し、持って行くことになった。それから私が急いでいるのを見てとって、店の者は大慌て。けた外れに大きな箱をにわかに拵えようと、お棺のようなものをつくりにかかる。いや、駄目だ、すでに時間に遅れている。汽車を逃してしまう。私はすかさず三つ目の〈人力車〉を呼び、仏はそこに、普通の人間のようにおさまった。ふたたび全速力で出発し、今度は六人の〈ジン〉が声を張り上げ、道ではニッポン人たちが、阿弥陀《アミダ》がヨーロッパ人にさらわれて、車に乗って逃げて行くのを唖然として眺めていた。

この半分乗客、半分手荷物の想定外の荷物に驚いた駅員たちと、ちょっとした小競《こぜ》り合《あ》いがあった。しかし、ついには聞き入れてくれて、トランクの並ぶ上に人間のように座らせることになった。そして、道中ずっと見張っていると約束してくれた。

深夜の列車は神戸に着いたが、埠頭では、わが軍艦のボートが決められた時間に待っていてくれているはずである。京都と同じお伴の行列を組む。私の乗る車、二つ目の仏の乗る車、三つ目の手荷物を乗せた車である。出がけの時と同じく、さるいわく言いがたい一帯を通っていかなければならない。そこではわれらが船員たちが、賑やかな酒盛りの真っ最中である。私はふだんと違う服装をしていたのだが、わが艦の者たちは私とわかったようだった。「おやっ！　航海長が旅行からお帰りだ！」そして私に向かって帽子を脱いで挨拶をする。ところが私の連れ帰った旅仲間は悪魔のごとく真っ赤な色で、いろんな仕草をし、様子は猛々しくて夜目にも目立つ。いったいあれは誰だろう？　すでに薄暗くなっているので、彼らにはかいもく見当がつかない。〈ジン〉たちが海に向かってまっしぐら、あっという間に駆け抜けたのだから、なおさらのことだった……。

†1 〈ジン・リキ・シャ〉、人間が引いて走る、座席一つの乗用車。

†2 〈ジン・リキ・サン〉、〈ジン・リキ・シャ〉を引く人間。

†3 三三クデ寺院というわけは、列柱が三三クデの間隔で並んでいるからである。[41]

†4 「ムスコ」は男の子、「ムスメ」は女の子のこと。

1887年頃の鹿鳴館
提供：ジャパンアーカイブズ

第二章　江戸の舞踏会

アルフォンス・ドーデ夫人[42]に

外務大臣〔井上馨伯爵のこと〕ならびに
ソーデスカ伯爵夫人〔井上夫人〕は、天皇
陛下誕生日の式典に際し、ロク‐メイカン〔鹿鳴館〕
における夕べを過ごされますよう、
ご招待いたしたく存じます。
舞踏会も催されます。

十月のとある日、横浜《ヨコハマ》に停泊中の私のもとに郵便が届いた。金の縁どりをした優雅なカードに、右の言葉がフランス語で印字されていた。カードの裏には流麗な手書きの英語で、こう注意書き

が添えられている。〈お帰りの特別列車は、午前一時にシバシ〔新橋〕駅を出発いたします。〉
ほんの二日前にこの国際色豊かな横浜にやって来たばかりの私は、いささかの驚きをもってこの指先の小さな厚紙をひっくり返した。有《あ》り体《てい》に言えば、長崎《ナガサキ》での滞在[43]によって得ていた日本的なるものの観念が、そっくり混乱をきたしてしまったのである。そんな欧風化された舞踏会、黒の礼服を着、パリ風の装いをしたエド[44]の人士の集まりを、私はどうにもうまく思い浮かべることができなかったのである……。

それに第一、この〈伯爵夫人〉（昨日この国の社交欄の記事に出ていた、聞きなれない名のいろんな侯爵夫人たちも同様だが）には、思わず笑いを誘われた。

つまるところ、どうしてかといえば、こうした女性たちは諸侯の家柄の出である。彼女たちは自分たちの日本の称号を、それに相当するフランスの爵位に付け替えただけのことなのである。貴族的な教育も洗練も、負けず劣らず本物であり、受け継がれている。彼女らの高貴な家柄の元をたどれば、われわれの十字軍の頃よりはるか昔、古い歴史をもつ国民の年譜の内にまぎれてしまうほどの昔に遡らなければならない家柄さえあるのである。

舞踏会当日の晩、横浜駅は八時半から人で一杯になった。在住するすべてのヨーロッパ人が、この〈伯爵夫人〉の招待に応えるべく、盛装して歩いてやって来たのである。紳士方はオペラハットで、ご婦人方はレースのかぶりものをし、毛皮つきコートの下の、明るい色の長い裳裾《もすそ》を持ち上げている。そしてこれら招待客たちは、われわれのヨーロッパの国と同じような駅の待合室で、フランス語だの英語だの、ドイツ語などで言葉を交わしあっている。この八時半の出発にあっては、どうにも日本らしいところがない。

一時間走って、舞踏会列車はエド〔新橋〕で停車した。

ここではまた別の驚きがあった。われわれが到着したのはロンドンか、メルボルンか、はたまたニューヨークか？　駅のまわりにはみっともないアメリカ風の、高いレンガ造りの建物が立っている。ガス灯がずらりと並んで、まっすぐな長い道路の奥まで見通せる。寒々とした大気に、電線が線を描き、四方八方へと路面電車〔鉄道馬車〕がなじみのベルと笛の音を立てて出発してゆく。

とこうする内に、われわれを待ちかまえていたらしい、全身黒づくめの妙な連中が、わらわらとこちらへ押し寄せてきた。それは〈ジン‐リキ‐サン〔人力さん〕〉といって、いわば人間‐馬、人間‐走者である。彼らはカラスが飛来するごとくわれわれに襲いかかってきて、広場一面が黒くかげった。一人ひとりが後ろに小さな二輪車を引きながら、跳ねたり叫んだり押しのけあったりして、騒然たる悪魔の子分の一団のように、われわれの通行を妨げるのである。彼らはまるで肌着のようにお尻のかたちをくっきりと見せる体にぴったりした半ズボン〔股引(ももひき)〕をはき、同じくぴったりした上着〔印半纏(しるしばんてん)〕は丈が短く、袖はゆったりと広がっている。布製の靴〔地下足袋〕は足の親指のところで分かれていて、そこがまるで猿の親指のように突き出ている。彼らの背中の真ん中には、真っ黒な衣装の上に、大きな白い中国文字〔漢字〕が、まるで棺台に記された埋葬の銘[45]のようにくっきりと浮き出ている。ニホンザルのような仕草で彼らは自分の膝の裏を叩いてみせて、どれほど筋肉が張っているか、われわれに嘆賞させようとする。そしてわれわれの腕や外套を引っぱって、互いに力ずくでわれわれの身柄を確保しようとするのだ。

何台か御者付きの馬車もあって、公使館の高官のご夫人方を待っていた。しかしほとんどの者たちは、あたかも新型の危険な乗り物のように、こわがってこれらには近寄らない。というのも、馬たちがまるで危ない動物ででもあるかのように、両手で抑えられている有様だからだ。

　われわれは、ほぼ全員がこの走者《ランナー》の差し出す一人用の小さな二輪車に飛び乗った。どこに行ってほしいなどと言う必要はなかった。ロク‐メイカン〔鹿鳴館〕にきまっている。そこで彼らはまるで気が違ったかのように命令も待たずに走り出す。うるわしき招待客たちも、舞踏会用のドレスを膝の上にたくし上げて、狭い座席に着くやいなや、賃借りの走者によってそれぞれ全速力で連れ去られていく。付き添っていた夫や保護者の紳士方も、彼らは彼らで同じ小さな二輪車に乗っかって、また違った速度で引かれてゆくのである。われわれはみな同じ方角に向かっている。それだけが悪魔の子分にひとり運ばれてゆくご婦人方の、唯一の安心の種だった。しかしそれは、もはや家族も仲間もちりぢりの、ほうほうの体《てい》の潰走《かいそう》といったところだった。

　われわれは互いを追い、速度も不揃いでガタガタと揺れながら、抜きつ抜かれつしていた。走り手たちは叫び声をあげ、いきり立っている。われわれはひどく大勢で、暴走する大行列さながらである。この舞踏会の招待状はずいぶんとばらまかれている。だがもちろん、この舞踏会にはミカド〔天皇〕も、ましてや人前に出ることのないその妻〔皇后〕も、出席することはないだろう。だけれどもニッポンの上流社会の人々は全員顔を出すであろうし、私はそこで初めて出会う、肩もあらわな夜会服をまとった、かの〈伯爵夫人〉や〈侯爵夫人〉に、興味しんしんである。

　四、五〇分ほども、明かりの乏しいひと気のない郊外の一帯を走行することが続いた。周囲はもはや、駅前の広場とは似ても似つかない。今漆黒の闇の中を、通りや街道の両側に次々とめまぐるしく現れては消えてゆくもの、これこそがまさに本物の日本である。紙でできた小家、黒ずんだ仏塔、面白い露店、ところどころ暗がりの中、色のついた小さな灯りをともしている珍妙な提灯。

さあ、やっとのことで到着だ。われわれの二輪車は列をなして、中国風に屋根の先の反りかえった、古めかしい門[46]をくぐる。さてここは煌々と灯りがつけられ、一種ヴェネチア風祭り〔カーニヴァル〕の真っただ中、凝った庭園の真っただ中である。そこではおびただしい数のろうそくが、数珠《じゅず》つなぎに下げられた、紙でできた丸提灯の中で燃えている。そしてわれわれの眼前には《鹿鳴館》がまばゆいばかりに立っていて、軒蛇腹《コーニス》〔(のきじゃばら)洋風建築の頂部にある水平な装飾〕ごとにガス灯がともり、それぞれの窓からは明かりが洩れて、透明な館《やかた》さながらに光を放っていた。

さてしかし、この《鹿鳴館》はいただけない。欧風の建築[47]で、真新しく真っ白で出来立てなので、やれやれ、まるでわれわれのところのどこか温泉町のカジノのようだ。実際、どこにいるといっても信じられるが、エドだけは別である……。それでいてミカドの紋章のついた、大きな変わった垂れ幕が、あたりに軽やかにはためいている。垂れ幕は隠し紐でつなげられていて、下方の無数の照明を受けて、暗い空を背景に輝いていた。それらは紫色（皇室の色である）の縮み織り〔縮緬(ちりめん)〕地に大きな紋章の菊の花をちりばめたものだが、この菊の紋章が日本では、わが国の百合の紋章[48]にあたるのである。それから奇妙な物音もするが、これは息せき切った走者たちが全速力で到着し、分刻みで正面玄関の階段前に一人ぼっちの男性の踊り手や、一人きりの女性の踊り手を放り出してゆくその物音である。風変わりな舞踏会で、招待客は馬車で赴くのではなく、二輪の御輿《おこし》に乗って、黒い悪魔の子分に連れてこられるのである。

玄関広間にはガス灯が炎と燃え、黒服の召使いたちがいそいそと迎えてくれる。ネクタイはまあまあちゃんと結んでいたが、ほとんど目がないのかと思える、黄ばんで小さな、おかしな顔をしていた。

客間《サロン》などは二階にあり、大階段を登ってゆくのだが、その大階段は、わが国の秋の花壇には思いも及ばないような日本菊の、白の籬《まがき》、黄色の籬、うす紅《べに》の籬の、三重の生け垣で縁取られている。うす紅の籬は壁を覆っていて、その菊はまるで樹木のように大きく、ついている花はヒマワリのような大きさだった。黄色の籬は手前にあって、より丈は低いが、花が大きな茂みをなし、金ボタン色に輝く大きな花束となって咲いている。それから今度は、最後の白い籬が一番低くて、階段に沿ってずっと花壇をつくっていて、雪とみまごう美しい綿毛のリボン飾りのようである。

階段のてっぺんには四人の人物——館の主《あるじ》たち——が笑みを浮かべて、招待客たちが客間に入場するのを待っている。白いタイを着け、勲章をいくつも飾った紳士はおそらく大臣だろうが、私はあまり注意を払う気はなかった。一方三人の女性たちにはただちに興味の目を向けた。三人は紳士の傍らに立っていたが、とりわけ間違いなく「伯爵夫人」とおぼしき一人目の女性[49]に私は目を注いだ。

ついさっき列車の中で、この夫人にまつわる噂話を聞いたところだった。彼女はもとゲイシャ〔芸者〕（ニッポンの宴会などに雇う踊り子）で、ゆくゆくは大臣にもなろうかという外交官に目をつけて、妻にしてもらい、今や諸外国の外交団のお歴々に対して、エドで歓待する栄誉を担っているというわけである。

そこで私は、芸を仕込まれた学者犬よろしく装いを凝らした、変てこりんな生き物を想像していた……。と私は、驚いて立ち止まった。上品で繊細な顔立ちをし、肩まである手袋をして、非の打ちどころなくしかるべき女性の髪に結い上げている一人の人物が目の前にいたのである。米の粉のおしろい[50]に紛れて、年齢がいくつかは判定できない[51]。ごく淡い、目立たない藤色のサテンの長い引き裾《トレーン》に、野辺に咲く小さな花房をあしらっていて、えもいわれぬしっくりとした色合わせである。上身頃《みごろ》はほっそりとして、体を締め付ける胴着の役を果たしており、玉虫のように色を変える真珠がびっしりと縫い取りされている。全体としてパリでも通用するような装いで、それがこの驚くべき成り上がりの女性によって、ぴったりと着こなされているのである。――そこで私は彼女を本物と受け取って、きちんとしかるべき会釈をする。――彼女の会釈もまたしかるべきもので、なにより優美であった。そして私にアメリカ風に握手の手を差し伸べたが、品のいい自然な仕草だったので、私はもうすっかり彼女にまいってしまった。

急いで通りすがりに、もう二人の女性に目を走らせた。まず一人は小さなかわいい娘で、全身〈すがれたバラ色〉の服で、上げた引き裾《トレーン》を椿の花で止めている。そして一緒にいる最後の人には事情が許せば私の目は、すすんで引きとめられたことだろう。この人が〈アリマセン侯爵夫人〉[52]で、古い貴族の家柄の出で、〈天皇陛下付き式部長官〉に嫁いだ若き女性である。漆黒の髪をこの冬の流行に合わせて道化役者風に髷《まげ》を高く結い上げ、ビロードのような美しい瞳で、ほれぼれする子猫のような様子をしている。象牙色のサテンのルイ十五世風の装いである。それは思いもよらぬ効果を発揮していた。この日本と十八世紀フランスの取り合わせ、この極東アジアの優し味のある顔立ちで、トリアノン宮殿さながらの腰を張らせたスカートに、長く先の尖った胴着を着けているその様がである。

ああ、よく出来ました、奥様方！　お三方に心よりの賛辞を捧げます！　かくも愉しきお振る舞い、かくも見事なご変装に。

またも花瓶に巨大な菊の花が、突き出すごとく活けられていて、それから、そのご婦人たちの後ろ、日本の国旗を交わせたその間に中央の客間《サロン》が広々と見渡せたが、ほとんどガランとしていた。――長椅子がぐるりと周囲を囲っていて、そこにまばらに招待客が座っていたが、地べたにしゃがむことに慣れている人らしい、ぎこちない物腰だった。右手と左手には、素通しの列柱越しに脇の客間《サロン》が見えたが、それらはもう少し混んでいて、すでにドレス姿や軍服姿がちらほらしていた。――そして一つはフランス、一つはドイツの二組のフル・オーケストラが隅のかげにいて、思わず誘われるようなコントルダンス[53]の曲を奏でていた。国では誰もが知っているオペレッタに出てくるダンス曲だった。

それらの客間は広大ではあったが、ありきたりと言わざるをえない。二流どころのカジノの飾り付けである。シャンデリアには葉飾りや紙提灯が四方八方に付けられている。一方壁には、天皇家の白い大きな菊の紋章の入った、紫の縮緬地の幕だの、恐ろしい龍を描いた黄色や緑の清国の国旗などが掛けられていた。そしてこうした壁覆いは、陳腐なヴェネチア風提灯[54]や、天井に吊るされた安っぽいひらひら飾り全部とは対照をなしており、清国だの日本だのが陣営を張って悦に入っている気分がよく伝わってくる[55]。

おびただしい数の日本の紳士たち、なんらかの大臣、元帥、士官、役人などが礼装を身につけているが、いささか金ぴかに飾り立て過ぎである。なんとなく私は、かっては名声を轟かせたブン将軍〔オッフェンバックのオペレッタ『ジュロルスタン女大公』中の敵役の人物〕か何かを思い出した。おまけに、しっぽのついた礼服〔燕尾服〕は、ただでさえもうみっともないものになってきているのに、この人たちのおかしな着こなしようときたら！　おそらく彼らの背格好が、この種のものを身につけるようにはできていないのだろう。どこがどうとは言えないのだが、私には彼らが全員、しかもいつだって、なんだか猿に非常によく似ているように思われるのである。

ああ！　それからこの女性たち！……。長椅子の上の結婚前の若い娘にしろ、壁沿いに壁掛けよろしく列をなしているお母さん《ママン》たちにしろ、みな子細に見れば多かれ少なかれ思いもよらない見ものである。いったいどこが悪いんだろう？　探ってみても、どうにも判然としない。おそらくヴェルテュガダン〔スカートの腰部をふくらませるために用いた腰当て〕が大きすぎるか、足りないかなのだろう。それとも高すぎるか、低すぎるからなのか。コルセットの描く線《ライン》も見たことのないものだ。それでいて下品な、またはがさつな顔立ちは一つもない。手が本当に小さくて、パリ直輸入の装いをしている……。そうではあるけれど、それでもやはりおかしい。吊り上がった目で笑っていて、足は内股、鼻は平らで、どうにも本物らしく見えないのである。明らかに、さっき扉のところで披露されていたのが一番ましな人たちで、首都随一の優雅の極み、すでにわがヨーロッパの着こなしを身につけた、唯一の人々だったのである。

一〇時になると、清王朝の使節団が入来した。一〇人余りの威張ったお歴々で、目に嘲りの色を浮かべて、ちっぽけな日本人の群れからは頭一つ突き出ていた。北方の立派な種族の中国人たちで、その歩みぶり、まばゆい絹の衣装の内に、大変高雅な優美さがある。おまけにこの人たちが自分たちの民族衣装を手放さないのは、彼らの良き趣味《ボン・グー》と威信のあかしである。素晴らしい金糸銀糸の模様や手刺繍をほどこした長衣、垂れ下がったものすごい髭《ひげ》や、しっぽのように後ろに束ねた髪〔弁髪〕などである。抑えた笑みを浮かべ、ひっきりなしに扇子を使いながら、彼らは客間とそこにいる仮装集団の間をひと巡りし、それから人を見くだした様子で去り戸外に出てゆき、ヴェネチア祭りのように煌々と照らされた庭に面した露台《バルコニー》に、その腰をおろした。

一〇時半には、皇族の姫君と女官たちの入来である。いや、これは思いもよらぬご入来で、別世界の人間が出現したも同然、月から落ちてきたか、遠い昔からやって来たかのようである。
それは『ジロフレ・ジロフラ』[56]の曲にのってパストゥレル[57]が踊られている最中のことだった。小さな女性たち、ごくごく小さな、ほの白く、血の気の失せた女性たちの集団が二つ現れるのが見えた。小人の国の妖精のような様子で進んできたが、とんでもない衣装を着けていて、髪型のおかげで頭はスフィンクスのそれのように大きかった。身につけている服はいかなる場所でも、日本のどんな街の通りにせよ、屏風でも版画でも、かつて見たためしはなかった。どうも宮中用に大昔から受け継がれてきて、よそでは見られぬもののようである。

目の覚めるような赤い色の、シンデレラが履くような室内履き《バブーシュ》に、紅絹《もみ》でできた大きくふくらませたパンタロン〔袴（はかま）〕は、下に行くほどとてつもなく広がっていて、しかもまっすぐに張っているために、片足ずつにそれぞれクリノリン・スカート[58]を着けた格好で、それをはいた彼女らの歩みは、大きな衣擦《きぬず》れの音をたてながら、もつれがちである。パンタロンの上には聖職者の着るケープのようなもの〔袿（うちき）〕を羽織っているが、それは白というか真珠母色で、黒の円花模様《ロザス》が散らしてある。その生地は素晴らしく、重みのある、極度に堅いブロケード織り〔錦織（にしきおり）〕である。衣装全体にぴんと張った一本の襞が通っていて、このお人形女性たちのかぼそい首から大きく広がる下部にまでいたっている。なよっとした小さな身体《からだ》、あるかなきかの小さい肩がおそらくその下にあるのだろうが、いかなる輪郭も判別できない。その小さな腕や小さな華奢な手も、右と左に下がっている裾広がりの長い袖でそれとはわからず、ひとかたまりとしては、伏せた円錐形容器のような格好になっている（近くで見ると、この明色のケープに散らした黒い円花模様は、怪獣や小鳥、木の葉などを円形にかたどっている。その模様は一人ひとり違っていて、一家の家紋、その貴婦人の紋章であった）。この女性方にあって、もっとも思いもよらぬものは、なんといってもその髪型である。美しく滑らかな黒髪を糊〔油だろう〕で固めて、内部をどうつくっているのか私にはわからないが広く伸ばして、黄色い死人のような小さな顔のまわりに張り出させている。それは広げたクジャクの羽根、広げた扇のようである。それからこの絹のごとき大きなかたまりが、エジプト人の頭巾の切れ目のように突然たたまれて、ペタッとうなじに垂れ下がり、カドガン[59]風に先細りして、最後はしっぽとなっている。その結果、頭が大きくなって、まるで胴体さながらである。それがぺたんこの横顔をさらに強調すること、その堅い地の着物が腰や胸の出っ張りのなさを際立たせるのと同様である。まるで植物標本にされた珍種の花のように、平たく押し花にして、何か古い本のページの間に人知れず挟まれて何世紀もそのままでいた、そんな人のようである。おそらくは醜いと言っていいだろう——まだそうは言い切れないが——、醜いけれどもこの上なく上品で、なんといっても魅力がある。彼女たちのまわりに渦巻くこのお祭り騒ぎにはほとんど目もくれず、開けているともいえない目に謎めいた微笑を浮かべたまま、みな一緒にある脇の客間《サロン》の離れたところに腰をおろしに行った。そしてこの舞踏会の真っただ中で、神秘的な趣きの一団を形成したのである。

たいそう礼儀正しい日本の士官たちが、国としての礼を尽くしてくれて、何人かの踊り手と、その親族や知り合いの女性たちに引き合わせてくれた。――「アリマスカ――もしくはクニチワ〔おそらくコンニチワ〕――またはカラカモコ――嬢をご紹介させてください。わが国でも有数の勇敢なる砲兵将校のお嬢さんです。――もしくは有数の秀でた技師のお妹さんです（聞いたまま）。」――このアリマスカかクニチワ、もしくはカラカモコ嬢たちは白やピンク、ブルーの紗《しゃ》のドレスを着ているが、どれもみな同じ顔つきである。猫のようなおどけた、かなり丸くて平べったい顔で、アーモンド型の目は相当吊り上がっていて、彼女らはその目を、慎ましく伏せたまつ毛のかげで右に左にきょろきょろさせている。こんなみっともない身なりでお行儀よくしている代わりに、日本風のムスメのなりで、笑いころげていればさぞかわいかろう！

　彼女らはエレガントな、螺鈿《らでん》か象牙の舞踏会の手帳[60]を手にしている。私はそこに重々しく、ワルツ、ポルカ、マズルカ、ランサーズカドリーユ[61]などに自分の名を書き込む。だが約束したダンスの曲が始まって、彼女らを迎えに来る時になったら、いったい私はどうやって、アリマスカ嬢とカラカモコ嬢を、またはカラカモコ嬢とクニチワ嬢とを見分けたらいいんだろう？　私はほんとに心配で、それほど彼女たちはみな似ていたのである。現に私はもうすぐ、同じ顔の並ぶ中で、すっかり困り果ててしまうだろう……。

　パリ風のドレスをまとったわがニッポン娘たちは、かなり正確にダンスを踊った。しかし、〈お勉強した〉もの、という感じがする。機械仕掛けの人形のような振りで、個人の自発的な動きというものがまったくない。もしもたまたま拍子をはずしてしまったら、彼女らを止めて、また最初からやり直させなければなるまい。自分では拍子をずらして、また曲に乗って踊り続けることは、とてもできないであろう。しかもこれは、われわれと彼らの音楽およびリズムの違いも、相当にあずかっているのである。

この人たちの小さな手は、明色の長手袋に収まって可憐である。つまりはここに扮装させられているのは、けっして未開の女たちではない。それどころかこの女性たちは、われわれのそれよりもはるかに古い、極度に洗練された文化に属しているのである。

ただ、彼女たちの足つきはどうかと思う。日本の古い優美な型として、足自体が内側に向いており、おまけに丈の高い木製の履物を引きずる伝来の風習のおかげで、どことなくもたついているのである。

元気に踊って見せれば、この軽い大建造物の床は拍子のままに、心配になるほど揺れる。一階の客間《サロン》で洋風に見せかけようと、ロンドレス〔もともと英国人向けにつくられたハバナ葉巻〕を吸ったり、ホイスト〔トランプの賭けゲームの一つ〕をしたりしている紳士方の頭上に、ドシーンと落下するのでは、という思いが離れない。

思いがけない印象を受けたことの一つは、この近代化された踊り手の女性たちの口から、日本語の言葉が洩れるのを聞いたことである。[62] これまで私は、長崎で、小市民、商人、庶民といったみな人形の置物にあるような長衣〔着物〕を着た、そんな人々相手にしかこの日本語を用いたことはなかったのである。舞踏会の装いをしたこの女性たちに、私はどのような言葉を発したらいいのか、わからなかった。

私は背伸びをし、デゴザリマス調の優美な言い回しや敬語表現を使ってみた〈礼儀作法を心得た人々の間では、ほかの凝った表現と並んで、各動詞の語幹の後、語尾の前の中間にデゴザリマスを挟み込むのが通例なのである。いやまったく、わがフランス語のみすぼらしい半過去形や接続法よりも、こちらのほうがはるかに立派に聞こえる〉。そして今ここでは、当然のことながら、このデゴザリマスがあちこちで聞こえてくる。――この舞踏会で軽い笑い声とともにささめかれる馬鹿丁寧な会話では、これが基調となっているのである。

私の日本語は、彼女たちを驚かせた。外国の将校が自分たちの言葉を話そうとするのを聞くなどということはなかったので、一生懸命私の言うことを聞き取ろうとしてくれた。

踊り相手の中でも一番親切だったのは、ポンパドゥール[63]風の花束をあしらった淡いピンク色のドレスを着た子で、――せいぜい一五歳だ――〈わが国有数の才ある工兵将校のお嬢さん〉（ミヨウゴニチ（明後日）嬢だったかカラカモコ嬢だったかよく思い出せない）だった。まだほんとに幼く、一心不乱に飛びはねているその子供らしさがひどく上品で、もしもっとぴったりの装いをし、私にはどこがどうと言えないが着つけをきちんとしたならば、ほんとにきれいだったことだろう。彼女は私の言うことがよくわかり、私がデゴザリマス調でとんでもない間違いを犯すたびに、かわいいかすかな笑みを浮かべながら直してくれるのであった。

一緒に踊っていた『美しき青きドナウ』のワルツが終わると、私は彼女の手帳に、続く二つのワルツの予約を書き入れた。日本ではそれをしてもよいのである。

一階には喫煙室やゲーム室、ミニチュアの灌木（盆栽）やとてつもなく大きな大輪の菊に飾られた玄関広間に加えて、大変なごちそうが並べられた、三部屋のビュッフェがあった。――人々は時に応じて、白、黄、うす紅の花の美しい三重の生け垣に縁どられた階段をつたって降りてゆく。銀器やしかるべき食器の載ったテーブルには、野鳥肉のトリュフ詰め、パテ、サーモン、サンドイッチ、アイスクリームなどが、どれもふんだんに出されて、まるでよく整えられたパリの舞踏会さながらである。アメリカやニホン〔日本〕の果物がエレガントな籠《かご》にピラミッド状に盛られ、シャンパンは極上のブランド物だった。

　このビュッフェで、日本人の趣向の凝りようが窺われるのはおままごとのような植え込みで、金の金網につくり物のブドウの木を這わせ、そこに見事なブドウの実を吊るしている。ダンスのお相手に進呈したいと思うひと房を、自分の手で捥《も》ぐという仕掛けである。こんなワトー[64]ばりのちょっとしたブドウ摘みというのは、最高に粋《いき》である。

　まったく礼儀にはずれた絶対に許されない行為だ、と聞かされてはいたものの、フランス風ドレスを着た大勢のニッポン女性と踊ったあげくに、私は向こうの、その不思議さで私を引きつける、いささか厳めしい一団の方へと行き、昔の宮廷服を身にまとった謎めいた美女に、踊りを申し込んだ。

　私が近づくのを眺めるその貴婦人の、かすかに嘲笑う気配を見て、私は自分のひどい日本語はやめにして、純然たるフランス語で誘ってみた。当然のことながら、彼女には通じなかった。察することさえできなかった。それほど思いもよらぬことであり、——そこで彼女は、もう一人の自分の後ろに座っている女性に目配《めくば》せをした。しかもその後ろの人は、この紹介もなしの会見が始まったのを見て、事を収めようとでもするように、自分から席を立とうとしていた。その人は今やすっかり立ち上がり、家紋を表す大きな円花模様のついた堅い地の着物に女性の体つきを隠し、知性的な美しい瞳で、私をはたと見据えた。その眼《まなこ》は一種の眠りから覚めたかのように突如大きくなり、かっと見開かれて黒々としていた。

「もし、あなた」と彼女はフランス語で言ったが、妙に品のいい癖のあるフランス語だった。

「もし、あなた、この方に何のご用でございますか？」

「一緒に踊っていただきたいのです、奥様《マダム》。」

いきなり彼女の細い眉が大きく吊り上がった。その眼差しには一瞬の内にありとある驚きの影が射し、それから今度は当の女性の方に、その大きな黒い衝立《ついたて》のような頭を傾けて、私のお願いしている驚くべき事柄を通訳して伝えた。——微笑、——そして不可思議な二人の両目がこの私を見上げた。厚かましい申し出なのに、フランス語を話す女性は、一緒にいるその方も、また自分も、そちらのお国の新しいダンスは知らないのだ、と説明しながら、とても品よく、とても優しく私に向かって感謝の意を表した。それはおそらく、本当の事なのだろう。でも理由はそれだけではない。礼式にまったく反していることは、私にもわかっていたのである。それにその事は納得が行く。というのも、突如私が想像したのは、この聖職者風のケープ、このとてつもない大頭、この束髪《カドガン》が、ご婦人一人で、オッフェンバック[65]の威勢のいい曲にのって、コントルダンス

〔数組の男女が向かい合って踊るダンス〕の中に進み出てゆくところだった。頭にその図が浮かぶや、あまりのちぐはぐぶりに、私は人知れず笑わずにいられなかった……。

もはや深く身をかがめ、宮廷風のお辞儀をするしか手は残っていない。二つの黒髪の大衝立《ついたて》も、ほのぼのとした微笑を浮かべて、衣擦れの音をたてながらお辞儀をする。――そうやって私は敗退したわけだった。通訳をしてくれた貴婦人ともっと会話ができないのは残念だった。その人の声の響きと目の表情とが私を魅了したのだった[66]。


フランスのカドリーユ〔男女四人一組のダンス〕とドイツのワルツが交互になる形で、ダンスが続いた。こうして舞踏会の時間はどんどん過ぎていった。もうすぐ終わりの時間である。というのも、早めに引き上げることになっているからだ。

あちらこちら、隅の方では滑稽なことが行われていた。こちらでは二人の将官が、礼装用の二角帽を腕に、金色の帯入りズボンといった姿で互いに近づき、膝に手をつき、体を二つに折り曲げて、こうした折によくやる唇の端でシューシューという特別な音をたてる[67]という、日本式のお辞儀をついうっかりしてしまっている。あるいはちょっとルイ十五世風が入った、長めの胴着を着たエレガントな装いの二人が、延々とデゴザリマス調で相手を褒め合っている最中である。ひと言いうごとにお辞儀をするのだが、それがどんどん昂《こう》じていって、最後には昔風の、ペコペコとしたお辞儀になってしまう。

いまだに民族衣装〔日本の着物〕を着けているニッポンの少女、つまり本物の〈ムスメ〉が二、三人いて、啞然呆然《あぜんぼうぜん》としながら客間客間の真ん中を、びくつきながらも嬉しそうなムネアカヒワ[68]、といった足取りでうろついている。――堅苦しい宮廷服ではなく普通の出で立ちで、陶磁器の壺や扇面など、いたるところで見かけるあの装いである。袖のゆったりした、開口部のある筒型衣〔着物〕に、卵型にふくらませた大きな髷、ワラでできたサンダル〔草履〕に親指のところで分かれた靴下〔足袋〕を履いている。この子たちはとてもかわいらしく、この、国のお声がかりの壮大な滑稽芝居《ファルス》全体の中で、エキゾチックな素敵なおかし味をかもし出している。

一二時半になった。ポンパドゥール風の花束をつけた、私の小さなダンスのお相手、〈わが国有数の才ある工兵将校のお嬢さん〉と私がワルツを踊るのも、これで三度目にして最後である。ほんとに彼女は、わが国の結婚前の娘たちとまったく同じように服を着こなしている（たしかにいささか田舎じみていて、カルパントラかランデルノー[69]あたりか）。そして手袋をきちんとはめた指先を使って、ちゃんとスプーンでアイスクリームを食べることができる。――けれどほどなくわが家へ戻り、紙の囲いをしたどこかの家で、ほかの女性たちみなと同じように先端の尖ったコルセットを脱ぎ捨て、ツルかそれとも何か別の鳥の刺繡をした着物を着て床にしゃがみ、シントー〔神道〕か仏教のお祈りの言葉を唱えて、箸でお椀のご飯を食べるのである……。この気立てのいい小さなお嬢さんと私とは、すっかり仲良しになった。ワルツが長かったし、――マルカイユ

─のワルツだった。─暑くもあったので、われわれはフランス窓を開けて外へ出て、テラスで風にあたろうと思い立った。清王朝の使節団のことは忘れていたのである。彼らは舞踏会の最初からこの涼しい場所に陣取っており、その一行のなす、長衣を着け、モンゴル風の髭[ひげ]を生やした堂々たる一団の中に、われわれは入り込んでしまったのである。

　これら中国人の目は、おそらくは最近のトンキン紛争[71]のせいであろう、いささか傲然たるものになっていたが、われわれのやって来たのに驚いて、その目が一斉にこちらに注がれた。こちらもまた、彼らをしげしげと眺めた。かくしてわれわれは、互いをしげしげと眺めた。それはまったくの別世界に属し、交わることもわかり合うこともけっしてできない人間同士の、冷淡で底知れない好奇の眼差しであった。

　中国の官帽をかぶり、後ろに垂れ髪をした頭が並んでいるその向こうには、庭園があり、ヴェネチア祭り風の灯りが半分消えかかって残っているのが見えた。それからさて、遠くには、黒々とした大きな夜の闇が広がっていた。エドの郊外には、いくらか赤い提灯の灯りがともっていた。空中にはあいかわらず、ミカドの紋章をつけた垂れ幕がはためいていた。白い菊のご紋をちりばめた、紫色の縮緬地である。われわれの後ろには客間[サロン]があり、生花でありながらとても本物には見えない菊の花々で飾られているが、そこには数多くの軍服や明色のドレスがずらりと列をつくって並び、二つのカドリーユの踊りの切れ目の姿勢を取って、じっと動かずにいる。

　私に腕をあずけている、カルパントラだかランデルノーだかの小さな田舎娘は、夜気の涼しさだの明日の天気の予想だの、ひどく礼儀にかなったことを、〈デゴザリマス〉調で私に話しかけてくる。そこへ突然、不調和も極まれり、とばかり中にいたドイツの楽団が、アメリカ産のペール・エール〔淡色のビール〕のせいで景気づいて、『マスコット』[72]の皮肉っぽいリフレインに全力でとりかかる。「ああ！　そんなに走らないで、追いつくよ、追いつくったら！」。一方下では、庭園のはずれ、噴水の背後で花火が一つあがる。見慣れない花束の形で、鹿鳴館のまわりにぎっしりと詰めかけていた日本人の群集をあまねく照らし出した。暗がりにそんなに人がいたとは思いもしなかったが、その彼らが花火に驚嘆して、変てこな叫び声[73]をあげていた……。

オーケストラは狂ったように繰り返す。「追いつくよ、追いつくよ、追いつくったら！」。このあまねき前代未聞のごたまぜ状態にあって、私の物を見る目にもうっすらと霞がかかってしまう。私は気持ちを込めてミョーゴニチ（もしくはカラカモコ）嬢の腕をぐっと私の方へ引き寄せた。彼女に言いたい、面白くて、でもたわいのないことが、ありとあらゆる言語でどっと私の頭に押し寄せてきた。世界全体が、今この瞬間、小さく縮まって凝縮されて、どこもかしこもすっかりお道化《どけ》たものに変じてしまったかのように、私には思われた……。

その間にも集いの数は減り、客間には人が少なくなってきた。幾人かのご婦人は、アメリカ風の退出の挨拶をして出ていった。幾人かの頭巾《フード》をかぶった踊り手と、幾人かの高い襟《ハイカラー》をつけたそのお相手たちが、それぞれ別々に、黒い悪魔の手下たちに世話されるがままになっている。この悪魔の手下たちは、門のところで彼らを待ち伏せしていたのだが、その手車に乗せて、夜の闇を突っ切り、全速力で彼らを運び去っていった。

私もまた、横浜に戻る臨時特別列車に乗り遅れないため、こうした〈ジン〉の走り手の一人に身を任せることにする。受け取った招待状によれば、列車は午前一時にシバシ〔新橋〕駅を出発するはずである。

つまるところ、大いに愉しく、たいへん素敵な祝宴で、この日本の人々は本当に手厚く、われわれをもてなしてくれたのである。私は時々はそれを笑うことがあったかもしれないが、けっして悪意があったわけではない。ああした装いや、物腰仕草、作法、ダンスが習い覚えたもの、それもたちまちの内に、帝国の命ずるまま、おそらくは心ならずも身につけたのだと思うにつけ、あの人々の模倣の才は驚嘆すべきものだと私は独《ひと》りごちる。こうした夜会は、小手先の器用さにかけては随一のこの国民の、もっとも興味深い力技の一つと思われるのである。

さして意地悪な気持ちももたずに、何もかもを詳細にわたって書き綴ることが、私には愉しかった。しかもそのささいな点が、修整前の写真の細部同様、すべて事実ありのままであることは、この私が保証する。驚異的な速さで変貌を遂げてゆくあの国にあっては、数年もたてば、日本の人たち自身もここにその進化発展のひと段階が書き付けられているのを見て、楽しんでくれることだろう。栄えある一八八六年〔実際は一八八五年〕、ムツ‐ヒト〔睦仁〕天皇陛下（†1）の誕生記念式典として鹿鳴館で催された、菊の花に彩られた舞踏会がどのようなものであったかを、面白く読んでくれるのではないかと思う。

†1　どなたも傷つけることのないよう、ムツ-ヒト〔睦仁〕天皇のお名前以外は、全ての名前を仮名にしてある。

第三章　二人の老人がつくる驚きの料理

アンリ・ド・ミラに

　爽やかな十月のある朝、輝く太陽が昇ると、私はヨコハマ〔横浜〕を出発し、どこというあてもなくニホン〔日本〕の本島の内部に入っていった。――お供にイヴ[74]を連れて行ったことは言うまでもない。

　人間の走り手が引く小車〔人力車〕に乗って、われわれはものすごい速度の特急旅行を開始した。秋の刺すような冷たい風が顔を打つ。

　一時間ほどわれわれはトカイドー〔東海道〕（つまり東方の海の道）を走ったが、この道は帝国日本の中で、もっとも大きく古い交通路である。沿道には切れ目なく商店や茶店、旅籠《はたご》が続いている。中にはいまだに洒落ていて、派手な塗装や提灯、紙の幟《のぼり》に覆われている店もあるが、ほかは――それが大半だが――干からび、黒ずんでひどく老朽化している様子である。すべて外壁は木で出来ていて、屋根が非常に高い。みなわらぶきで、同じように上部に一種緑のたてがみのようなものをつけている。これは草やアイリス[75]の葉が帯状に植わっているのだが、各家々のてっぺんに自然に生えているのである。まわりにはなんとも優しい風景が広がっていて、森なす丘や、木々のあちらこちらに按配《あんばい》よく配された小さな寺院《パゴダ》[76]、竹林を流れるひんやりと冷たい清流などがあった。

この「東方の海の道」には、たくさんの人々がひっきりなしに往来している。商売人の呼び声に笑い声、せわしない動き。全速力で走っている駿足の連中がばったり顔を合わせ、宿屋の前でしばし足を止め、ごはんを一杯かきこんだり、お茶を一杯飲んだりし、――それからまた全力疾走で反対方向に別れてゆく。色とりどりの垂れ飾りを付けた馬もいる。しかしなによりも、人間の走り手、人間の運搬者など、われわれのところだったら動物にゆだねるような力と迅速を要する仕事を、すべて人間がこなしている。ジン‐リシ‐カ〔djin-richi-ka とあるが、人力車であろう〕に乗って、大急ぎで走らせているのは、変てこな青白い小さなご婦人たち、見苦しい小さな日本の紳士方である。走っている人間の方はもっとがっしりと力強く、驚くほどずっしりとしていて、全身これ筋肉といった体で繋がれている様は、まるで石を山積みにした重い荷車を、牛が引かされているかのようだ。そして一般の庶民が列をなして、米の袋や布地〔反物〕の包み、磁器の入った箱などを棹《さお》にかけて運んでいる。輸出用の大型陶磁器が人の背に背負われて、行列をつくって道をすすんでゆく。ひとつひとつまるでわが国のシャンパンの壜《びん》のように藁苞《わらづと》に包《くる》まれている。――世界でも最も風変りな国の、商業上の大動脈たる道路がもつ、あらゆる活動、あらゆる活気がここにはある。

まずは一時間旅をした後は、われわれは東海道《トカイドー》をはなれ、静かな田園地帯に入る。細道を通ってゆくので、車夫たちも猛烈な走りぶりをゆるめざるをえない。
今度は次から次へと同じような小道の連なるところに入り込んで、そのいわば緑の曲がりくねる廊下を通ってゆくと、われわれの行く手はいずこも変わらずに樹木に覆われた丘が陵《りょう》をなし、そのどれも似た優美な姿が際限なく繰り返し現れるのである。森林は美しい緑の色で、秋のため、そこここがかすかに紅《あか》く色づいている。小道に沿ってずっと、稲田と粟《あわ》畑が続いている。あるいは果樹園があり、その木々はどれも日本に特有の同じ種類のもので、美しい金色の実〔柿〕をつけている。

大きな街道のにぎわいの後、この一帯を進んでゆけばゆくほど、いよいよ静かになってゆく。かつての昔の雰囲気をたたえた、田舎の風景に変わってゆくのである。

時おり、草木の緑の奥に村が見える。その周囲で人々が畑仕事をしている。農夫たちは暗色の木綿の長衣を着ているか、さもなくば真っ裸で、その黄色い体を見せている。男も女もたっぷりの髪の毛を同じように青色のハンカチ〔手ぬぐい〕で包んで、それをあごのところでスカーフのように結んで〔頬かむりして〕いる。村の周辺ではおびただしい数の子供たちが、やさしい笑みを浮かべて駆け寄ってきて、われわれを眺めたり、幼いながらはやくも礼儀正しいお辞儀をしたりする。小さな猫のような顔つきで、その小さい頭は滑稽である。イギリス庭園ばりにところどころ剃り込まれていて、両耳の上には帯状の植え込みが残り、うなじのあたりは今度は円形の茂みが出来ていて、そこから妙ちきりんなしっぽが出ている。幼い娘たちは全員、七、八歳ともなれば年のいかない兄弟を腰のところに馬乗りにさせ〔おんぶして〕、遊びにかけっこにその子を連れ回し、ゆさぶっている。負われた子は泣きもせずに、笑ったり眠ったりしている。赤ん坊は、姉の小さな背に布ひもでくくりつけられているのだが、あまりぴったりくっついているので、一人の人間に二つの顔があるように見える。――連れのイヴがこの子たちを形容するのに、私が考えもしなかった呼び名を思いついた。双頭の子供たちというのである。

家々の前には手入れのゆきとどいた小庭があり、きちんときれいに刈り込まれた生け垣がめぐらせてある。見なれない花のかたわらに、フランスと同じダリアの花が植わっている。ヒャクニチソウ、エゾ菊、ベンガル薔薇。――われわれのところより小ぶりで、赤みが強い。――そしてもちろん、日本種のアネモネもあった。フランスの田舎のリンゴの木とは違い、ここではこの季節、同じ木に黄色や赤のリンゴの実がなる〔フランスは青いリンゴが主である〕。〈カキ〔柿〕〉は、葉っぱは西洋のカリンに似ており、その実はオレンジよりもさらに輝かしい金色をしている。

われわれがたどる道の曲がり角には、かならず花崗岩でできた小さな仏陀像《ブッダ》〔お地蔵さん〕が据えられており、それはわが国の聖人像やキリスト磔刑《たっけい》像と同じことである。たいていは数体一緒に置かれていて、ずらりと一列に並び、木製の屋根が像を雨風から守っている。赤い布のコルレット〔ギャザーのついた飾り襟〕や玉の首飾り、腕輪をつけた像まである。その前には大きな花瓶があり、生花が浸かっている。まったくもってこれぞ日本の田舎、というところをわれわれは今通っているのである。寺院《パゴダ》〔祠（ほこら）〕が多く、どんな小さな村でも、二つか三つはある。――かならず小高い山の上にあって、大樹の陰になっている。寺院までは木製か石造りかの急な階段を登ってゆくのだが、かならず〈トリー〔鳥居〕〉という宗教的な玄関門《ポルチコ》を二つか三つ抜けてゆく。門の形状は決まって同じで、神秘的な不思議な形をしている。

刈り入れの終わった稲田、刈られてなお青々としている粟《あわ》畑の真ん中を、道は登るでもなく下るでもなく、どこまでも平坦に進んでいくのだが、ずっと同じ丘陵に両側を挟まれたままで、まるで城壁に囲われた、といった格好である〔「切通し」か〕。小さな谷間は一つひとつを見れば、のどかでみずみずしい、うるわしい存在であるが、全体として見ると薄気味悪く、うら寂しげである。――というのも自分の後ろにもずっと似たような谷間を残してきていて、そこから抜け出すにはまたこの同じ、ただ一本の小道を通ってゆかなければならないとこちらが感ずるせいなのだ。谷間が続き、交差したり、迷路《ラビリンス》のごとくもつれたりして、最後にはこの囲われた、地平線の見えない、見晴らすことのできない一帯の奥へ奥へと追い込まれていくように感ずるのである……。[77]

……道の曲がり角に来た時、われわれは景色の単調なのと車の揺れのせいでいささか眠くなっていたのだが、突如激しい憤《いきどお》りにおそわれた（それはもちろん、驚いた最初の一瞬で、まだ理解する間もない時のことであったが）。ぽつんと離れた一軒家の前で、老爺と老女が、おそらくは喰らおうというのだろう、二人の幼い女の子を茹でているところだったのだ！……湯を満たした大きな桶が年寄りたちの前にあり、三脚の台に載って粗朶《そだ》を赤々と燃やした火にかけられている。その桶の中には、六歳から八歳ぐらいの小さな女の子が二人、まだ頭は出したままで、それがかすかな湯気越しに見えるのである！……。

種を明かせば、女の子たちはお風呂に入っているところだったのである……。その子たちの体が冷えるといけないので、お風呂を温め直していたのだった。――しかしほんとに、そこで煮られているかのような光景だったのである。ガルガンチュア[78]ばりの人喰いか何かのために、女の子入りのスープを用意しているところかと思った……。

そして女の子たちは二人とも、とても嬉しそうにほどよいお湯の中ではしゃいでいたところへもってきて、ちょうどそこへわれわれが通りかかったのに大喜びで、われわれの注意を引きつけようと、百面相をするわ、踊りをおどるわ、湯をばしゃっとはねて潜るわで、あるいは真っ裸のまま立ち上がって、まるで釜から飛び出した小悪魔〔diablotin。「いたずらっ子」の意味にもなる〕さながらだった！　そして二人の年老いたニッポン人——明らかにそのお祖父《じい》さんとお祖母《ばあ》さんで、黄ばんだ羊皮紙のようなしわくちゃの顔のまわりは白髪で彩られている——は、戸口に腰をおろして、気立てのいい優しさで湯加減を見守っており、われわれが笑っているのを見て、自分たちも笑っている……。

その景色もあっという間に後ろになってしまった。その野中の一軒家も、その料理なるものも、気のいい人々の愉しげな様子も消え、もう二度とふたたび彼らに会うことはない。——そして今や人影の絶えた稲田の中を、あいかわらず同じ小山の間を、われわれはただ走り続ける。最初に勘違いをしたとしても面白い思い出は、胸に残っていつまでも、われわれを楽しませてくれることだろう。

第四章

皇后の装束

L・ミュラ妃殿下[79]に

これから語ろうとする装束[80]は、偉大な戦士だったある皇后の身に着けていたものである。それは白絹に包まれ、漆の箱に保管されている。箱はある神社の宝物館に収蔵されていた。その神社はかつては見事な都の中心に位置していたが、今では杜《もり》の中である（というのも、それを取り囲んでいた都〔鎌倉幕府の都〕は数世紀も前に消失しており、次第次第に崩れて緑に覆われたからである）。

女帝の名はジネ‐グー‐コヨー〔神功（じんぐう）皇后〕[81]といい、その昔、日本に君臨していた。歴史の伝えるところによれば、彼女は紀元二〇〇年頃に、三年に及ぶ激戦のあげく朝鮮に勝利して、自らの船団および軍隊を率いて大陸から戻ってきた。そのおなかには、世継ぎの皇子を宿していた。その長きにわたる遠征の間、ずっと宮殿を守ってきた彼女の夫は、初めは驚いた。しかし皇后は彼に向かって、神々に祈りが通じ、妊娠期間を三六ヵ月遅らせることが出来たのだと説明した。彼女は皇子を生むとほどなく亡くなり、その子も三歳にして母親の後を追うこととなった。二人が死んだのち、神官たちはその二つの魂を一つに結び合わせ、「八つの旗〔八幡〕」という霊妙な呼称のもと神格化した。そして日本国民は二人のために大神殿を建立《こんりゅう》し、その神殿には一七〇〇年にわたって二人の聖遺物が保存されているのである。

＊

この「八幡」神社〔鎌倉の鶴岡八幡宮〕を訪れるには、幾里《リュー》[82]**か**の道のりを腕引き車〔人力車〕に乗って行かなければならない。それは緑なす、静かでひと気のない田園地帯で、低い丘陵の連なりが縦横に走ってその田野を区切っており、無数の似たような小さな谷間が形成されている。

それから突然、到着する間際になって、車を走らせていた谷間が、より高い丘陵の支脈の間に、大きく伸び広がった。と同時に、影が濃くなり、巨大な樹木がつくる緑の天蓋の下を進んでゆくことになった。それは日本種のヒマラヤスギで、神殿の列柱のごとくまっすぐで、枝はまるで、枝付き大燭台のように左右対称に伸びている。人通りのない、草のはびこった大通りが、その高々とした樹林の下を右に左に広がっている。あちこちに、ずいぶん古そうな宗教上の玄関門《ポルチコ》〔鳥居〕が、小暗い枝の木《こ》の間隠《まがく》れに見える。また一面蓮《はす》におおわれた、静まりかえった溜め池もある。――すると、われわれを乗せていた車夫たちが車を止め、振り返って、鎌倉《カマクラ》に入りましたよ、と告げる。――かつて広大な都だったところである。

〈中国のインク〔墨〕〉で書かれた書物によると、「十一世紀頃——現在の首都江戸《エド》のはるか前——、その江戸に先立つ聖なる京都よりも前に[83]——鎌倉の都は栄えていたのであり、四〇〇年にわたって日本の強大な王侯たちの居住区だったのである」。

だがいったいどこに、車夫たちの告げるその都はあるのだろう？　深い森の中、まわりを見渡すが、何も見つからない。「館《やかた》〔御所〕を探してもむだですよ。今はもうありませんから」と車夫たちが言った。ただ寺社だけは、草木ははびこっているものの、あちらこちらに健在だそうだ。通り〔若宮大路〕もまだ、ほぼその跡をたどって見ることができるが、ただ目下は人通りも絶え、静かだということである。この首都はかつてたいへん広大で、賑わい、かつ豪華であり、かの偉大なるヨリトモ〔源頼朝〕が、一二〇〇年頃に学芸豊かな宮廷を擁し、詩人たちの技競べ[84]を催していた場所であった。——その都が瓦解し、雲散霧消してしまったのである。都は木造だった。それが部分的に持ち去られ、あるいは虫に喰われ、朽ち果てて、今ではその遺跡さえ残っていない。すべてが緑に覆いつくされている。藪や森林、荒地になってしまったのである。

今日十一月十二日、かつて都だった森では、いたるところ虫たち[85]が、秋の名残りの日射しに鳴いている。ハヤブサ[86]が空中に「イアン！　アン！　アン！」と声を放っているが、これは日本の田舎に限って聞こえる特徴的な音で、それにカラスがカアカアと不気味な声を立てている。気候はまだ暖かく、日射しもくっきりとしている。しかし睡蓮《すいれん》は、すでに朝の冷気におかされ、黄ばんだ葉を水面《みなも》に傾けている。失われた過去の遺物全体が、まわりの草や苔の下にうずまっているのが感じられ、その憂愁《メランコリー》に十一月の憂愁がさらに重ね合わされる。

なるほど、寺社のたぐいは健在だった。今やいたるところに暗色の鳥居や、不思議な形の高い屋根が、杉の木の枝ごしに目に入る。

そして、その全てを睥睨《へいげい》しているのが、「八幡」神社の社殿である。それはある山の中腹にあって、まわりを森に囲まれていた。

長い谷間〔若宮大路〕を通ってそこまで行くのだが、谷間はまるで、大がかりに建設された道路のように、むらなく整っている。まさに祀られた霊魂が心おきなく観照できるように、そのためにこの谷が広がっているのかと思われるほどだ。[87] どこまでもまっすぐ谷の切れ込みが続いているので、霊魂は静かな露台の高みから、遠方を見はるかすことができるのである。その谷の中央には視界の消える先まで、とてつもなく大きい杉の木が並木道をつくっている。二つの丘陵が左右対称にその谷を挟んでいるのだが、日本の丘陵というのはきまって本物とは思えないような形状をしており、その頂きがまるで小さな丸屋根、小ドームのようになっているのである。

今日ここを通るのはわれわればかりで、並木道でわれわれの車輪と車夫たちのたてる物音は、苔に吸いとられていった。――そして緑の通路の果て、立ちふさがる山の上に、神社は森の古木に囲まれて姿を現す。その壁は暗赤色で、黒い屋根がいたるところ突き出たり飛び出たりして重なり合っている。

私がここまで旅をしてきたのは、この神社のためではまったくない。――というのも寺社ならもうすでにたくさん見てきた。ごく素晴らしいものをだ。日本にはそんなものはごまんとある！　そう、私はそこに収蔵されている、かの皇后の装束のためにやってきたのだ。その装束をこの目で見たい、手で触れてみたいのである。ある歴史上の、または伝説上の人物が、たまさかわけもなく、われわれの想像力の内に栄えある地位を占めることがある。――そして私は、この勇敢な女戦士に、非常に独特な、恋にも似たある懐かしい気持ちを覚えたのである。私が作り上げていたその人のイメージが、ある偶然の巡りあわせによって、命を吹き込まれることになった。彼女についての言い伝えを読んだその日の晩に、江戸《エド》の宮城内の庭園の奥で、謎に包まれた、本物の皇后〔明治天皇の皇后、美子（はるこ）。のちの昭憲皇太后〕をしばし眺めることが私に許されたのである。[88] そして私はその生きた女性に、古《いにしえ》の女性を重ね合わせてみたのである。現在の皇后は、おそらく昔の皇后とはずいぶん違っているだろう。あまりに古い血筋をもつその息女として、洗練を経てもっとか弱くはなっている。しかしほとんど開けていないかのような、冷厳な支配者のその同じ眼差し、ワシの嘴《くちばし》のようにわずかにカーブを描いた同

大礼服姿の昭憲皇太后
（一条美子）。1889年

じ小さな鼻、同じ微笑、理解を絶する女神のもつ、その同じ魅力がそこにはあった……。すると太古の女君主の鮮烈な像《ヴィジョン》が、私の頭に浮かんだ。その人は軍馬にまたがり、頭には角《つの》、顔には怪獣の面をつけた「剣を二本差しにした戦士たち」を従えて行軍する、――華々しくも恐ろしい戦さの真っただ中で、冷静で気品のあるその態度をくずさない……。

並木道が終わって、廃園が神社の基壇を囲むあたりでも、まだいくつか小さな建物が両側に並んでいて、道がまだ残っている格好になっている。それは参拝客と、聖遺物を見学に来る好事家たちが利用する、茶店や旅館などである。それは変わった一種の村をなしていて、木々や苔に隠れる形で、それでも広く堂々と立ち並んでおり、あたかも死せる都のかっての大通りさながらである。

神社に登ってゆく前に、ここで昼食をとることにしよう。車夫たちがわれわれを、黒ずんだ大きな旅館に案内してくれた。彼らが言うには、ここでは一番の名旅館だそうだ。その構えの大きさといい、彫刻をほどこしたどっしりとした梁《はり》といい、まるで古《いにしえ》の貴人の館のようである。

その二階に上がって、床の上の黒ビロードのクッションを敷いたところに座った。このクッションがなくてはどうにもならない。さて、まるでおままごとのような伝統の料理が、きれいな青い小鉢に盛られたり、なんとも素敵な漆塗りの小盆に載せられたりして出てきた（日本の隅から隅まで、こうしたものは似通っている）。そしてもちろんのこと、宿の女将とおびただしい数の女中とが、誰もみな大きな卵型の髷《まげ》を非の打ちどころなくきれいに結い上げ、何度もお辞儀をしたあげくにそばにやってきて座り、にこやかに笑って座を盛り上げてくれる。われわれが食事をとった部屋はがらんとしていて、何もなかった。隅に古くからの先祖をまつる祭壇〔仏壇〕があって、見慣れない小壺などの一式で飾られ、その金《きん》のところは棒状のお香〔線香〕の煙にいぶされて黒ずんでいた。われわれの後ろには、衝立〔屏風〕がめいっぱいに広げられていたが、あたかも舞台の背景幕のように、薄気味の悪い風景が描かれていた。すなわち空は一面、緑がかった金色で、黒い雲がひと筋だけある。その冷え冷えとした地《じ》の上にくっきりと浮かび上がっているのが、帯をなす冬とおぼしき裸の木々で、バラ色の水をたたえた河川に沿って、次第に小さくなりながらどこまでも続いている。前景では、泥土の河岸に、青白い光を放つ巨大なクラゲたちがひき揚げられている。その大河のバラ色に染まった遠方に、どこへともわからないが、地面すれすれに昇る大きな青い月の方へ去ってゆくのは、怪獣の面をつけた侍たちをぎっしりと乗せた二艘《そう》の木造帆船である……。

すべてにわたって、下卑たところ、がさつなところがいっさいない。そもそも日本にはそうしたものがないのである。どんなささいな物でも、風変わりではあっても、かならず品のよさがある。しかしそれにしても、傍らに座っているこの小さな気のいい女たちは、まわりの景観からすると、あまりにチャラチャラしていて、彼女らの笑いは、廃墟に満ちたこの森の大いなる憂愁《メランコリー》にあっては、いっそう鼻についてくる。

私は彼女らに背を向けて、開いたヴェランダ〔廊下〕越しに外の景色を眺めた。そこには森なす丘々が、秋の澄んだ日射しに暖められていて、私の眼を安らかになごませてくれた。――この谷間はどうあっても、本物とは思われない。その寸法も不自然だし、またあまりに整いすぎている。その尽きるところにある、杉木立に囲まれた赤と黒の神社〔八幡宮〕を、より荘厳で神秘的なものにするためにわざわざ造られたかのようである。今日はまた、なんという静けさ、なんという美しい柔らかな光が、死に絶えた街を覆いつくす、このしたたる緑の上にあることか……。時おりカラスの群れが地面を、黄葉を散らしたみずみずしい苔を襲う。――そしてまるで夏のように、セミ〔虫〕が鳴いている……。

デザートの頃になって、車夫の一人から困った情報がもたらされた。「八幡」神社の宮司たちがここから何里《リュー》か離れたところを訪問中で、日暮れにならないと戻らない、というのである。神社には人がいないから、門も開けられないし、聖遺物を収めた漆箱も開けることができないという。

彼らが戻ってくるまで、ほかのところをぶらつくしかない。われわれのいるこの風変わりな森は、見物するものには事欠かない。わけても青銅製《ブロンズ》の「大‐仏《ブッダ》」〔いわゆる「鎌倉の大仏」。高徳院の阿弥陀如来座像〕があって、これは日本でも最大の像の一つである。ほかにすることもないので、われわれはそれを見に行くことにした。

⁂

さて、そんなわけでわれわれは、木々のもとを歩いて出かけてゆくことになった。その木々の枝ぶりは粋を凝らして軽やかに仕上げられていて、日本人はまたそれを誇張して絵に描くことにたけている。ひと気のない小道にはマツムシソウが咲いており、体のあいている車夫が案内人を務めてくれたが、われわれはいささか気落ちし、期待もせずにその青銅製の「大・仏」に向かって歩いていった。このかつてカマクラ〔鎌倉〕であった迷路をなす小谷には、いたるところに寺社がある。この緑地の一帯に着いた時には、そうした寺社が目に見えなかったので、そんなにあるとは思いもしなかった。まだ命脈を保っている寺々は、庭園の奥にその黒々とした角《つの》を突き立てているが、その庭園には剪定された椿[89]の木が、生け垣や縁どりの並木に使われている。一方、まったく打ち捨てられてしまった寺は、入り口の門も閉まり、庭も荒れ果て、生け垣も山野の茂みに戻っている。それらはすっかり朽ちて、おそらくはその中の神仏の居場所も、ぼろぼろとなっていることだろう。寺社は丘の上にも見えるし、その丘の下にうずもれて、穴倉のようにぽっかりと開いた入り口が黒々としているものもある。それらはおそらくは、神道《シントー》の書の語る〈根の国の死霊〉を祀ったものであろう。あちらこちらにこれまた社《やしろ》の形をした、天然の大岩まである。人目に触れない片隅には、花崗岩でできた苔むした神仏像が列をなしている。ほかにも不可思議な碑文や、墓石がある。それはいわば、一大礼拝場であり、その上を森が、緑の屍衣《しい》で覆いつくしているのである。

さてわれわれは森の中から抜け出て、刈り取られた雑穀畑やジャガイモ畑、稲田の間を通っていった。日本ではめずらしい、打ち捨てられたみじめな場所と思うせいか、かってひとつの都であったこの田舎の一隅、こうした種の蒔かれる田畑が、なんだかわびしいものに見えた。裸同然の貧しい農民たちが、地面にかがんで農作業をしている。ぼろをまとった子供たちがこちらへ寄ってきて、哀れげな懇願の言葉をささやきながら、物乞いの手を差し出す。日も進み、大気も冷えてくる。空気は突如、秋と朽ち葉の匂いを放ち始めた。抜いた雑草をあちらこちらに小さな山積みにして燃やしていたが、その煙がすでに光を失いかけている空へと昇ってゆく。その空にはうっすらと霧がかかり、はや冬の訪れを知らせている。われわれはこうした十一月のすたれゆく気配に心をとらえられた。その感覚は、北半球のどこの国にいても、なんとなく似通っている……。

ふたたびわれわれは、森の中に入った。これから見に行く青銅の仏がひとり坐す、不思議の小谷〔長谷（はせ）の地〕にすでにいるのである。「大‐仏」までもうあと数歩である。と、木々の梢のそのまた上に、突然大仏の丸みを帯びた両肩と、巨大な頭とが見えた。顔に微笑を浮かべ、視線をぼんやりと地面に落としている。

かつて大仏は、おそらくは壮麗であったろう、すべて金塗りの丸天井のもとに鎮座していた。貴重な壺や花々のあふれる寺院の奥まったところで参拝されていた一大偶像だったのである。――しかもその寺院は広大な偶像崇拝都市の真ん中にあり、その街では大勢の聖職者たちがひっきりなしに祈りの声をあげ、宗教音楽を奏で続けていたのである。

ところが数世紀たち、火災あり戦争ありで、それら全てが灰燼に帰してしまった。この大仏だけが、青銅の塊であり、つまりは壊すことが難しく長持ちしたために、生き残ったのである。そして今では青天井のもと、虫がよりしげく鳴りやまぬ楽の音を響かせる中、仏像は暮らしている。大仏は消失した自分の麗しい住まいに代わって生えてきた緑の草木や杉の樹木に向かって微笑んでいるのである。

寺の境内[90]へと入る門の一つ〔仁王門〕がまだ残っており、それには一方が青で一方が赤の、二体の恐ろしげな神将の像〔金剛力士像〕があるが、この二体は、どの寺院の入り口にも欠かさず置かれているものである。この玄関門の先には、なかなか感じのいい、いかにも日本的な小庭があり、そこにはさまざまな奇妙な物体をかたどって剪定されたミニチュアの灌木がある。――そしてきれいに緑で縁どられた砂の小道をたどってゆくと、巨大な像のまさに足元にたどり着いた。

大仏は脚を組み、手を合わせて座っている。その威圧的な大きさと、静かな微笑によって、われわれは思いもかけなかった、漠然とした宗教的な畏怖の念を覚えた。

日の光が優しく顔の片側と、高々とそびえる大きな両肩のあたりを照らしていた。もし立ち上がったら、小山ほどの大きさはあったろう。顔のつくりはとても素朴《アルカイック》で、半ば閉じた目はたいへんな切れ長で、両耳は誇張されて垂れ下がっている。しかしその表情には静けさと神秘性とがあって、圧倒されるのである。高さ二〇から二五メートルの高み[91]から地上へと注がれる青銅像の大いなるほほえみは、まさしく神の微笑である。

大仏の脇腹のところに、黒ずんだ小さな戸口が開けてあって、そこから仏像の胎内に入ることができる。——中は金属の内壁の風変わりな部屋で、とても暗く、人間の体内の形状をしている。いくつか神仏像がでたらめに入れられていて、まるで屋根裏の物置きにガラクタを放りこんだようである。大仏の顎のところには、全身金色の古い阿弥陀《アミダ》像があり、金の光背を背に立っている。大仏の耳の部分には「四十の手をもつ観音《カノン》」が置かれ、猛々しい身ぶり手ぶりをしている。肩のところにはまた別に三、四体あるが、埃にまみれ、虫に喰われたまま放置されている。梯子をつたって二つの小窓まで昇っていく。窓は肩胛骨のところを穿って作られており、谷間の小暗い奥底、人の絶えた奥底が眺められる。——ここから見ると、太陽の位置はかなり低くなっていて、すでに木々の梢を金色に輝かせるばかりだった。「大‐仏」にすっかり時間を費やしてしまったようだ。「八‐幡」宮の僧侶たち〔ロチは、bonzes（僧侶）と書いているが、以下は神官・宮司と訳す〕ももう戻っているに違いない。着くのが遅くなって、あの皇后の装束が見られない、なんてことにならなければいいのだが。それだけが私にとっては旅の目当てだったのだから。さあ、急ごう。

われわれは車夫たちの教えてくれる近道を取った。巨大な偶像の後ろ手にある森を抜けていったのだ。——そして時おり振り返って、遠のいてゆく大仏を眺めた。こうして背中から見ると、その湾曲した肩、前方に傾いた首、飛び出した耳など、今や何か原始の、半睡状態の憂鬱《メランコリック》な、雲突く大猿のごとき印象を与えるのだった。

＊＊＊

新しい小道を通って、われわれは相当早くがらんとした大通りまで出、八幡宮のもとに帰ってきた。番をしている宮司たちは、ちょうど戻ったところだった。

花崗岩でできた最初の玄関門〔鳥居〕を、いくつか通り抜けて行こう。門は桁《けた》を二重に渡してあり、その桁の先は三日月形に反りかえっている。

うら寂しい庭園に入ってみよう。そこは草がはびこり、小道も消えかかっている。神社はそこに、黒と赤の姿で、われわれの頭上高く、切り立つ丘陵の上に鎮座していた。その神社は、もはや手入れのされていない下方の庭園に影を落としている。庭園には途方もなく大きなハス池がいくつかあって、湿地帯のような様相を呈していた。灌木はかつては切り込みを入れ、たわめて特殊な工程を経て矮小形につくられていたものが、老いさらばえて、いじけたとんでもない姿になっていた。

花崗岩でできた、六〇段からなる大石段を上がり、中腹にある最初の境内にたどり着く。そこは神に奉納する踊りが舞われるところである。屋根の湾曲した小さな付属の社《やしろ》や、ソテツの茂みなどがあしらわれているが、ソテツは幹がいくつにも分かれていて、まるでノアの洪水が起こる以前の世界の、頑丈な原初の植物のようである。

また石段があり、それを登りつめると、最後の囲い地に入る大玄関門〔大鳥居〕に着く。

そこまできて振り返って下を見ると、われわれの足元にあるのはどこまでも続く静かでひと気のない杉の並木道と、その左右をあたかも整然とした緑の城壁のごとく縁どる二列の丘陵とである。まるで一種深い森の抜け道のようで、どう見ても、この神社により荘厳な神秘性を付与するために——わざわざ造ったものではないにしろ——、選び取られた場所であることは間違いない。

◎ ◎ ◎

にこやかな宮司たちが迎えに出てくれ、われわれはその人たちと一緒に最後の奥庭に入った。その庭は杉の木でできた古い建物にぐるりと取り囲まれていて、その真ん中に神社が暗赤色のどっしりとした姿で佇《たたず》んでいた。

私は呪文を書き付けた紙〔通行許可証〕を[92]取り出した。それがあればなんでも見学することができ、なにより女戦士の衣装が見られるのである。しかしそれには目も通さずに、相手は私に返してきた。どうやらこれはいらなかったようだ。昨今、進歩の時代に生きているわれわれには、何枚か白いの〔pièces blanches。銀貨〕を渡しさえすれば、それで十分なのである。そうすればすべての門という門が、幕が、箱がわれわれの前に開かれるのである。

神社のある広場の、三方を囲っている建物は、連続する別個の小さな建屋からなっており、それらにはこの上なく貴重な品々、価《あたい》のつけようもない聖遺物などが収蔵されている。一つめの部屋は神々の御輿《みこし》で、手の込んだ漆塗りと金の蒔絵がほどこされている。また別の部屋には海の大女神〔弁財天〕像があり、聖なる玄関門〔鳥居〕を頭につけているが、それはまるで壁《ミューラル》冠《クラウン》[93]のようである。女神のほっそりとした手指は、丈の長いギター〔琵琶〕の弦の上に置かれている。——彼女が奏でているように見えるその楽の音は、浜に打ち寄せる波の音を象徴しているのである。

それから侍や聖僧たちのあらゆる種類の遺品がある。十三世紀の頃に名高かった高僧日蓮《ニチレン》のインク壺〔硯（すずり）〕[94]とさまざまな手書きの書、代々の天皇たちが所持していた大切な剣やサーベル。——それらは柄のところが、金の菊の花で装飾されている。もう今では見られないような見事な焼き入れのなされている刀身は、漆塗りの鞘《さや》におさめられているために、何世紀もの間錆《さび》つかずにいるのである。[95]

こうした驚くべき品々を眺めていたら時間がたってしまい、日も傾いてきた。かの皇后の衣装は、いったいどこにあるのだろうか？　きっと最後の最後に取ってあるに違いない。一番めずらしく、一番神さびた品物なのだから。私は熱心にそれを見せてくれ、と頼んだ。本当にあるのかどうか、不安になり始めていたのだ。——鍵だか梃子《てこ》だかのようなものを探しているところだ、と言われた。それがないと、装束をおさめている部屋が開けられない、という。——それでいて宮司たちはゆったりと落ち着いている……。日は沈みかけており、われわれはもう横浜《ヨコハマ》に戻らなければならない時間である。夜になり、月も出ない闇夜に、いったいどうやって暗がりの中、同じく長い帰り道を抜けていくことができるだろうか。細道は小さな二輪車で行くにはあまりに道が悪く、しかも疲れた車夫たちが、目もきかない状態で走るのである……。

しかし、かの遺品中の遺品を見せてもらうまでは、取りあえずは見学を続けよう。

展示品は珍重のあまり、とでもいうように、飾り棚の上にかなり間隔をあけて置かれ、金ラメの絹地の小幕の後ろに隠されてあったが、その絹地はぼろぼろである。

ここもまた武器の数々で、金の菊花や金の鶴の飾りがついた弓と矢があり、それから戦さの兜《かぶと》があって、仮面〔木造舞楽面・菩薩面か〕の一大コレクションがあった。

お面はぎょっとするようないやらしさ、いとわしさという点で秀逸だった。すさまじい笑いで引きつった土気色の顔には、ガラスの目玉がはまっていて、強烈な生々しさがある。生ける肉体を欲している老いた死骸の顔だ……。とりわけ一つは抜きんでて時代が古く、最高権者にして僧であった頼朝《ヨリトモ》（十二世紀）が所持していたもので、そのぞっとするような眼差しと笑いには、凍りつくような思いがした。その目鼻立ちは日本人らしくない。ヴォルテールに似ており、墓から掘り出された、死者ヴォルテールといったところだ。その表情は勝ち誇った皮肉たっぷりのそれで、何か残虐な行為をすでにし終えた後か、またはかならずやり遂げられると確信して策をめぐらしている時のような顔である……。

この埃をかぶった一種の美術館は、全体にあまりにまばらなために、一見わずかな展示品しかないかのように見える。——一番奥の隅には見たこともない形のとてつもなく大きな壺、何に使うのかわからないような原始的な品々……。これほど見かけの粗雑なものが、様式や素材においてははるか千年以上前に洗練を見ていた国にあるというのは！　これらのガラクタはいったい何世紀に遡るのだろうか。

＊

やっとのことで、戦将皇后の遺品を納めた蔵の戸が開かれた。——われわれは二人の宮司を先に立てて入っていった。——庫内にはほとんど何もない。ただ、一枚の小板の上に、皇后の大きな鐙《あぶみ》があるばかりだ。それは現今のアラブの首長か何かを思わせるような戦闘用の鐙だった。——それから幕の後ろに箱があった。——衣装をおさめた箱だ！

しかし庫内に入ってくる光はもう乏しかった。もう一枚白いの〔銀貨〕を出せば、それを外に出して見せてくれるという。宮司たちが二人がかりで、まるでお棺を運び出すように、衣装箱を外へ持ち出してくれた。

広場にはまだ夕日の残照があって、冷たい風が吹き渡っていたが、箱はそこに置かれ、開けられた。——そして白絹の屍衣で覆われた長い包みが取り出された……。

……私は金や貴石で飾られた、ずっしりと重い、華麗な織物を想像していた。細心の注意を払ってそろそろと、ゆっくり見せられると思っていた。——そこで私は薄い、くすんだ色合いの半透明のかたまりがぱっと風にあおられて広がり、私の顔まで飛んできそうになった時には茫然としてしまった。——そして絹の布切れがほどけ、ちぎれて侘しい広場に舞い散った。——まるで空の雲のようなもろさ、はかなさをもっているかのようだった。

実際ここは、こんな貴重な遺品を見るには風が強すぎる。ちょっと触れるだけでも破れたりくずれたりしてしまう。宮司たちがふわふわとした軽いそれをまた運んで、神社の庇《ひさし》の下の、杉の木造りの塀の陰に持って行った。

ひと目見た時には、がっかりしたと言ってもよい。しかしよく眺めてみると、実に見事な装束で、洗練を極めている。着衣は長く尾を引いていて、ゆったりとした大きな袖がつき、襟は高く立っている。——顔を縁どるように、メディチ風のラフ〔十六、七世紀に男女が用いた円形のひだ襟〕ばりに、襟の口を少し広げてある。肌理《きめ》の細かい絹モスリンを七枚重ねてできていて、そのどれもが色合いが違い、長い垂れを引いて、それぞれが自由に別々に波打っている。上側の生地はかっては白かったのが時を経て、黄ばんだ古象牙の色になっており、飛ぶ鳥〔鳳凰〕の模様が散らしてある（雀ほどの大きさだが、頭は龍の形をしており、互いに広く間隔をあけて、幻想的な飛翔を見せている。緑色のもあれば、青、黄色、紫のもある）。二番目の布地は黄色、三番目は青、四番目は紫、五番目は古さびた金色、六番目は緑で、――すべての布地に羽を広げて飛ぶ不思議な、さまざまな獣の模様がちりばめてある。ついに最後の下着に来ると、皇后の琥珀色の身体に触れ、その身体を包んだその布地は紫で、皇室の紋章が散らしてある。――それは幻獣を渦巻き模様に仕立てたものである。こうした刺繡は軽い仕上がりになっていて、地の薄布と同じぐらい透けて見える。初めの色合いからしてすでにうっすらとした、ごく目立たないものであったに違いないが、それが時代を経て色褪せてしまっている。そこで全体がまるで煙のように、フワーッとうつろいやすい、色もなく灰色にくすんだものとなっている。

　哀れなるかな、麗しい衣装よ！　裾の方はすっかりほつれて、ぼろぼろになっている。生地は指が触れればほろほろと崩れてしまう。――そして風がそれをさらってしまう。しかしまだ麝香《じゃこう》とベチベル油[96]の芳香を放っていて、それは女性の脂粉の香りさながらである。それを嗅いでいると、私とこの皇后を隔てている、十七世紀もの間というとてつもない時間の観念を、一瞬忘れてしまうのである。なによりそのこと自体が、息をのむ体験だった。かの伝説の人物が身につけた本物の装束を、日の光のもとでこれほど間近に眺め、触れ、感じたのである。その人物は女神のごとく近寄りがたく、人目に触れずに生きて、戦いのさなかでさえヴェールに覆われた存在だった。――それも遠くはるかな見知らぬ時代、われわれの祖先であるガリア人が、森の蛮人状態から抜け出すか抜け出さないかの頃のことなのである。

哀れなるかな、麗しい衣装よ！　白いのを何枚か出しさえすれば、訪れた者には誰にでも見せている現状からすれば、おそらくはこれほどの年月を経てきたこの衣装が、今世紀〔十九世紀〕の終りまで持ちこたえることはないだろう。

もしかしたら数知れぬ年月の間には、今日のこの夕べのように、衣装が外に持ち出され、外気に触れ、風を受けたこともあったのではないだろうか。この神社の広場の高みから、夕陽と、遠くまで続く杉の並木道の景色に触れたことがあったのではないだろうか？

衣装はまあまあ丁寧にたたみ直されて、白絹の屍衣にふたたびくるまれた……。まことに、人間の言語をもってしては、衣装の屍衣抱合が行われたこの地の憂愁《メランコリー》の気と神秘性とを表現する言葉は見つからない。この打ち捨てられた静けさ、この高台を吹き抜けてゆく秋の夕暮れの冷たい風を表現する言葉が、である。——そしてわれわれの足元にある、かつては街であった長い緑の谷間、そして下方のひと気のない庭園とハス池の数々もまたしかりだった……。

＊＊＊

地平線にはもはや、黄色がかった太陽のわずかな端《はじ》が残るばかりになった頃、われわれは人力車に腰をおろし、帰途に就いた。

黄昏《たそがれ》の中を、今朝と同じ道を反対方向にたどっていった。同じ稲田を、視界をさえぎる小丘の連なりの間を、迷路なす小谷を通っていった。

空はついにひとかたまりとなった大きな雲に覆われ、その雲がヴェールのように降りてきたかと思うと、時雨がさっと降ってきて黄葉を濡らし、地面や植物の発散する十一月のあの匂いがひときわ強く立ちのぼった。

この時期は果物といえばただ一つ、日本でふんだんに実る〈柿《カキ》〉の季節である。オレンジの実をややたて長《なが》にした感じだが、色はもっと美しく、なめらかに輝いて、磨きをかけた金の珠のようである。道すがらずっと、このたわわに実った柿の木を目にしてゆくことになった。

こうした日本の田舎では、多くのものがフランスの秋を思い起こさせる。あちらこちらに、垂れ下がる赤みを帯びたブドウのつるや、葉を落とした木の枝が見られ、高く伸びたあげくに枯れてゆく草むらには、紫色の花がある――ここでもわれわれのところと同じく、晩秋の花はほとんどみな紫の色をしている。紫色の矢車菊、マツムシソウ、ツリガネソウ[97]が茎の先に花をつけている。――ほかにも同じ色の、知らない種類の花があった。

✽ ✽ ✽

われわれが下方の植物や苔に目をやっている間に、空を覆っている灰色のたそがれのヴェールに裂け目ができた。その雲の切れ間に、突如〈富士山《フジヤマ》〉が姿を現した。低い丘陵のはるか上空に、われわれを取り巻く、しなをつくるがごときちっぽけな侘しい景観のはるか上空に、ほとんど幻想的ともいえる富士山の出現を、われわれは目にしたのである。日本の山々の中でも巨峰であり、整った大きな円錐形をしていて、ただ一山屹立している独特の山である。その現実とは思われない姿は、どんな屏風、どんな漆の盆にも描かれており、何度もすでに目にしている。その〈富士山〉がそこに、深みを帯びた、驚くほどにくっきりとした輪郭を描いていたのである。――その白い頂きは雪をかぶり、何もない天空の冷気にさらされていた。その山のことなど考えてもいなかったので、最初の一瞬は、大気圏外の物体を見たかと恐怖を覚えた。どこか別の惑星の物体が、突如接近してきたのかと思ったのである……。

　十一月の夜は、なんとすべてが荒涼として見えることだろうか。今朝に比べて、どれほど行きはぐれ、途方に暮れる思いがすることか。狭まる丘陵の間を、窮屈な小谷のようなところ〔鎌倉に多い「切通し」か〕にどこまでも閉じ込められ、視界も開けないまま通ってゆく。自分たちの進む方角もどちらとわからずにいるのである。闇がいたるところ広がって森を覆いつくし、冷たい湿気が落ち葉の匂いを帯びながら地面から這いのぼってくるような気がする。夜の闇はますます力を増し、今や〈柿〉の小さな金色の珠が、消えゆく残光をすべて自らのうちに引き寄せ、集めたかのように見える。樹木の茂みや果樹園の中で、これら金の珠だけがあいかわらずくっきりと浮き立って、小暗く判別のできなくなった草木を背景に、いまだ輝きを放っているのである。

　どの道の四つ辻にも、石仏〔地蔵〕がかならず五、六体、列をつくっていて、玉の首飾りや赤いウールのよだれかけをしているが、その石仏がだんだんに地の精《グノーム》の小人のような邪悪な風貌を帯びてきた。谷の奥の、行き止まりになっているところなどがあって、そこは今朝はうららかであったのに、この夕暮れには不気味に、すっかり影で覆われていて、われわれにはまったく理解できないこのかくも不思議な国の、《悪霊》たちの住み処かと思われるのだった。

＊

このたそがれのわずかに光のある内に、ひと気ない道のはずれにぽつんとある、わびしい茶屋の前でわれわれは車を止めた。にこやかな可愛らしい若い娘がたった一人でそこにおり、われわれの丸提灯のろうそくに火を灯してくれ、笑い声をたてながら古くてハエのたかっている、ハッカ入りの白や赤の飴をわれわれに売った。

それからすっかり夜になった。星もない闇夜である。それでも車夫たちは、引く者と押す者に分かれて時おり元気づけのかけ声をあげながら、早足で、走っていった。そこでわれわれは、ひどい寒さもあって、もうろうとしてきて一種眠ったような状態に陥った。

だいぶたって二度目に止まったのは夜の十時頃で、また別の旅籠《はたご》で降り、少しだけ火鉢にあたって体を温めた。顔つきのよくない貧相な男たちも、そこには居合わせていた。その旅館でわれわれの車夫たちは、茶碗によそったご飯を出してもらった。

さらに一時間ほどの道中を、車に揺られていく。

そしてついに、われわれの前に長く列をなしたガス灯が輝き始め、文明の、すなわち鉄道の機関車や汽笛のはるかなざわめきが響いてきた。それは死せる都からわれわれに取りついてきた、古き日本の夢のただ中に、皮肉な、不協和な音が入り込んできたかと思われた。

さあ、着いた。横浜だ。大いなる近代のガラクタ山、古きものの残滓にのっかった、にわかづくりの新しき日本である。

そこで、ついさっきまであの神社で聖遺物や仮面に囲まれていたわれわれは、どれほど遠い過去にいたのかを思い知らされたのである。――謎に満ちた過去がどの方角にあったのかも、もうすっかりわからなくなってしまっていた。

第五章　三つの田舎の言い伝え

I

たしかお梅さん[98]に聞いた話だったと思う。

「アナグマ〔blaireau。フランス語でアナグマを意味するが、タヌキやムジナであろう〕は悪い奴で、ぽつんと離れた田舎の一軒家に、鍋などの日用道具に化けてもぐり込む。

たいていの人は、それを本当の鍋だと思ってしまう。でもいざ何かを煮ようとすると、そいつはアナグマの姿に戻り、アッカンベーをして逃げてゆく。――中に入っていた水は火の上にこぼれて、火は消えてしまうのさ」。

II

日本に関する、あまり知られてはいないがきわめて優れた書物があり、最初私はこの話をその本で読んだ。のちに、農民たちがその話を信じていることを実際に確かめることができた。

「大みそかの夜、ただ人のいない場所でこう叫べばよい。〈ガンバリ・ニンドー・オト・ト・ギスー〔がんばり入道ホトトギス〕！〉。毛むくじゃらの手が暗闇から、ぬっと出てくるのが見たければね」。

III

同書からもうひとつ。

「毎年冬のある晩に、ひと気のない庭で猫たちが大集会を開き、最後には、みんなで月明かりの中、輪になって[99]ダンスを踊る」。

そのあと次のような、なんとも素敵な一文が添えられていた。ジュール・ルメートル[100]をはじめ、猫の魅力がわかる洗練された方々にぜひお聞かせしたい。

「〈この会合に参加するには、いずれの猫も踊りの際にかぶる、フィッシュ〔レースなどの三角形のスカーフ〕または絹のハンカチを用意してゆかなければならない〉」。

第六章　日光の聖なる山

ジャン・エカール[101]に

「日光を見ていない者には、〈素晴らしい〉という言葉を言う資格はない。〔日光を見ずして結構というな〕」

（日本のことわざ）

I

日本《ニホン》の本島の中ほど、横浜《ヨコハマ》から五〇里《リユー》[102]の山林地帯に、傑作中の傑作が隠されている。日本のかつての帝王〔将軍〕[103]の墓所である。

それは深い森に覆《おお》われた日光《ニッコー》聖山の中腹にあって、杉の木陰で久遠《くおん》の響きを立てている数々の滝に囲まれている。――黄金《きん》の屋根をもつ、青銅や漆でできた魔法の神殿が立ち並んでおり、それらはまるで、魔法の杖のひと振りで呼び寄せられて、そこに来たような様子をしている。シダや苔の生える緑の湿地に囲まれ、小暗い枝々が穹窿《きゅうりゅう》をなしているその下に、つまり野生の大自然の真ったただ中に佇《たたず》んでいるのである。

これらの神殿〔temple。ロチは神道、仏教両方の建物にこの言葉を用いている。以下、適宜訳す〕の内部は、想像を絶する壮麗さで、おとぎの国のそれのように光り輝いている。あたりにいる者といえば、何人か坊さん〔bonze。ロチは神道、仏教の聖職者ともにこの言葉を使うが、以下神官の場合は神官と訳す〕がお経を唱えており、また巫女たちが白い衣装をまとい、扇をひらひらさせながら奉納の舞いを踊っているばかりである。時おり反響のいい喬林《きょうりん》のもと、巨大な青銅の鐘のゆったりとした音や、化け物のように大きな祈禱の太鼓のくぐもった音が伝わってゆく。それとは別に、沈黙、静寂の一部をなすかのような同じ音が絶えずしている。それはセミ〔cigale。ただしロチはセミだけでなく虫一般もこの語に含めているふしがある〕の声、空中のハヤブサ[104]の鳴き声、木の枝にいる猿の叫び声、変わらない滝の落下の音である。

この神秘の森の真ん中にある、まばゆいばかりの金色《こんじき》の輝きが、その墓所を地上で唯一無比のものにしている。それは日本の聖地《メッカ》である。この国は今や西欧の押し寄せる怒濤《どとう》に呑み込まれつつあるが、過去には目覚ましいものがあり、この地はその日本の、いまだ侵されざる心臓部である。三、四〇〇年前に森の奥に、死者たちのために壮麗な社《やしろ》を建立した人々は、変わった神秘思想の持ち主であり、実にまれな芸術家たちであった……。

まだ私の記憶が新鮮な内に、十一月のある晴れた日々[105]に私が行った《聖山》巡礼を、ここに子細に語っておこう。それはサン・マルタン祭の夏[106]といった、すでに肌寒いけれども静かで澄んだ気候の頃だった。

まずは横浜を出発する。そこはあらゆる国のあらゆる人のいる街である。出発はごくありきたりに鉄道[107]で、朝六時半の列車に乗る。

もっともこの日本の鉄道は、いささか変てこである。狭く細長い車両で、床には間隔を置いてご婦人向けの小パイプ〔キセル〕用の痰壺《たんつぼ》〔灰吹き〕が穿たれている。

列車は肥沃な田園地帯の中を軽快に走ってゆく。旅程の最初の四〇里《リュー》はこのようにして、だいたい七時間ほどかかるだろう。そうして午後の二時頃には北方の大都市宇都宮《ウツノミヤ》に着き、私は列車を降ろされるだろう。鉄道が敷かれているのは、そこまでなのである。そこからは二人の人間が引っ張る小車〔人力車〕に乗って旅を続ける。まだ馬車があまり普及していない日本では、この車が便利なのだ。

私の客室《コンパートメント》にはもう二人乗客がいた。日本人の大佐と、その気品ある奥方である。

この大佐もごく若い頃にはぞっとするような甲冑を身につけ、長い触覚のついた兜をかぶり、怪物の面をつけていたに違いないが、今日ではヨーロッパ式の軍服にきちっと身を固めている。ぴったりとしたズボンに、飾り紐を肋骨状につけた軽騎兵の装い、ロシア式の平らな大きな軍帽、鹿皮の手袋、トルコ風巻きタバコ。いかにも軍人らしい風貌で、おどけるどころの騒ぎではない。

夫人の方は、態度も身なりもあくまで日本風のままである。申しぶんないご婦人の、あっさりとした上品なエレガンス。白粉《おしろい》をつけた青白い繊細な顔立ちに雪花石膏《アラバスター》のような長い首。ごくごく小さな手に、剃った眉、黒く塗った歯。もう若くはないが、漆黒のその髪にはまだひと筋の白髪もない。複雑な髷を結っており、椿油をたっぷり使って念入りになでつけていて、まるで漆を塗った彫像のようである。淡黄色の鼈甲《べっこう》の大きな留め針〔簪（かんざし）〕が、非常に確かなセンスでそこに挿し込まれている。日本古来の裁ち方をした筒型の衣〔着物〕を三、四枚重ね着しているが、それは紫、紺、鉄灰色、栗色とさまざまな地味な色合いの薄手の絹地だった。上着になる筒型衣〔羽織〕には、背中の真ん中に小さな白い丸形の刺繡がしてあり、その中には三枚の木の葉が図案化されていた。――それは婦人の一家の紋章なのである。彼女は時々おままごとのようなパイプ〔キセル〕を吸っては、身をかがめて床の痰壺のふちにパイプを叩きつける。パン！　パン！　パン！　パン！　とひどく素早い。

夫妻は非の打ちどころがないが、相当に冷淡で、ほとんど口をきかない。

途中で、乗客は全員降りてほしいと言われた。そこには大きな川〔利根川〕があって、橋をかけるのが間に合わないでいるのだった。そこでわれわれを船で渡そうというわけである。いくつか大きな渡し船が繋がれていて、川を越える用意ができており、われわれは手荷物と一緒にそこに詰めこまれた。居合わせた旅客は全員日本人だったが、西欧の進歩に身を投じた何人かは、背広に山高帽の出で立ちだった。時間は午前一〇時頃だった。われわれのはるか後方にはまだ富士山《フジヤマ》の、頂きが雪で白い、大きな変わった円錐形の姿が見える。米でできた紙〔papier de riz。ロチは和紙の原料を知らないのか、こう呼んでいる〕に描かれるあらゆる景色の背景に、何度もこの山を見ているので、日本の風景と表示がなくても、それさえあればわかるほどである。

船頭は、白のメアンドロス模様〔ギリシアに伝統的な角型渦巻き模様などの幾何学模様〕がごしゃごしゃと入った青色の長衣をつけていて、棹《さお》を川底に押しつけながら、意外に速く川を渡っていった。向こう岸には別の列車が待っており、われわれは機械的に前と同じ席についた。――またさっきと同じ乗客と乗り合わせるわけである。また会ったので、控えめに挨拶を交わす。――大佐が私に巻きタバコを差し出した。

かくて列車は、地平線に青味がかった山々の見える平野の中を、あいかわらず走ってゆく。まことにこの国は、秋のわがフランスとそっくりだ。黄葉した木立、あちこちに数珠つなぎになって這う蔦《つた》。地面には乾燥したイネ科植物〔ススキだろう〕とマツムシソウ。ただ田畑で働いている農夫だけが違い、アジア人の黄色い顔で、青木綿のゆったりした袖をつけている。

もうじき二時になる。大きな街が見えてきて、列車が止まる。

「宇都宮です！　乗客の皆さま、お降りください！」（もちろん日本語で言ったのである。）

すでに横浜より気温が低かった。緯度が変わったのがわかるし、おまけに海から遠ざかっている。――海は気温を上昇させるのである。

駅を出ると、広くまっすぐな、真新しい道路が広がっているが、おそらくは鉄道敷設以後のにわか造りだろう。それでもいかにも日本らしい。飴、提灯、タバコや香料を売る小店《こみせ》が、いろいろ変わったごちゃごちゃとした看板を掲げ、長棹の先につけられたたくさんの幟《のぼり》がはためいている。出来立ての白木造りの茶屋もある。おどけた小さな女中さんたちが門の前で待ち構えていて、アーモンド型の目をきょろきょろさせている。路上は腕引き車〔人力車〕とその車夫とでごった返している。

首都からやってきた汽車は、乗せてきた上着《ジャケット》や山高帽をまとった者たちを、一気にこうしたニッポン人の群集の中に吐き出した。その人々もほどなく散って、人ごみに紛れ店だの旅館だのに消えていった。


今晩の内に「聖山」にたどり着き、大寺院の街、日光に泊まりたければ、ぐずぐずしてはいられない。

しかも私は車夫たちに取り囲まれていた。私はこの通りにいるただ一人のヨーロッパ人で、車夫たちは私を乗せる栄誉にあずかろうと争っているのだった。

「日光ですって！」彼らはいさんで繰り返す。「日光とはね！　一〇里《リユー》はありますよ！」「日光まで行って、今夜そこに泊まりたいですって？」「ああ！　それだったらよりぬきの駿足じゃなきゃ。それから交代の人間もいる。」「それではすぐにも発たなきゃ。値段は高いよ。」中でも張りきった連中が、ひどく黄色いむき出しの尻を差し出して、硬く張っているのを見せようと、パンパン叩いて見せる。ついにおきまりの争いも終わり、車夫が決まって値段の片もついた。

最初に目に入った茶屋で、門のところに車夫たちを待たせておいて、ともあれ昼ごはんをかきこむ。

どこへいっても、この日本の茶屋というのはおんなじだ。小さな箸とご飯、魚でつくったソース[108]。おびただしい数の薄手の磁器の碗や皿には、青いツルが描かれている。女中たちはほんとに若く、髪をきれいに梳《くしけず》っていて、ひっきりなしに身をかがめてお辞儀をしているが、その衣服はかわいい胸のところがはだけていて、一年中旅人たちが、夏はひんやりしたところに触ろうと、冬は指を温めようとしてまさぐるのである。

私が小ぶりでひどく軽い車に身を落ち着けたのは、二時半になるかならぬかの頃だった。発車するや、車夫たちはかけ声をかけながら、私を猛烈な勢いで拉《ら》っし去った。かくしてもうもうと舞い上がる埃《ほこり》のせいで、宿屋もごちゃごちゃした看板も人の群れも消えていってしまった。駅前の大通りも真新しい一角も、すべてがである。そして蓮《はす》の一面に生えた川〔釜川か〕を、カーブした橋〔太鼓橋〕で越えると、今度は宇都宮の旧市街が広がっていた。ここは道が曲がりくねっていて、黒ずんだ木造の小家では、たくさんのおかしな小物をせっせと製造中だった。ご婦人用の木底の履物や、お嬢さんたちのあげる凧、飴に提灯、日傘にギター〔三味線〕。

とても大きく、広々としているのだが、それでも速く通ったので、もうそこを抜けて田園地帯になった。

日は照っているが暑くはない。十一月の気候で、光に溢れながらも、どこか憂愁《メランコリック》の気がある。耕作地を突っ切って普通の道を二、三キロ行くと、やっと世界でも類を見ない街道〔日光街道〕に入った。五、六〇〇年ほど前に、帝王たち〔将軍〕の長い葬列が「聖山」へと向かうためにその道は開かれ、並木が植えられた[109]のだった。道幅は狭く、壁のように立ちはだかる土手に両側をはさまれている。比べようもないほどの贅沢と言えば、道の左右に沿って二重にびっしりと並んでいる、巨大で薄暗く、荘厳なその樹木である。それは〈杉の木《クリプトメリア》〉（ヒマラヤスギの日本種）で、そのとてつもない大きさといい、まっすぐな外観といい、カリフォルニアの〈セコイアオスギ〉によく似ている。

　その小暗い葉むらを見るには顔を上げて眺めなければならないが、それが明かり取りのほとんど付いていない、閉ざされた穹窿《きゅうりゅう》〔型天井《アーチ》〕を形づくっている。人の目の高さには、蛇が身をくねらせているような木の根と、とてつもなく太い円柱のごとき幹しか見えないが、その幹同士の間隔があまりに狭くて、時に根元が互いにくっついてしまい、あたかも教会堂を支えるために二重、三重に仕立てた支柱のようになっている。その下に入ってゆくと、ひんやりと湿気を帯び、明かりが落ちて緑のたそがれのようになるので、はっとさせられる。また堂々とした重厚感も感ずるが、日本ではそういった印象を受けることはめったにないものである。そしていわば、際限のない教会堂の身廊[110]のようなこの道が、いったいどれほど長いのかと想像してみるだけで、そぞろ不安を覚えてくる。街道は次々に薄闇の中、視界から消えてゆき、どうやら一〇里《リュー》の道のりを、六、七時間はまったく同じ景色がずっと展開されてゆきそうなのである。

「人と会うことはほとんどないですよ」と車夫たちは言う。「だってお参りをするにはもう季節はずれで、あっちの日光に近づくほど、道路は雨にやられていて、すでに相当ひどくなっていますからね」というのだった。

　それでもここまでは、灰色の砂利道を快調に飛ばしてきている。たしかに通る人間はほとんどいない。ほんの時たま、私のと同じような人力車が二、三道を連ねていくのに行きあったり、または歩きの一行で、街なかの人たちが用たしに行き来しているのに出会ったりする。その後は何キロもの間、暗く果てしのない並木道に、人っ子ひとり見かけないのである。

たまにごくまれに集落を通ってゆくが、それは道のすぐ際《きわ》にできていて、そこで行き止まりになっており、巨大でまっすぐな杉の木が続く下では、なんだか押しひしがれたように見える。その集落はみすぼらしい奇妙な外観の旅籠《はたご》や、車夫たちのためにこの長い道のりに等間隔に置かれた宿駅だったりする。小家には庭が付いていて、われわれの国のヒマワリよりももっと大きく丈の高い、例の日本の驚くべき菊の花が植わっている。

人々の私を見つめること、それは大変なものがある。子供たちは私のところに寄ってきて、やさしい笑みを浮かべながら「オー！　アヨー！〔おはよう〕」と言うが、これは彼らの歓迎の挨拶だ。他の者たちはヨーロッパ人など見たこともないので、逃げ出してしまう。

どの集落のまわりにも、人家からちょっと離れたところにかならず《精霊たち》や死者の霊魂、なにとわからぬこの世ならぬ恐ろしげなものを祀った場所を見かける。それらはどこか古い樹木が茂っているその下とか、暗くかげった窪地の中などにあって、そういうところには二、三体の地霊神の石像〔地蔵尊だろう〕が、蓮の花の形をした台座に座っているか、あるいは木造の小さな祠《ほこら》があったりするのだが、これがまたなんとも特異で不気味な弔いの様相をしている。こうしたお参りをする一隅は、どれもみな変わっている。

村から村へと行くうちに、古き日本の特徴がどんどん色濃くなっていくように思われる。

そしてあいかわらず、これら小家が飛び去るように消えていった後には、杉の巨木の列柱が、木の枝々がつくる丈の高い、幅の狭い教会堂の身廊がふたたびもとの単調さを取り戻す。寒くて、ほぼ真っ暗である。

初めの内は、道もよかった。今やでこぼこの、ひどくむらのある泥んこ道になってきた。最初は道の両側におだやかに流れていた小川も、早瀬となって土手を溢れてきそうな勢いである。

それと感じられぬほどの上り坂をつたって、われわれは中央の台地まで上がってゆく。杉の木越しに見える一帯は、景色が一変している。宇都宮のあたりのような耕された畑はまったくない。われわれは森のただ中にいるのだった。木々はヨーロッパの柏や楡の木に似ており、秋のせいで、かなり葉を落としたり黄葉したりしていた。そのため、変わらぬ緑で他を圧しているまっすぐな杉並木の傍らにあっては、それらの木々はまるで枯れてゆく藪《やぶ》のような印象を与えた。

すると少しずつ、暗かった並木道が思いもかけず明るんできた。それは今やごく低くなっている太陽の光で、消えかかる寸前に下方から射しこんで、巨大な幹の合間という合間から、赤味がかった金の光の束を放射しているのだった。

やがてそれはひとつの魔法と化した。夕日の側は葉もまばらな黄ばんだ林だったが、金色の光があまりにいっぱい入って浸みわたったために、われわれのいる翳《かげ》った通路の方から眺めると、火事を起こしているかのように見えた。そして自らもすでに赤味を帯びていた街道の杉の大木群、すなわち滑らかな大支柱の群れが、その燃え盛る炎をさらに反射させていた。地面には長く伸びた樹影が光と交互に入って、一連の黒と金の縞模様をつくり、それがわれわれの行く手にどこまでも続いているのだった。そして杉の木のなす穹窿《きゅうりゅう》の遠方全体におびただしい光が、まるでうす暗い教会堂に夕暮れ時、ステンドグラスから入ってくる光のように、射しこんでいるのだった。それはあたかも、太古の神殿での祭儀の華々しい終焉《フィナーレ》のようだった……。

はかない、ほんの束の間のことで、もうすでに下火になって、消えかかっている。

その輝きがまだ失われないうちに、幻燈の絵のような黒いシルエットとなって、五、六台の人力車が光り輝く林のはじを、われわれとの間を隔てる土手越しに通り過ぎていった。中に座っているのは平たい横顔のご婦人で、えらく高く結い上げた髷の中に多くの留め針〔簪〕を挿し込んでいる。この美女たちは反対方向に向かって旅をしており、われわれが来た道の遠くにすぐに見えなくなってしまった。

そして、この最後の輝き、お別れのイリュミネーションのあとに一日は終わりをつげた。突如暗影が、不吉なほどに濃さを増して戻ってきた。すべてが姿を消し、太陽は沈んでしまった。と同時に、この果てしなく続く穹窿の下《もと》には、冷気と、そして静寂とが増したのだった。

それにもうこれ以上は無理である。乗っている車はガタガタと揺れ、泥にはまり、もうこれ以上前へは進めない。

さきほどのご婦人方のようにやってみよう。あの人たちはわれわれより賢明で、街道のその脇を、林に沿って旅していた。

たしかにその方がましだった。いったん土手に挟まれた道を出ると、地面はそれほどぬかるんでおらず、見晴らしもよかった。その一種の側道のようになっているところを、荘厳な並木道に沿って、十一月の長いたそがれ時が続く限り、われわれはなおも速く走っていった。すると車には枯れ葉がどっさり積もり、雑木林の木の枝に時として顔を打たれる羽目になった。しかもほかの旅行者たちも多くはすでに、私と同じようにしていたようだ。というのも、苔の上には車輪のつけた、深い轍《わだち》ができていたからである。

そして当然のことながら、この秋夜の帳《とばり》の中、遠く静寂《しじま》の道へと連れてこられた私は、いささか胸のしめつけられるような思いがした。一瞬、私は自分がフランスにいるような気がしたのである。冷たい空気に染み込んだこの香り、この苔、黄色い朽ち葉、この地面に生えたマツムシソウ……。私はかって、これらにきわめて似たものを知っていた……。子供時代に親しんでいた雑木林の中に、もう何年も秋に訪れることはなかった、あの大切な一隅にあったものたちだった。

――秋は、秋の夕暮れは、あの頃もっとずっと深い憂愁《メランコリー》の気を私にもたらしていた。今現在の私の憂愁《メランコリー》よりも、はるかに底知れない裏側を秘めていた……。

今はどこか集落のすぐそばに来ているに違いない。というのも昼日中に見た超自然的なものを祀った一隅が、ここにもあったからである。この浮わついた国、日本にも、こうした一隅はいくらもあって、しかもかならずうってつけの、よくぞ探したというような場所、地面のくぼみとか、人の通らない四つ辻とか、ひときわ高く鬱蒼《うっそう》とした樹木の陰などにあるのだった。暮れる間際の薄明かりの中で、すぐそばを過ぎていったその隅っこには、お墓が、侘しい粗悪な墓が、庇護を求めるかのように神々を祀った小さな玄関門〔鳥居〕にできるかぎり近く寄り集まって一群をつくっていたのである。それはわれわれヨーロッパの村の墓地でも、お墓が教会のまわりにせめぎ合うのと同じことである。ただ、われわれのところでは死者の身体《からだ》が、教会の中庭にフランスの柏の木や草花を茂らせているが、一方こちらでは、その黄色い身体は別の成分でできていて、日本の大地にまた別の植物、竹や日本杉、ハスなどを生えさせている。そこはまったく違うものの、やはり変わらぬ同じ最期の祈りがあり、同じ死滅の道へとたどり着くのである。

すっかり夜となった。そしてわれわれはあいかわらず湿っぽい林の中を、葉を落とした枝の交《か》う中、杉並木の道に沿って進んでいるのだった。細道はだんだん走りにくくなってゆく。少しずつびしゃびしゃのぬかるみにはまってゆき、しかもそこには街道を縁どる巨木の根が、四方八方にはりめぐらされているのだった。車夫たちは速度をゆるめはしたものの駆け足のままで、私の乗っている小さな引き車は根っこから根っこへと、まるでテニスボールのようにポンポンと弾む。

真っ暗で何も見えない。もうずっと長いこと、同じ森の中を走り続けている気がする。同じ秋の香気を吸い込み、ずっと同じ植生、同じ木の枝をかすめて通っている気がするのである。穴ぼこがあり、滑る箇所があり、水たまりがある。振動があまりにひどいので、だんだんに疲れをおぼえ、体がしびれ、頭も痛くなってくる。また並木道の方に戻ることにした。もっともここも、小川の水があふれ出て、夜の静寂《しじま》の中、ひときわ高まる音楽を奏でている。

漆黒の闇、濃厚な闇夜の中を、この自然のなす穹窿のもと、われわれは今度は下り坂に入った。地面は水浸しだが、揺れは軽減した。われわれは水しぶきをあげながら、走り続ける。車についている丸提灯が踊って、まるでわびしい小さな鬼火のようだが、ぶるぶる揺れてあちこちしながらも、この湿気を帯びた濃厚な闇夜を貫いて照らすことはできなかった。しかもわれわれの頭上の杉の木が、その闇夜をさらに濃くしていた……。

ほんの七時間だって！　われわれが途についてからまだ四時間半しかたっていない。もう長いこと闇に閉ざされたままだ。突然、車夫たちがその足を止めた。小声でヒソヒソと相談し合い、私に向かってもうこれ以上は先には行かないと宣言をする。あたりの彼らの見知っている村の宿屋に私を連れてゆき、一緒に泊まるという。そして朝一番にまた出発するというのだ。

「あ！　いや、だめだ！　とんでもない！」

最初は笑顔をつくった。それから彼らが強情なので、私は憤慨し、いきどおり、金を払わないと脅し、役人のところに行くぞ、ひどいことになるぞと言った。厄介なことになってきたが、その間、私は厳罰をもって臨もうにもまったく手立てをもたないことを実感していた。というのも、要するに私は彼らのなすがままで、武器も携行せず、場所もわからず、見知らぬものに、暗がりに囲まれている身なのである。

車夫たちはついに折れて、もっと明るく照らす二つ目の提灯をつけ、ふたたび早駆けし始めた。むっとした不機嫌な走り方である。まだあと四里《リュー》はある。着くのは夜一〇時か一一時になるだろう。

どうにかこうにか、やっとの思いで進んでゆく。提灯の明かりのおかげで、ぼんやりと左右の壁のような土手と、曲がりくねった木の根が見える。木の根は絡み合って、まるで街道に沿って蛇の群れが、一定の間隔をあけて列をなしているようである。時おり提灯の明かりがもう少し上を照らすことがあって、この不揃いな大きな列柱の柱脚が目に入ることもあるが、その後、穹窿の深い闇の中に、それらは消えてしまう。

われわれのまわりでは、水のかすかなざわめきがどんどん大きくなってゆき、時にわれわれは真っ黒なぬかるみにすっかりはまって抜けられなくなってしまい、立ち往生することとなった。そういう時には車夫たちは足の筋肉をこわばらせてふんばり、かけ声を発する。私も車を軽くするため下に飛び降りて、彼らの手助けをし、やっとのことでまた出発する。

九時頃、一つの集落が素早く通り過ぎていった。それはまるで、あまりに長い夜の単調さを破ろうと、一瞬灯《とも》した幻灯機か何かが写した束の間の映像のようだった。小家などは戸を閉めていたが、紙の仕切り〔障子〕に、室内のランプがひどく特徴のある人影を映し出していた。ごく細いパイプ〔キセル〕を吸っている平たい顔に、日本風の髷がそれである。さてまた黒々としたひと気のない街道に戻る寸前に、今度はみすぼらしい小道の果てに、花崗岩でできた二匹のすさまじい獣〔狛犬(こまいぬ)か〕を、車の灯りが照らし出した。二つの恐ろしい渋面が暗い入り口のところに腰を据えているのだった。私はそれが何であるかを察した。幻灯の影絵のように映し出された、あの人物たちの魂の慰安の場であり、そうした人々がお参りをする寺社なのである……。

またあいかわらず濃い闇夜と、のしかかるような果てしのない穹窿が続く。こうしたものも、春のうららかな朝にでも眺めるのであれば、ずいぶんとほがらかなことであろうが！　十一月のこの夜とあっては、出口もなく、どこにたどり着くこともない地下道を車で引かれていくような心地がして、私は引き返したくなった。先ほど車夫たちが望んだように、どこの村でもいいから行き着いて、どんな宿でもいいから身を温め、体を伸ばし、にこやかな〈ムスメ〉たちを眺めながら、米のご飯を食べて眠りたい……。

　それから今度は、私も歩きたくなった。自分も車の後ろを走った方がましだ。その方が揺れもしないし、寒くもなくなるだろう。しかしそれは、車夫たちの走り手としての自尊心が許さないようである。地面に降りると、車夫たちが私にどうか座っていてくれと言う。

　一〇時半のことだった。まるで厩舎《きゅうしゃ》の匂いを嗅《か》ぎとった馬のように、車夫たちの足が速まった。そしてとうとう、やっとのことで向こうに、向こうに灯火が見えてきた。提灯の色明かりである。

ニッコー〔日光〕！　ニッコーが杉の木のトンネルの先に！

　ニッコー！　ああ！　森で迷子になった「親指小僧」[111]だって、今夜のわれわれがこの見知らぬ町の灯りを見つけた時ほどには、鬼の棲家の灯りを嬉しく思いはしなかっただろう。

II

着いてみて驚いた。このニッコーというのは村だった。道中にあったどの村とも変わらない、ただの村にすぎないのである。分厚い、いかにも信頼できそうな書物に、人口三万人の都市であると書いてあるのを見てきたのに！　私は一瞬疑心にとらわれた。ひょっとしたら車夫たちは私を間違ったところに連れてきたのではないだろうか？

まだ開いている茶屋の前で、彼らは車を止め、われわれはその中に入る。

ところが一見して、その館《やかた》が村にあるような宿屋とは違うということがわかった。大変な応対ぶりである。宿の主人と女将《おかみ》、女中の全員が、私が姿を見せるや這いつくばって、〈トンボ返り〉でもするかのように額《ひたい》を床にこすりつけた。それから炭火の詰まった青銅の壺〔火鉢〕が出てきて、その前で私はすぐさま手を温めることができたが、その壺はこの上なく優美な形をしていた。やっとのことで天井も、洗い立てた羽目板も、ゴザ〔畳〕もどこもかしこも純白のところにたどり着いた。

三人の若い女中が、きちんと梳《くしけず》ってはいるが眠りかけのままやってきて、私の汚れた靴を脱がし、私は彼女らと一緒に鏡のようにぴかぴかに磨かれた小階段を上がっていったが、入ったのは二階の貴賓室で、なにもかも雪のように真っ白だった。

素晴らしい。ニッコー滞在の間中、車夫も私もこの旅館に泊まることにしよう。まずは値段をきちんと取り決めた。よく法外な値をふっかけられることがあるので、それを避けるためである。それから夜食を注文した。

階下で私のために、こまごまとしたおかしな料理をこしらえている間、若い女中がかわるがわる相手をしにやってきて、けらけらと笑いを交えながら愛想のよい甘い言葉をかけてくる。何時間も暗く寒い道中を過ごした後で、これはどうやら心地よくくつろげそうだ。猫の目をした〈ムスメ〉たちの笑い声を聞き、肌理《きめ》の細かいゴザ〔畳〕の上で体を伸ばし、黒ビロードのクッションに頭をもたせかけ、幻獣をあしらった青銅の〈火鉢《ブラセロ》〉に足をあてる。空気は生温かで白檀の香りが染み込んでおり、室内にあるものといえば、――そう、つややかな菊の花を束にして挿した変わった花瓶が、三脚台の上に載っているきりである。

　室内は言うまでもなく、紙製の間仕切りしかない。そのうち二面は透けない紙〔襖（ふすま）〕で、開口部のない大きな障壁をつくっている。ほかの二面は薄い紙〔障子〕で、軽い碁盤縞の木枠があてられて、いくつもの小さな半透明の窓ができている。日中はそこから日が入ってくるのである。おまけにこの繊細なフレームは可動式になっていて、われわれの国のガラス窓のように開けることができ、ヴェランダ〔廊下〕が見晴らせる。このヴェランダは日本の民家では一般にそうするのだが、夜は木の厚板〔雨戸〕で閉め切ってしまう。私のそばの床の上には、同じく紙製の、人形芝居《ギニョール》の装置ほどの高さの囲いがあった。その中にはランプが入っていて、半分隠れた形で朝まで灯りをともし続けて私の眠りを見守ってくれ、暗がりにつねに漂っている《悪霊》が私に近づかないようにしてくれることだろう。花を活けた花瓶と白いゴザ〔畳〕以外には、私の寝所には何もない。壁を飾るものとしては、変わった細長い絵〔掛軸〕などがあり、帯状の絹布に描かれていて、竹の棒に掛けて天井から吊るされている。絵では戦士たちがすさまじい合戦を繰り広げていて、それを天上の怪物たちが雲のすき間からのぞこうとこぞって身をかがめ、見守っている……。

私の相手をしているこの哀れなおちびさんたちは、ひどく醜い。眠くて仕方がないので、ただでさえ小さい目がますます小さくなり、顔中がほっぺたに、ふくれた青白いほっぺたばかりになっている。だが彼女らはとても品よくおすましていて、ほんとにきれいな子供のような手をしており、ほれぼれするような見事な髷を高く結い上げている！……。

さて、やっと私の夜食を彼女らが二人がかりで、ありとあらゆるしなをつくりながら運んできた。脚のついた赤い漆塗りの盆の上には、一連のこまごました蓋付き碗や蓋付き皿、そしてそうした薄手の磁器に入った料理を食すための箸やらが載っている。

こんなかわいらしい碗や皿に、いったいどんなものが入っているんだろう？……ああ！　なるほど。私のためにちょっとしたお愉しみをしてくれよう、というわけで、何かは教えてはもらえない。あててご覧なさい、というわけだ。彼女らは小さな指を動かして蓋を半ば開けて、またすぐ閉めてしまう。まるで小鳥たちを逃したら大変、とでもいうようだ。そして身をくねらせたりしなをつくったりする。だめだめだめ、どうしても教えない、というわけだ……。

この冗談、このなぞかけは、なかなか乙《おつ》なものではある！　しかしこの私はすっかり困り果て、匙を投げてしまった。このきれいな蓋の下には、想像もできないような味の、なんとも言いようのないものが入っているに決まっているからだ。

まずは〈ミモノ〉〔吸い物か。飲み物、汁物〕（スープの一種と言ってもいいのだが、このミモノという日本語自体に翻訳できない気取った味わいが感じられるので、そのまま書き留める）。とても澄んだミモノだ。中には二、三切れの緑青の色をした小さな藻と、ハシバミの実のように丸いキノコが二つ三つ、それから一センチばかりのちっぽけな茹でた魚の切り身が浮いている。もちろんパンもワインもなしである。そうしたものはまったく知られていないのだ。飲めるのは、米でつくる蒸留酒をちょっと入れた生ぬるいお湯〔燗酒か〕である。

お定まりの山盛り一杯のお米のご飯が出た後、食後のデザートに何杯も小碗のお茶を飲んで会話もだれてきたその時、私のそばにかしずいていた若い女中のひとりが、眠気に勝てず突然ガクッと首を垂れた。そこで宿中笑いの渦となった。亭主も女将《おかみ》もその場にはいなかったのだが、その話を聞こうと上がってくる。下で食事を取っている私の車夫たちにも、近くの部屋でもう休んでいる客たちにもこの一件が伝わって、誰も彼もが大喜びである……。

「あー！　さて！　もう寝たいのですがね、ほんとに……」と私は言った。

私が寝たい？　寝たがっている？　いや、ますますおかしい、ということになった。なんとこの若い女中さんたちはもうこれでお開きになると見越していて、すべてしかるべききちんと用意され、戸の後ろは準備万端なのだった。お互いに考えていることがこんなにうまくぴったり合ったのだから、これが笑わずにすまされようか？　というわけである。

そこにはまず、綿の入った布団が二、三枚床の上に重ねられて、マットの役を果たしている。それに黒いフラシ天[112]の枕、そして最後に同じく綿の入った掛け布団であるが、これには穴が二つあいていて、そこにゆったりした袖がついており、手を通す仕掛けになっている〔掻巻(かいまき)だろう〕。〈ムスメたち〉が私の小さな寝床に付き添って、明日は何時に起こしたらいいのか聞き、ランプの明かりを弱めたり花を遠ざけたり、なんやかやぐずぐずしていて、もう眠るどころか、なかなか引っ込もうとしないのは、引きとめられるかも、とひそかな望みを抱いているらしい。

それでもともかく彼女らは出てゆき、その目の前で紙製の仕切り〔襖〕が閉められると、さて、私は一人残された。

彼女らは長いこと外のヴェランダ〔廊下〕で、ランプを手にまだうろうろしていた。そこで薄い紙を張った窓枠〔障子〕に、幻灯の影絵のように、かんざしを挿した美しい卵形の髷やペチャッとした鼻の小さな先っぽなどが、行ったり来たりするのが見えた。それもすべて、なにかしらもっと特殊なサーヴィスの必要が出てきた場合に備えて、いまだ戦闘準備ができていることを、この私にしかと悟らせるためなのである。いや、ほんとに、すっかり間に合っています。ありがとう。ただただ眠りたいばかりです。

やっと外が静かになり、暗闇となった。〈ムスメたち〉があきらめたのだ。私の到来で思わぬ時間まで起こされていたこの茶屋も、村や周囲の大きな森と同じく、深い眠りに入った。笑い声もすっかり絶え、すでにこの人里離れた地を覆っていた厳かな大いなる静けさが、徐々に私の部屋にも浸み込んできて、紙製の囲いの中の明かりを落としたランプが、壁にかかった絵画をぼんやりと照らしている。戦士たちが戦さを交え、幻獣たちが雲の高みからそれを眺めている図である。

物音が遠くで続いていて、先ほどその音に気づいたのだが、人の小声がしなくなり、動きも止まった今、刻一刻と大きくなって、まるで急流だか滝だかのようである……。

青銅の火鉢のおかげで、空気は暖められてやや重くなっていたが、それも冷え込んできた。十一月の夜なのだから、外はさぞ刺すような寒さだろうと思われる。おそらく屋根には白い霜がおりていることだろう。

滝の音がますますはっきりしてきた。まるで近づいてきたかのようだ。この静寂の中で、くっきりと際立ってきた。

その音にあやされるようにして、私は眠りにつく。——夢に見るのは、もうすぐそこにある《聖山》、あした目にすることになる、神秘の傑作である。

III

「オー！　アヨー！〔おはよう〕」

「オー！　アヨー！〔おはよう〕」

「オー！　アヨー！〔おはよう〕」

紙製の間仕切りが溝の上を滑って、開いたそのすき間から、例の同じ朝の挨拶が、三つの違ったトーンで私に向かってかけられた。ひょうきんな小さな顔が三つ、ご丁寧なお辞儀をしてうつむく。

やれやれ！　夢を破られた私は、自分が日本の臍《へそ》に位置する村にいるのだ、ということをすぐには思い出せなかった。はっきり目が覚めてみると、この一帯が世界で一番面白いところに見えてきた。

小柄な女中さんたちは、ほがらかな声でさらに「〈ロクジ - ハン！（六時半！）〉」と付け加えた。おや！　もうそれより過ぎているに違いない。もうずいぶんと明るい。

さて彼女らは、ガラガラと音をたてて外側の木製の仕切り〔雨戸〕を全部開け、まだ十分ではない、とでもいうように、薄紙でできた内側の仕切り〔障子〕もすっかり開けたので、おかげで私は、朝の凍るように冷たい空気と、昇る太陽のまばゆい光にさらされた。またたく間のうちに事が運ばれ、部屋は解体され、四面の内の二面だけとなって、私は風に吹きさらしとなったのだった。

日本では起床は容赦がなくて、冬でさえそうである。要するにそれは、ほかのことでもそうだが、厄介な時間を長引かせない手立てなのである。

とりわけ私にとっては、前日濃い闇の中を到着したので、まるで目隠しをして連れてこられたようなもので、突然こんな風に思いもかけないやり方で全景を見晴らすのは、魅力的な不意打ちといってもよかった。夜の帳《とばり》がまるで舞台の幕のように突如上がって、その後ろに準備されていた舞台装置が、真新しく純粋な金色の光に照らし出されたのである。

前景には旅館の小庭があり、小石や小ぶりの灌木《かんぼく》、泉水や小型の社《やしろ》がある。後ろの背景は非常に高くて雲をつくほどで、奇妙なのこぎり形の山々〔男体山などか〕と、秋に色づく森とで出来上がっている。そして太陽の曙光が美しいバラ色に輝きながら、山の頂きの上を華やかにさすらっていた。

私はこの世のものとは思えないほど美しいものが突如姿を現したのに茫然としてしまい、森という森から思いもかけず聞こえてきたセミ〔虫〕の声に耳を傾けた。まるで日本では、生き物さえも冬を真面目に受け取ってはいないかのように、セミたちは寒さのなか歌を唄い、今や滝の音よりもさわがしかった。滝の轟音はおさまって、はるか遠くに行ってしまったかのようだ。

ニッポンの家では、朝の身づくろいはいつもとても簡単である。それは中庭に全員集合して、真鍮《かね》の盥《たらい》に入ったお湯を使って行われる（全身湯につかる毎日の大がかりな入浴は、夕食後の夜に行う）。

朝ごはんもやはり手早い。青梅の酢漬け〔小梅漬け〕に砂糖をかけたものと、一碗のお茶とである。さあ、準備はととのった。大社にお参りに出かけよう。

私は出発を急ぐ。かわいらしい女中さんが、身分検《あらた》め所まで従《つ》いていってくれるという。そこで念入りに私の通行証を調べてから、《聖山》への入所の許可がおりるとのことだ。

そこでムスメと私は二人そろって、爽やかな朝の光の中、道を行ったが、商店はどこも引き戸を開けていた。

ほんとに小さな村だ。道路は広いがこれ一つきりで、私が一〇里《リユー》の道を宇都宮からやってきたその同じ道が、ずっと続いているのである。もっとも頭上には、あの圧倒するような杉の木はもうない。私たちは広々とした空のもと、江戸《エド》よりもずっと新鮮で、ずっと冷たい空気を吸い込んだ。高山地方の澄みきった、うまい空気だった。ほとんどすべての小家が、灰色のクマの毛皮（山にはこの獣がたくさんいる）や、黄色いケナガイタチなどの毛皮を売る商人で占められていた。

参詣者向けの宿屋もあって、春には大変賑わうという。それから神具や仏具、聖なる森の樹木を使った白木彫りの小さな神仏像を売る店がある。

道はかすかに上り坂になっていて、両側に低い屋並みの続くその上方には、緑の山々が明るい空に高くそびえ立ち、間近に迫って見えた。

検《あらた》め所では書き物机を前にしゃがみこんでいるお爺さんたちを相手に、長いこと談判しなければならなかった。にこやかに低く腰をかがめてお辞儀をしたまま、お爺さんたちは私の通行証を調べているが、それは私が寺社見学をするために大使館からもらった、ミカド〔帝〕の特別許可証だった。彼らは打ち合わせをしたあげく、目の玉の飛び出るような通行料を私に要求してきた。それからガイドを一人つけてくれ、夕方まで案内してくれるという。そして筆の先で、米の紙〔和紙〕に、番をしている神官たち向けにさまざまなちょっとした許可の言葉を書き付けてくれた。ずいぶん高くついたことになるが、これで何でも見学できることになったわけである。

若い女中さんにお礼を言うと、彼女は品のいいお辞儀をして去っていった。そこでやっと、私は案内人《ガイド》と一緒にわが旅の目的である安息の場にして栄耀栄華の場である墓所に向かっていった。その道の突きあたるところ、「聖山」はすぐそばにあったのだった。小暗い森を、緑のマントのごとくまとっていて、われわれのいるところからは、まだ欝蒼とした杉林があるとしか見えなかった。

村はちょうどその森の裾のところで尽きていたが、広くて深い、流れの速い川〔大谷川〕に隔てられていた。その急流は崩落した岩石の散乱する上を、おそろしい轟音をたてて流れていた。

この逆巻く川のはるか上方に、二つの反《そ》り橋が架かっていた。一つは石造りで、参詣者の渡る橋、一般向けの橋で、われわれはそこを通っていくことになる。いまひとつはその向こうにある目を見張るような美しい橋〔神橋（しんきょう）〕で、普通の人間は渡ることが禁止されている。それは五世紀ほど前に、当時の帝王〔徳川将軍〕やその目を見張るような行列のためにつくられたものだった。全部が朱塗りで、それは時がたっても色褪せていない。まるで客間《サロン》の調度品のように手入れが行き届いており、青銅の飾りで覆われているが、それらは繊細な彫金がほどこされ、金でメッキされている。その橋は、急流の深い川床に立てた一種足場〔高いところでの作業のために丸太などを組んでつくったもの〕のようなもので宙に支えられていて、それがまるで灰色の梁《はり》のように見えるが、それは細長い石材を要《かなめ》部分で互いに交差させて、骨組み構造をつくっている。そうした堅固で強力な橋げたに支えられているにもかかわらず、その橋は軽やかなことこの上ない外観を保っているのである。

　一般人向けの橋を渡ってちょうど中ほどまで来た頃、私は立ち止まって、その豪奢な橋の曲線《カーブ》を嘆賞した。遠くのあたり一帯の原野を背景に、曲線はその驚くべき優美な線をくっきりと浮かび上がらせていた。下方では不気味な窪みに、急流が白煙を上げながら唸りとどろき、そしてその後ろには、いかなる人の気配も感じられない森と山々の青味がかった背景があった。そこで私は仏塔などに所蔵されている古い絵図のたぐいを頭に浮かべて、この不変の舞台装置の中、いにしえの行列が朱塗りのアーチを練り歩いてゆくところを心の中で再現してみた。戦さの仮面をつけた者、美々しく、かつ奇抜な格好をした恐ろしげな諸侯たち、〈けっして見てはならない〉帝王〔将軍〕たち。そのまわりでは「二本差しの侍たち」が、のぞいている野次馬たちの首をはね飛ばす。昔の日本のこうした前代未聞の華麗さは、もう二度と戻ってはこない、今日のわれわれの想像を絶するものだった。

向こう岸にたどり着き、ようやく《聖山》の山肌に足をおろした。神林に入ったのである。この杉も、昨日の街道のそれに似て聖堂の列柱のような趣きで高くそびえ立っていたが、その数がまたおびただしく、すべてがその影に覆われていた。その下に入ると、さっと日が翳《かげ》ってあたりが薄暗くなると同時に、以前にもましてすがすがしく、また湿り気が強くなった。あちこちで氷のように冷たい水のざわめきが聞こえるのは、水が幾千もの大小の滝や急流、厚い苔の下に隠れた流水となって、山頂からとめどなく溢れ、流れてきているのである。それは死せる帝王たちを揺らしてあやす、久遠の楽《がく》の音《ね》である。夏にはその音はずっと弱まって、ゆったりとしたささめきになるのだろう。秋のこの季節は勢いを盛り返し、まるで大編成のオーケストラが、すべてこれフーガの曲をどんどん速度をあげてかき鳴らしているかのようである。現在私がこころみようとしているこの描述全部において、一行ごとに呼び起こしたいものは、いかにも冷たいとわかるこの水の音、諸々のものの上に広がる暗緑色の葉むらのなす穹窿、そしてこのどこまでも続く薄暗がり、この森の下方から聞こえてくる深々とした音の響きである……。

われわれは二列の杉の木にはさまれた堂々たる並木道を登っていった。するとすでにちらほらと、木の間越しに高屋根の断片が見え始めた。その屋根組は複雑で入り組んでおり、金の円紋

〔葵の紋〕をちりばめた黒ずんだ青銅でできていた。ある時は一つの角が、ある時は一つの突起が見え、またある時は小塔の先端や、金色の幻獣の群れが列をなして載っている、弓なりの稜線みたいなものが姿をのぞかせた。これらがみな不揃いなまま、木々が神秘的な影をおとす中、せり上がってくるのである。あたかも一つの都市のようで、かって目にしたことがないほど壮麗で、きわめて珍しい建築様式を備えた街が、この緑陰に隠れてひしめいているのかもしれない。

最初の寺社〔日光二社一寺の内の輪王寺〕で、われわれは足を止めた。それは林間の空き地のような、やや開けたところにあった。そこまでは段丘になった庭園を上がってゆく。庭園には小石や泉水、紫や黄色、赤味を帯びた葉をつけた小ぶりの灌木などがあった。

本堂は大変広大で、どこもかしこも真っ赤、血のような赤い色をしていた。馬鹿大きい屋根は黒と金の色で、角のところが反りかえっているが、その重みで今にも本堂を押し潰しそうに見える。おだやかなゆっくりとした宗教音楽がそこから洩れてくるが、時おり鈍いすさまじい衝撃音が割って入ってくる。

建物は広く開け放たれており、列柱のある正面玄関は全面開放されている。ただ内部は、ものすごく大きな白い〈天幕〉に覆われて、見ることができない。その〈天幕〉は絹織りで、白い布一面に飾りはといえば、ただ三つ四つ大きな黒い円紋があるばかりである。紋章のデザイン〔皇室ゆかりの菊の紋〕はとてもあっさりとしていて、なんとも品がいい。この最初の垂れ幕《カーテン》はなかば持ち上げられているが、その後ろには、竹製の軽い日よけ《ブラインド》〔簾〕が地面まで下がっている。

われわれは何段か石段を上がってゆく。案内人《ガイド》が私を入れようと、幕の裾を押し分けた。すると本堂が姿を現した。

内部はすべて黒塗りと金塗り、特に金塗りが勝っている。複雑に絡み合った金の帯状板《フリーズ》〔間欄〕の上には曲面をなす格天井《ごうてんじょう》が広がっていて、金と黒の塗りで丹念な仕上げがほどこされている。奥の列柱の後ろには引っ込んだ部分があって、神仏が安置されているのか、ブロケード織りの長いカーテンで隠してある。そのカーテンもやはり黒と金で、てっぺんから裾までまっすぐな襞が何本もついている。床には白いゴザ〔畳〕の上に大きな金の花瓶が置かれ、そこからは木々のように丈の高い金のハスが突き出ている。そしてなんと、天井からは死んだヘビというか、化け物じみたボア〔熱帯地方産の大蛇〕の死骸のような、絹でできたおびただしい、目を見張るような「モール」が吊り下がっている。それは人間の腕ほども太さがあって、白、黄色、オレンジ色、赤茶色、黒といった色合いで、妙に色が剝げており、島に生息するある種の鳥の喉《のど》元を見るようである。

僧侶《ボンズ》たちが一隅でお祈りを唱えている。丸く輪になって座り、彼らが全員中に入れるほど大きな祈禱用の太鼓を囲んでいる。彼らは同じ陰鬱な旋律が繰り返し現れる、詩節のようなものを誦している。一節ごとに、最後のところを苦しげに長引かせ、まるで末期《まつご》の震える吐息のように尾を引いて、と同時に頭をさらにさらに地面に向かって下げてゆく。——それから巨大な太鼓のひと打ちで、ピタッと静止する。そして今度は面《おもて》を上げて、次の一節が始まり、また同じびっくりさせるやり方で、それがフッと止まるのである。

明らかにこの寺院〔三仏堂〕は、一〇〇〇年以上前のものと似ては見えるものの、まったく真新しい。金がキラキラとまばゆく、その華麗さは今出来立てのようである。

その豪華さは静かな輝きを放っていて、和らいだ光に照らされて、夢のような趣きである。塗りの円柱の間には、竹製の日よけ〔簾〕を透かしてぼんやりと、外のひどく変わった庭園が姿を見せている。朝日を浴びる赤や紫の低木があり、その後ろには自然のままの山と森の大いなる地平線が見渡せるのだった。

僧たちの歌声はあいかわらず長く尾を引いていたが、薄気味の悪いほど単調で、呪文をかけるかのようにしつこく続いており、かならずやいつかは験が現れて、その謎の目的が果たされそうであった。それは私がかつてないほど心を打たれた、もっとも理想的な日本の情景のひとつであった。私が今日この日まで古い寺社から受けてきた印象とは違っていた。それまではひどく遠くに思える過去の姿を、塵《ちり》や埃《ほこり》ごしに思い浮かべるのに努力を要した。ここに来て初めて、この見知らぬ国の心の核心に触れた思いがしたのである。見知らぬながら、生命力に溢れ、芸術や儀式、宗教活動に満ち満ちた心の核心にである。私の想像力は、隠されている仏像の存在を感じ取っていた。その像はおそらくは怪異で、ブロケード織りの長い幕の後ろであたりの光溢れる風景を見透かし、すがすがしい朝の気に微笑み、この一日の最初の祈禱を喜んで受けているに違いないのである。この祈りは仏像たちのもとに、ゆらめきながら軽やかに届いている……何かひどく厳かで、そこはかとなく畏怖の念を起こさせる、そしてなにより理解しがたいものが、この壮麗な場所には漂っていた。それはいかなる名の神々であれ、また唯一神であれ、どんな形で崇められているにせよ、そこに近づいた時にはかならず感じられるなにものかであった。

その間に祈禱していた僧の一人が集団から離れて、私のところへやってきて通行証をあらため、それから靴を脱いで後から従《つ》いてきてください、と言った。側廊には絹地に絵が描かれていて、地獄のありとあらゆる責め苦が恐ろしいほど詳細に描出されていたが、その通路を通って僧は、ずっしりと重い豪華な垂れ幕の後ろの、神仏を祀った内陣に私を引き入れた。

　ここはほとんど夜のようだ。下方からごくかすかな光が入ってきていて、ブロケード織りの厚い幕の下から床をかすめてかぼそく射し入っている。そのため曲面天井に隣接する上方部分は、深い闇に沈んでいた。その場所は、一見広大に見えた。三つの、塔の基部ほどの大きさもある金の蓮の花で占められていて、その蓮の花びらが薄暗がりの中でまるで大きな盾のごとく光っている。私はずいぶん前からこの神仏の玉座〔蓮華座〕を見知っていたので、顔を上げて上方の暗闇の中に、花に座っているはずの人物を目で探した。まずはとてつもなく大きい膝の輝くのが見えた。それから目がさらに慣れてくると、三体の金の神仏像が、圧するような高みの、あえて暗くしたその中に、はっきりとその巨大な姿を現した。それは〈十一の顔と千の手をもつ観音《カンノン》〔十一面千手観音〕〉と、〈馬の頭をした観音《カンノン》〔馬頭観音〕〉、薄笑いを浮かべた恐ろしい〈阿弥陀如来《アミダーニョライ》〉だった[113]。頭部と光輪とは艶出しをした金でできており、肉眼ではほとんど見えず、判別した、というよりは察したというところである。光の照り返しで、弓なりの眉や鼻孔の下の部分、邪悪な笑いで見えた阿弥陀《アミダ》の尖った歯などがそれとわかった。ほかの二体の光輪は静かなのに、阿弥陀の光輪は激しくうねっていて、まるで暴風にさらされ、地獄の火の粉に取り巻かれているかのようだった。

　この幕の背後の三体のために奏でられている音楽は、ここにいるわれわれの耳にもくぐもって届いていたが、今度はその音色が変わった。軽快で弾むようなメロペー〔古代ギリシア詩の朗吟を伴う節〕になって、それに木製の大きな顎《あご》状のもの〔魚木〕を叩く音が入る。この鳴り物は怪獣の嘴《くちばし》のような形をしていて、儀式の際に、気の向かない神仏の注意を惹きつけるのに使うならわしなのである……。

案内人《ガイド》が、私を外へ出るようせかした。彼は私があまりに入り口のお堂に長く居すぎると思ったのである。どうももっと上に安置された驚異の数々に比べれば、ここなど何ほどのことはないようであった。

そこでわれわれは、奥の戸口を通って外へ出た。そこは世にも奇妙な庭園に通じていた。すっかり陰《かげ》になっている四角い庭園で、森の杉の木と寺院の高い赤壁によって閉ざされていた。その真ん中には青銅でできた非常に大きな方尖塔《オベリスク》〔相輪橖（そうりんとう）〕が立っていて、四つのより小さな方尖塔《オベリスク》がそれを囲っている。その頂きには金の葉と、金の釣り鐘形の花とがピラミッド状に冠してある。――この国では、まるで青銅や金が値のはるものではないかのようだ。いたるところにふんだんに使われていて、私たちの国での安物の素材、漆喰や石と同然の扱いのようである。――寺院の裏側をなす血のように赤い壁に沿って、もの寂しい庭を賑やかにすべく、ずっと人ほどの高さで、木製の小さな神像が一列に並んでいる。それらはいろんな形、いろんな様子をしてオベリスクを仰いでいるのだが、青あり黄色あり、緑色もあって、あるものは人間の姿、またあるものは象の姿をしている。あっと驚くようなおどけた小人の一座であるが、心楽しい気持ちにはならない。

ほかの寺院に行くために、われわれはまた森の中の、湿った薄暗い陰になった杉並木の道をたどっていった。道は上り坂になったり下り坂になったり、あちこちの方向に交差して、この死者の都の通りとなっているのだった。

小道は細かい砂の上を歩いていくのだが、そこには杉の木から落ちる小さな褐色の針葉が散らばっていた。あいかわらず坂道が続いているが、今度は手すりの欄干がついている。その欄干は石造りで、なんともいい感じに苔むしている。それはあたかも手すりを美しい緑のビロードで覆ったかのようだった。そして砂道の両側には、清く澄んだ水がずっと細く流れていて、遠くから響いてくる渓流や滝の音に、その水晶のようなきらめきの音を添えているのである。

一〇〇メートルか二〇〇メートル上がったところで、なにやら壮麗なものの入り口に違いないところへ出た。頭上には、山頂の方に木の間隠れに塗りやら青銅やらの壁と屋根が折り重なっていて、それに大勢の怪獣がいたるところにとまって金色《こんじき》に煌《きら》めいている。その入り口の手前は林間の狭い空き地になっていて、日の光が少し入り、一種の見晴らし台になっている。折しもその輝く日射しを浴びながら、薄暗い背景を背に儀式の礼装をまとった二人の神官が通ってゆくところだった。一人は紫の絹地の長衣にオレンジ色の絹の上衣を羽織り、もう一人は真珠母色の衣に空色の上衣を着て、二人とも黒塗りの地の硬い、丈の高いかぶり物〔烏帽子〕を着けているが、それは今ではほとんど着用されることのないものである（おまけに、われわれが参拝をした間に道で出会った人間といえば、この二人きりだった）。二人はおそらく、何かの聖務で出かけるところでもあったのだろう。豪奢な入り口の前を通る際に、彼らは深々と頭を下げて幾度かお辞儀をしていった。

われわれが目の前にしている寺院〔東照宮〕は、帝王イェヤス〔徳川家康〕（十六世紀）の霊魂を祀ったもので、たぶんニッコー〔日光〕の〈建造物〉の中でも一番素晴らしいものである。

門と囲い地の続く中を上がってゆくのだが、高く登って、かの死者の霊が安置された内陣に近づくにつれて、それらはますます美しさを増してくる。

まずはずっしりと重く、とてつもなく大きい石造りの柱門〔鳥居〕で始まる。それから最初の中庭に入るが、その比較的簡素な囲みの壁は、朱塗りに金の円花模様〔円紋〕がついている。その庭には大きな杉の樹木が生えていて、鬱蒼とした森のようで、もの寂しい翳《かげ》をなしている。非常に特殊な形をした灯り台（日本ではこれをトーロー〔灯籠〕という）が二列にずらっと並んでいる。一度この灯籠《トーロー》全体についての説明をしておこう。神苑および廟堂にいたる道の飾り付けの基礎をなしているものだからだ。これは灯明の一種で、高さ五、六フィートの小塔に置かれていて、上部には小屋根がついているが、その屋根は四隅が反っていて、仏堂の屋根を小型に模したものである。この最初の中庭の灯籠は、花崗岩でできている。どの灯籠も苔を、何世紀にもわたる厚い苔を頭に載せていて、まるで緑のビロードの制帽をかぶっているようだ。青味を帯びた薄明かりが上から降りてきて、杉の木のつややかな幹をスーッと滑ってここのあらゆるものに落ちているが、色合いが和らげられていて、なんとなく地下にいるような感じがする。この場の主たる装飾物は五重塔で、一番高い木々の梢よりもさらに高く、その金色の先端は太陽の光に浴している。歴史の語るところによれば、この五重塔は一六五〇年頃、大公サカイ‐ワカサ‐ノ‐カミ〔大老酒井若狭守忠勝〕[114]が亡き帝王に献じたものだという。塔《タワー》という呼び方は、五つの同じような仏舎を法外に積み重ねたこの建物にはふさわしくないだろう。その一つひとつの屋根が反りかえってひどくはみ出していて、しかも樋嘴《ガーゴイル》〔怪獣などをかたどった雨水のはけ口〕だの角《つの》だの鉤爪《かぎづめ》だのに覆い尽くされている。この記念建造物全体の色合いは暗赤色と朱色で、それに金の色がさらに華やかさを演出している。しかし近くに寄ってみると、極彩色の繊細な装飾が、上から下まで流れるようにほどこされていることがわかる。間近で見ればこの五層の壁が、絵画と彫刻の一大美術館にほかならないことが感得されるのである。分厚い木板に透かし彫りがしてあって、神々、動物、幻獣、花々からなる一つの世界全体をくっきりと浮かび上がらせている。ありとあらゆる形の小さきものたちがレース模様をなして、生き生きとした仕草そのままにそこで動きを止めているのである。

その次に大きな柱門〔表門〕がある。こちらは全部青銅で出来ていて、落ち着きのある心安らぐ形をしており、いくつか金の円紋で地味な飾り付けをしている。それから石段があり、二つめの構内に入るが、ここはさらに珍宝で一杯である。杉の木陰になっていることは変わらない。ここも最初の中庭同様、杉の巨木が密に生い茂っている。すべらかでまっすぐなその幹には、そここに苔の斑点がついており、オベリスクのようにすっくと立って、高みから青白い光を滑るかのごとくもたらし、その光がこの華麗な品々を輝かせているように見える。まるで積み上げられたかのように乱雑に姿を現すのは、漆と青銅でできた、凝った小舎の数々で、つややかな屋根には星のごとく金がちりばめられ、またてっぺんには金のハスがついている。それらの小舎はなんとも不思議で、とっくにすたれてしまった、見たこともない形状をしている。軽やかな、この上なく洗練された優美な小舎もあれば、重厚でどっしりとしていて、四隅に象の頭部を配し、自らの謎をさらに封じ込めるがごとく身を固めている小舎〔上神庫〕もある。ただすべての扉は開いていて、どの小舎にも入ることができる。これらの宝物《ほうもつ》の番をしている者は誰もいない。私は行き当たりばったりに、彫刻をほどこした二枚の銅製の扉にはさまれた、丈の低い開口部を通って、一つの小舎の中に身を滑りこませた。その小舎〔経蔵（輪蔵）〕は青銅と朱塗り、金塗りでできていて、建物の輪郭という輪郭がすべて著しいカーブを描いていた。中で見たものについては、私には説明しがたい。円い箪笥《たんす》のようなものに沈鬱な風情の装飾がほどこしてあるのだが、巨大な提灯の形をしていて、中心の軸の部分しか床にはついておらず、まるでくるくる回転させるためにつくったかのようだ〔経文を納める八角形の回転式大書架〕。そして人間と同じ大きさの二体の神像〔この輪蔵を発明した中国人親子の像〕が、老人の顔で、死体のような土気色の肌をしており、玉座に座って、この場所ふさぎの丸い物体を見守っている。その物体がこの二体の神像の安置されている場所のほとんどを占めているのである。この壮麗な部屋は全体が珍奇で、一〇〇〇年も前の象徴《シンボル》だの謎だのが錯綜している……。

　これらの小舎の内、二つは全部が青銅でできている。その一つには貴重この上ない釣り鐘〔虫蝕（むしくい）の鐘〕が入っていて、威勢のよい龍がその上に載っているが、これはかつて誰だったか、朝鮮の王様によって死者の霊に捧げられたものである。もう一つは列柱がついていて、やはり青銅製の、八フィートか一〇フィートの巨大な枝付き燭台〔回転灯籠〕が納められているが、その燭台の様式はひと目でわが西欧のルネッサンスを想わせ、それがこうした見慣れぬ幻想的な品々のただ中にあるのは驚きである。これは一六五〇年頃ヨーロッパから送られてきた品で、オランダ人たちが献上したものである。知られているように、オランダ人は当時、国を閉ざしていた日本と通商関係を結ぶ手立てを講じていた。数世紀来、この霊山は友好を結んだ、もしくは従属する国々からの計り知れない財宝、贈り物を堆積させる場所だったのである。

この第二の中庭には、装飾としての小灯台（灯籠）がずらりと長い列をなしているのだが、それらは青銅に金の透かし彫りをほどこしてある。艶出ししてキラキラ光る金属に、苔が生えるのはこれまで見たことがなかった。それがこの静けさの中で、この永遠の翳りの中で起きていたのだった。苔が青銅の上で繁殖している。そこでこれらの灯籠に緑のビロードの当て布や、灰色の苔蘚《たいせん》類の飾り房がついた格好で、それがごく真新しい、きれいな金メッキの上にもついているのである。思うにそれが、この場所のきわめて風変わりな魅力の一つになっている。森の深い内側で、廃墟の何世紀にもわたる静けさがあって初めて繁茂した、かくももろく、かくも野育ちの小さな植物群と、この世に二つとないこれほどの贅沢とが混じり合った、その魅力である。苔、シダ、クジャクシダ、苔蘚《たいせん》類がごちゃまぜに生息していて、漆塗りや金、そして時がたってもほぼ輝きを失わない銅や青銅のなす繊細なレース模様と、しっくりと調和している。それはよそでは見ることのできないものである。少しも荒らされていない本物の自然とのこうした密なつながりが、この壮麗な造営物にことさら魔法にかかっているような、不思議な雰囲気を与えているのである。

この中庭にはまた、「カングラ〔神楽（かぐら）〕」という神に捧げる踊りを舞う巫女《みこ》たちのための、特別の小舎が二つ〔神楽殿と上社務所（もと護摩堂）か〕ある。[115] こちらは美しさの点ではいささか劣っているだろう。劇場の形になっていて、人ほどの高さのところに裸舞台がある。それぞれの小舎には巫女が一人ずつ、舞台正面にじっと動かずに座っている。若い者と年取った者、ともに古式ゆかしい、儀式にふさわしい同じ装束を身につけている。それは深紅の長衣〔緋袴〕と白いモスリンの上衣《スルプリ》〔小袖〕[116]で、額《ひたい》のところに二つ、白のモスリン布を大きく結んで着けているが、その結び方はアルザス地方の女たちの結び方によく似ている。ただ、アルザス地方の女たちの結び目の方がもっと大きい。左手には扇、右手には鈴のついた銅製のガラガラをもっているが、これはまるで道化のもつ錫杖《しゃくじょう》のようである。巫女は偶像のように無表情で、彼女を眺める通行人の方にもほとんど目を向けようとしないが、ただ信者が舞台に一枚の奉納の小銭〔お賽銭（さいせん）〕を放り投げた時だけ、踊ろうと身を起こす。お礼も言わず、笑顔も見せず、あたかもぜんまいを巻かれた自動人形のごとく起立するのである。そして瞳を中空に漂わせながらまったく同じ踊りを舞う。

私がそうやって献金を投げ入れて立たせた一番目の巫女は、ひどく年を取った女性で、この神林の翳りで顔色も青白かった。六〇歳の神の舞姫《バヤデール》の顔は痩せこけて神秘的で、おしろいの厚塗りのせいで、石膏のように白かった。舞台の床に打ちつけられるチャリンという金属の響きとともに彼女はモスリンの白い装束のまま立ち上がる。身についた優雅さでゆっくりと起き上がるのであるが、その優雅さは彼女の痩せた身体《からだ》のわずかな動きにまで行き届いている。そして儀式ばった歩みを始めるが、それは最後まで変わらない。大きな扇子と音をたてるガラガラとを動かしながら、彼女はゆっくりと前に進んでゆく。――それから後じさりをし、また出て、また後じさりをし、と三、四度行き来する内に次第に瞑想的に、次第に重々しくなってゆく。そして今度は、突然怯えるように小さな手で顔の上に扇を広げる。まるでこの世には彼女の目にうつってもよい清らかなものはないかのごとくである。ああ！　純潔の乙女よ、ああ！　慎ましやかな汚れなき人！……。だが今や、彼女は失神せんばかり、これでは死んでしまう……。小刻みな足取りでよろめきながら、彼女は今一度後じさりをしながら身を引いてゆく。それと同時に体はどんどん、どんどん大地に向かって前かがみになってゆくが、それはあたかも去ってゆく自分の命に向かって最高の礼を尽くしているかのようである。彼女は死に瀕し、喘《あえ》いでいる。息をとぎれとぎれに吐く仕草をし、地面にガラガラをふるうが、それはまるで濡れた枝の最後のしずく一滴まで払おうとするかのようである。そして身体《からだ》があまりにかがんでいるので、垂れた頭から二つのモスリンの結び目が、白いグレーハウンド犬の耳みたいにぶらさがっている……。この上なく優雅な最後の痙攣《けいれん》とともに、この至純の乙女はくずおれる。——これで最後だ。彼女は息を引き取り、死んだ……。

彼女はなにげない様子でまた戻ってきて、最初の姿勢のとおりに座り、またあらたな献金を待つ。献金があればまったく同じ所作を、また最初から始めるのである。

さてわれわれは三番目の敷地の、さらに壮麗な城壁〔陽明門およびその両側の壁〕をくぐってゆく。その城壁は全体がこれ金塗りで、青銅の基壇がついている。一連の透かし彫りの壁パネルで区切られているが、そのパネルには深彫りであらゆる空や海の獣、知られているかぎりの花々、ありとある葉っぱが描き出されている。金色のクラゲが金色の藻の中にその触手を伸ばし、金色の藤の枝やバラの花の上に金色のツルがその翼を広げ、金色の不死鳥《フェニックス》〔鳳凰（ほうおう）〕がその尾を開いてあで姿を見せている。青銅の屋根組を、あらゆる種類の動物が列をなして支えているが、その屋根が城壁のはしからはしまでを覆っており、冬の雨から壁全体を守るべく、大きく張り出している。入り口の門〔陽明門〕はすでに見てきたどれよりもさらに驚くべき傑作で、思わず足を止めてしまう。とてつもなく大きな両開きの扉は、丹念に仕上げられた漆塗りである。その金具はたぐいまれなセンスでかたどられて彫金された、金細工の品々である。普通の寺社の門と違って、その門を守るのは、気味の悪い薄笑いを浮かべる二体の巨像ではなく、人間と同じ大きさ、顔立ちをした二体の像〔随神座像〕で、老人のようにしわだらけで、死人のような肌の色をして、狡猾かつ曖昧で穏やかな表情をしている。二体の神は一体は左手に、一体は右手にあって、螺鈿や象牙でできたバラや牡丹《ぼたん》の花の枝でここちよくしつらえられた壁龕《へきがん》の、玉座の上に腰をおろしている。この門の上に載っている青銅の屋根は、その堂々たる丈といい、極度に入り組んだ複雑な造りといい、とても描写することも説明することもできそうにない。重なり合う曲線、金の花形飾り、そして反りかえった四隅からはチューリップの花を逆さにしたような細長い金の釣り鐘が下がっている。屋根は「犬神〔狛犬、獅子のたぐいをいう。ここでは唐獅子か〕」や龍、幻獣の大群によって支えられており、それらは樋嘴《ガーゴイル》のように突き出ていて、ぎっしりと六層にわたって積み重なっている。鉤爪をもち、角を生やした物騒な一大軍団である。金色の悪夢が、憤怒をみなぎらせ、高みから湧出して、そのままそこに凝固している。その大塊は今にも落ちかかり、崩れ、飛び出しそうである。すべてが嘴《くちばし》を開け、牙をむき出し、鉤爪を出し、頭を突き立て、大きな目玉を眼窩から突き出して、やってくる者たちに目を凝らしている……。

このピラミッドをなす獣たちの下をくぐると、ついに三番目の最後の敷地に入る。奥には華麗な社殿が建てられており、その神殿の名は「東方の光輝の宮殿〔東照宮〕」という。

ここはもう、何もない。杉の木立もなく、この構内はがらんどうで広々としており、あたかも目と心にいささかの休息を与えて、内陣の最後の宝物《ほうもつ》に備えさせようとしているかのようである。あいかわらず誰もいない。案内人《ガイド》と私きりである。ところが突然、これまで砂や苔の上では静かだったわれわれの足音が、賑やかな音をたて始めた。気づくとわれわれは黒い小石を敷き詰めた上を歩いており、その石が互いに転がりぶつかってちょっとした特殊な音を立てるのだが、それがまたよく響くのである（どうも神殿のへりにこうした小石を敷き詰めるのがしきたりのようである〔玉砂利〕。門は常時開けてあるので、神々や精霊はこうした足音によって、誰かが来たのを知る必要がある、というわけだ）。人っ子ひとりいない。壮麗ながら不気味な場所、ひと気のない境内。地面は黒々として、人は金の城壁に囲まれ閉じ込められる。私はいよいよ、かの黙示録の都市に思いを馳せることとなった。〈繊細な金でできており、ガラスのように透き通り、その最初の基台は碧玉《へきぎょく》で、二番目はサファイア、三番目は玉髄である……〔「ヨハネの黙示録」第二一章一九節〕〉。しかも「黙示録」に出てくる、空から降り来るありとあらゆる獣がこの神殿の上にずらりと隊列をなし、今やわれわれの眼前でこの庭園の奥全部を占拠しているのである。その正面玄関および柱廊〔唐門〕は手前の囲い地のそれ〔陽明門〕を思わせるが、ただしさらに豪華で、とりわけ凝っていて、その装飾の様式はたぐいまれな優れたものである。全体のつくりはさらに風変わりで不可思議で、「犬神〔唐獅子の一種である霊獣恙（つつが）〕」や金の龍の仕草はさらに奔放で、より脅すように猛り狂ってわれわれを睨みつけているように見える。

この社殿は建立されて三〇〇年になる。入念に手をかけて保持されてきた。その金の色もどれひとつとして曇らされることはなかった。一〇〇〇もの花の花弁一つ、一〇〇〇もの人物像の手一つ、一〇〇〇もの怪物の爪一つ欠けることはなかった。それでいて、どういうわけかその輝きにいささかの翳りがみえ、その壮大な構えにくずれが生じ、その老いがはっきりと感じられるのである。しかも石や青銅でできた基壇の上に苔がはびこり、地衣植物がじわりじわりと侵食してゆくのを、高度に趣味の洗練された人々は、大事に見守ってきたのである。そのことは先ほど来《らい》の、ひどく年月がたっているという思いを強めてくれる。そしてその思いこそが、心を平らかにするために必要なのである。というのも、もしもエジプトの神殿で、巨大な石塊を運ぶのに身をすり減らした何代にもわたる労役夫たちのことがつい心にかかってしまうとしたら、ここでは、どれほどの辛抱強い彫り師たちが生涯身を粉にして、この驚嘆すべきレース模様の壁を仕上げたかに思いがいってしまうからである。そこでそうした疲れ果てた人々はもうずっと昔に死んでしまったのだ、もう長いことと彼らは土の中で大いなる安らぎを味わっているのだと独《ひと》りごちれば、自然と心が休まるのである。――その土の中から今度は小さな苔が、粘り強く少しずつ出てきて、丹精込めた彼らの作品をその土台から蝕《むしば》んでゆき、細かな小さなシダが硬化した木材や金属の手間のかかった刻み目の間に、そのぎざぎざの葉先を絡みつかせてゆく……。

青銅や象牙、黄金でもって建造物をつくるこの国民がわれわれの国へ来て、ただの石でできた建物を眺めたら、どれほど野蛮だという印象をもつことだろう。たしかにこの人たちのそれより大きくはあるだろうが、見た目も粗《あら》けずりで、色合いもくすんでいて、煙《けむり》や埃をあげながらいい加減に造られたものだ。われわれのゴシック大聖堂の彫刻だって、彼らの目から見れば未熟な子供じみた作品で、安物の材料で拵えたものと映るに違いない。

そして三世紀の長きにわたっておびただしい数の参拝者が毎年、時には一千人ほどがいちどきにここにやって来ることができたというのは、驚くほどによく保存されているこれらのものを前にすると、なかなかに想像しがたいことである。もちろんのこと、ヨーロッパの群集とは大いに違っていたのだろう。気配りを怠らない礼儀正しい人々の群れが、軽やかなサンダル〔草履〕を履き、衣擦《きぬず》れの音をたて、扇子をパタパタさせながらうやうやしく前に進んでいっただろう。

このような保存状態ひとつを取ってみても、日本の驚嘆すべき点があらわれており、われわれのところではとてもこうはいかない。がさつで粗忽《そこつ》な連中がごった返した日には……。

何もない構内を通ってゆく。朝日が射している。金の壁の二面は翳になり、あとの二面は照り輝いている。周囲の大杉の梢《こずえ》がその上からのぞいている。まるで森の真っただ中にいる心地がする。滝の音も響いてくる。

〈東方の光輝の宮殿〔東照宮〕〉の扉まで来たら、青銅製の大きな階段の上で足を止め、決まりなので履物を脱ぐ。

どこもかしこも黄金《きん》、光り輝く黄金《きん》である。戸口には名状しがたい装飾物が選び抜かれてあって、とてつもなく大きい縦枠には雲の波か海のうねりのようなものが描かれ、その中ほどにはそこここに、クラゲ[117]の触手や鉤爪のついた脚の先、カニのハサミ、平たくてウロコに覆われた長い芋虫の先っぽなど、ありとあらゆるぞっとするような生き物の体の一部が、実物そっくりに、しかも巨大化して造られているが、それがまた真に迫っていて、そうした体の一部をもつ獣がすぐそこ、分厚い壁の中に半身を隠していて、今にもからみついてきて人の肉を裂くかと思われるのである。こうした華麗さはその底に、怪しい敵意を潜ませている。脅しや威嚇に満ちている、と人は感ずるのである。もっともわれわれの頭上には、楣《まぐさ》〔出入口などの上に渡した水平材〕のところに青銅や金でできたえもいわれぬ大輪の花々が飾られている。バラや牡丹、藤の花に蕾《つぼみ》の開きかけた春の桜の枝などである。しかしまた、さらに高いところには不気味なしかめっつらをしたまま動かない、恐ろしげな顔がこちらの方にかしいでいる。恐怖を呼ぶあらゆる表情の顔が、屋根の黄金の梁《はり》に金の翼を掛けてとまっているのである。空中にはすさまじい笑いに裂けんばかりの口が列をなし、不安な眠りに半ば閉じられた眼が居並んでいるのが見て取れる……。

庭園の静寂を破って小石が音を立てるのを聞きつけて、年をとった神官がわれわれの背後の青銅の敷居に姿を現した。私の差し出した許可証をよく見ようと、神官は鼻に丸メガネをかけたが、そのためまるで、フクロウのような目つきになった。

書面に問題はなし、というわけで、一礼をして彼は去り、私は自由に入ってよいことになった。


その殿堂は薄暗かったが、それは〈霊〉たちが安らうことのできるあの神秘的な薄暗さであった。そこに入って受ける印象は、壮麗かつ静寂そのものである。

金の壁、そして金の円柱に支えられた金の曲面天井。斜めから射すぼんやりとした光が、まるで下方から照らしたように部屋を明るませているが、それは格子のぴっしりとはまったごく低い窓から入っているのだった。奥は小暗く判然としないが、高価な品々が煌めきを見せている。

黄色がかった金、赤味をおびた金、緑がかった金があり、つやつやしたもの、艶消しのもの、地味めの、またはキラキラしている金がある。帯状板《フリーズ》〔間欄〕や、円柱の気品高い柱頭など、そここに少しずつ朱色やエメラルド・グリーンが入っているが、それもほんのわずかで、ごく細く色を刷いているだけで、鳥の羽とかハスや牡丹、バラの花びらなどを引き立たせるためのみである。これほど贅を尽くしながら、過剰なところはいっさいない。幾多のさまざまな様式のもとでの配分の妙、極度に複雑なデザインにおけるこれほどの調和があるゆえに、全体がすっきりと落ち着いて見えるのである。

人物像も神仏像もいっさい、この神道《シントイズム》の内陣にはない。祭壇の上には生花の束をぎっしり挿した、または巨大な金でできた花々を入れた大きな花瓶などがあるばかりである。

偶像はないものの、群雲《むらくも》のように有翼の、または地を這う獣、見慣れた、または想像上の獣が壁に続き、欄間や曲面天井に飛びついているが、それらは憤怒、戦闘、恐慌、遁走のあらゆる身ぶり、形相《ぎょうそう》を示している。こちらではツルの群れが、金の天井蛇腹《コーニス》〔天井と壁のつなぎ目の水平の装飾部分〕の全長にわたって翼《つばさ》をひろげて飛んでいる。またあちらでは蝶々が亀と一緒にいる。おぞましい大きな昆虫が花々の中にいるかと思えば、大きな目玉をしたクラゲや空想上の魚といった海の幻想的な生き物たちが死闘を繰り広げている。天井ではおびただしい数の龍が、身を逆立ててもつれ合っている。込み入った三つ葉模様〔葵の紋〕に切り抜かれた窓は見たこともない様式で、ほとんど明り取りの用をなしておらず、ありとある透かし模様の逸品を陳列する口実としか思われない。金の格子に金の木の葉が絡まり、その上で金の小鳥たちが遊んでいる。これらがすべてふんだんに重ねられていて、神殿のほの暗い金色の天井に、ほのかに光が射し込むようにしているのである。ただ、円柱は本当に簡素で、繊細な金塗り一色で、柱頭はごく地味にハスの萼《がく》を少しあしらったデザインになっているのが、古代エジプトのどこかの宮殿を思わせる。

　羽目板や支柱など、微細な点にいたるまで一つひとつ別個に嘆賞して、何日も過ごしてもよいほどである。曲面天井や壁のごくわずかな一片も、それ一つで美術館に収められるような一品である。しかもこれほど貴重で贅沢な品々がありながら、落ち着きのある大きな輪郭を形づくることに成功している。これほど生き生きとした姿形が、体をくねらせ、羽を逆立て、鉤爪を立て、口を開け、そして眼差しを怪しく放ちながら、その名状しがたい調和と半明かり、静けさのおかげで、静寂を、究極の静寂をつくり出すことに成功しているのである……。

それに加えて私には、日本美術の精髄がここにあると思われる。その切れっぱしはヨーロッパのわれわれのもとに収集されているが、そうしたものでは真の感銘は得られない。われわれの芸術からかくも隔たった、かくも異なった源泉から発したこの芸術を感得すれば、ひとはどれほどの衝撃を受けることだろう。われわれの装飾様式の観念は、生来われわれの古代文明、すなわちギリシア、ラテン、アラブの文明から常にそれと気づかぬ内に汲みとられているが、これらはそうしたものからは、たとえ遠回りにせよ、いっさい派生していない。この場所にあっては、ほんの少しのデザインも輪郭も、すべてわれわれには真底なじみのないもので、それはどこか近くの惑星からやってきた、地球のわれわれとは一度も交接したことのない事物であるかのようである。

神殿の奥〔本殿・石の間〕はすべて、ほとんど真っ暗であるが、黒漆や金漆の大扉が並んでいて、彫金をほどこした金色の蝶番《ちょうつがい》が付いている。閉められたその中は非常に神聖な場所だということで、私には見せてもらえなかった。おまけにそれらの収納庫の中には何もない、という説明を受ける。ただ、そこは祀られた英霊たちが好んで坐すところなのだそうだ。神官たちがそれらの扉を開けるのは特定の場合で、それは米の紙〔和紙〕に書き付けた学識の深い祈禱文や、ほめ歌を供える時だということだ。

大きな金張りの内陣の四隅のうち、側面にあたる両翼はすべてこれ寄せ木造りになっていて、最高級の木材を白木のまま組み合わせた驚くべき木細工をなしている。描かれているのは動物や植物で、壁には軽やかな葉むらの浮き彫りや、きめ細かな竹やイネ科の植物、そしてつる草からは花房が垂れ下がり、大きな羽毛の鳥たちやクジャク、キジあるいは不死鳥《フェニックス》〔鳳凰〕がその尾を広げている。彩色をほどこしたり金を塗ったりはいっさいしていない。ここは全体が暗く、あたりの色調は枯れ木立さながらである。ただそれぞれの枝の、それぞれの葉が違った木片でできていて、それぞれの鳥の羽毛も同様で、胸毛も翼も微妙に色を変えてグラデーションをなしている。

　そしてついに、最後の見どころ、この綺羅を尽くした総体の背後にある、もっとも神聖な場所、未知の中でも未知の場所〔奥社〕にたどり着く。それは墓碑の置かれた弔いの小庭である。山を穿っていて、清水の浸み出る岩壁に囲まれている。地衣類、苔などが湿り気のある絨毯《じゅうたん》となり、周囲の大杉が黒い影を落としている。そこに青銅の囲いがあって、その青銅の扉は閉まっているが、真ん中に金字の碑銘が刻まれている。――それが日本語ではなくサンスクリット語〔梵字〕で書かれているのは、神秘性を高めるためだろうか。扉は重厚で陰鬱、かつ峻厳で、その凄《すご》さに思わず言葉を失う。墓所の扉としては理想的であるといってもよい。その囲いの真ん中に、同じく青銅製の丸い哨舎の[118]ようなもの〔宝塔〕があり、仏舎の釣り鐘といおうか、うずくまった獣といおうか、なんとも見たことのない不穏な形状で、思いがけない大きな花の紋章がその上に載っている。この不思議な物体のもとで、ひとりの黄色い小男の身体《からだ》が腐乱していったわけであるが、その男はかつて帝王イェヤス〔徳川家康〕であり、その男のためにむかし贅の限りが尽くされたのである。同じ囲いの中に弔いの祭壇もあって、三つのお決まりの品が載せられていた。一つは四角面の焼香用の炉で、その蓋《ふた》には「犬神〔獅子〕」が坐している。それと亀の上に立つ象徴的な意味合いをもつツル、そしてハスの束を挿した花瓶である――それらはすべて青銅製である。どれも実物よりやや大きめで、ツルはダチョウほどの背があり、焼香用の炉は赤ん坊のゆりかごにも使えそうで、幅広のハスの葉面は盾《たて》かと思うほどである。しかしこのどれも、神殿のあまりの贅沢さを見たあとでは、どちらかといえばあっさりとして簡素である。もっともこれも贅を凝らした簡素であり、眼福をもたらす簡素である……。

今朝は風がいささか杉の枝を揺らして、カサカサになった小さな針葉を雨と降らしている。それはまるで茶色の雨のように、くすんだ地衣類の上に、緑のビロードの苔の上に、薄気味の悪い青銅の物具の上に降っていた。滝が遠くで音を立てていて、永遠に奏でられる聖なる楽の音のようである。虚無と平穏の極まった気配がこの最後の庭には漂っていて、壮麗の限りもまた、ここで尽きるのである。

森のまた別の一角には、イェミズ〔徳川家光〕の霊を祀った神殿〔輪王寺大猷院（たいゆういん）〕があり、ほぼ劣らぬ華麗さを誇っている。同じく一連の階段、彫金をほどこし金メッキされた小灯台〔灯籠〕、青銅の柱門〔鳥居〕、漆塗りの城郭〔二荒山（ふたらさん）神社〕を通ってたどり着くのであるが、道のり全体がわかりにくくて、それはそちらの山の方がより起伏に富んで入り組んでいるせいである。入り口〔仁王門〕の守護神は、イェヤスの墓所の肘掛椅子に座った半睡の青白い老人たちとは違い、一八フィートはある二体の巨像〔金剛力士像〕で、裸体でまっすぐに立ち、「ファルネーゼのヘラクレス」[119]のごとく筋肉隆々、一人は赤肌、もう一人は青肌で、二人とも恐ろしげで身ぶり大きく、手を振り上げて威嚇し、睨みつけ、嘲笑《あざわら》い、尖った歯を歯ぎしりせんばかりにして人を脅している。彼らの次にも、またその先にもう二体のぎょっとするような像があって、その間〔二天門〕を通り抜けていかなければならない。それは「風」の神〔風神〕と「雷」の神〔雷神〕で、やはり巨大で獰猛で、すさまじい笑いを浮かべ、その手は今にもなにかをはたきそうである。[120]

それから同じく目を見張る透かし彫りや漆塗り、金塗りをほどこした門〔夜叉門（牡丹門）〕が現れて、同じ「犬神〔獅子〕」や幻獣の一群、同じ青銅の高屋根の下の幻想的な絡まりを見せた垂木《たるき》と樋嘴《ガーゴイル》、同じ金の城壁。

中に入ってみると、やはりイェヤスの墓所と同じく金でキラキラと煌めいている。まことに双方ともに霊魂の住まう宮殿で、どちらがより美しいかわからないほどだった。驚くのは、国民に二つも建立する時間がよくあったものだ、ということだ。イェミズの宮殿に特徴的なのは、とてつもなく大きな金メッキの青銅壺が一列に並んでいることで、神聖な宗教的な形をしており、地面に置かれていて、その壺からは実物大の金色の樹木が、天井まで伸びている。まるでカラスムギのように軽やかな金色の竹や、微細な針葉を幾千とつけた金色の杉の木、春の時候らしく花も盛りの金色の桜の木。ひとつひとつの植物が、日本の芸術特有の非常に素朴でありながら巧緻をきわめたその写実性でもって写し取られている。そしてこの住まいの一番奥の金色がかった薄闇に先立って、より明るい金色の霞《かすみ》を形づくっているのである。

そしてこれらの美しきものたちの尽きるところは、言うまでもなく、「虚無」の小庭〔奥院〕であり、そこには遺骸を覆う薄気味の悪い青銅製の小舎があり、また祭壇には例のツル、香炉、ハスの花があるのである。聖体安置室の背の低い小扉には、解読できない碑文が輝きを見せている。

焼香用の炉の蓋《ふた》には、「犬神〔獅子〕」がやはり同じせせら笑いを浮かべている。ただ、これらはみな時を経て、雨に打たれていささか穿《うが》たれ、さびれて見える。そうした青銅のくたびれたさまを目にすると、漆塗りや金塗りの衰えを知らない持ちのよさ、みずみずしさに一層驚かされるのである。またその場所の歴史の古さも、より実感できる。それにここは、イェヤスのところよりも死の気配が濃厚である。杉林がより周囲に迫っていて、より薄暗い。いたるところ清水が浸み出て、湧き水の底は緑なす湿地になり、ふつうだったら泉にしか繁殖しないようなアジアンタムや、藻類に近いたぐいの苔などがはびこっている……。

「聖山」の中にはまだ多くのほかの神社や、桁《けた》が三日月形に反った青銅の柱門〔鳥居〕、ほかの東屋、ほかの墓がある。それらへ行くにも、やはり巨木のなす緑の天井の下を登ってゆく。それはまた別の並木道になり、やはり両側に手すりがついていて、同じ緑のビロードの絨緞《じゅうたん》が敷かれている。それはいわば「精霊たち」の一大都市で、森の下に建設され、目に見える住民はいないのだった。

それにしても、このイェヤスとイェミズの両寺院の美しさは圧倒的で、そのあとでは、ほかの寺院の前は気にもとめずに通り過ぎてしまう。もし別の場所にあったとすれば、きっと大いに感嘆したに違いないのであるが。おまけにあれほどの金地、あれほどの漆塗り、あれほどの驚くべき労作が結集したのを見てしまうと、疲れも覚える。魅惑の魔法があまり長く続くようなものである。すると、それ以前に見たものも、いま目にしているものも、いま居る所も、どれほど行きたいと願っていたところでも、嫌気がさしてくる。地上の多くの美しいものが哀れに思えてくるのだ。――そしてもし、眺めることに倦むということがあるとすれば、私のこの描述を読むのに、読者がうんざりされるのは、これこそ無理もないことだ。私のこの描述はある意味で、子細な財宝点検目録にすぎないし、そこでは金《きん》という言葉が、どうしたって毎行毎行顔を出すのだから。

私は、これらの寺院には人っ子ひとりいないと言った。いないといっても、番をしている聖職者たちは別である。何人かの白髪混じりの髪の長いお爺さんたちと、それにその朝生花をとりかえる仕事をしていた娘さんたちである。その聖なる花瓶には、何世紀にもわたって茎のすらりと伸びた花の束が、絶やされることがなかったのである。おそらく参拝者があるとは予期していなかったろうに、それでもすでにいたるところ花が活けてあるのだった。秋の花々、マツムシソウや大輪の菊の花が日本風にあしらってあったが、それがまた独自のある優美さをかもし出していて、それはわれわれの出せる優美さとはまったく違ったものだった。

私は苔を掃くところはまだ一度も見たことがなかった。ここ、ある寺院の前では、二人の神官がせっせとその仕事をしていた。目の細かい箒《ほうき》のようなもので、庭の敷石を覆っているたぐいまれな緑の絨緞《じゅうたん》を掃いているのだが、その敷石の上には絶えずやむことなく小さな茶色い杉の針葉が降っているのである。彼らがこれほど丹念におこなっているのを眺めていると、彼らがこの苔や地衣類を、森の内奥の豊饒のいっさいを賞《め》でていることが偲ばれるのである。それらはほかのどこよりもニッコー〔日光〕にあって美しく、また神々もこれを嘉《よみ》しているのである。

もっと上の、山の頂きに近くなると、両側に手すりのついた並木道が尽きて、シダや木の根っこだらけの小道に変わる。そこではるかに古い別の聖人たちが、滝の音にまどろんでいる。それは紀元三、四世紀よりこの山を聖なるものと崇めてきた、早い時期のあらゆる賢者たちである。花崗岩でできた彼らの墓はごくつましく、粗削りで、ほとんどわが国のケルト人たちの巨石遺構《メンヒル》を思わせる。粗末な小さな社など〔産（うぶ）の宮＝香車（きょうしゃ）堂〕もあって、そこには女たちが子を授かりたくて、願いを書きつけた木の板を持ってくるのである。その積み重ねられた木片が、門の前で朽ちかけている。奇跡を起こす岩などもあり、ずいぶん遠方から人々が来て、ひどい病気を治してもらおうと触ってゆくので、石は人々の手ですり減って、ツヤツヤになっている。ありとあらゆる効き目の、いろいろな霊験あらたかな岩がある。ありとあらゆる石の像もあり、片隅に立っているものもあれば、古くなり苔むして、ほとんど原形をとどめずに草陰で朽ちているものもある。そしてそのあとには、手つかずの原生林があるばかりである。すべてが尽き、小径さえもうない。ただ滝〔白糸の滝〕だけが激しく乱れ、より細くより冷たくなって暴れ、音を立て続けているのである。日本の本島の中心にあって、クマしか棲まない一帯はもうすぐそこであり、そのクマの灰色の毛皮で、日光の小店は商売をしているのである。

時刻は午後一時ごろだった。あんなに朝早くから始めた初の《聖山》観光が終わって、私は下山の途についている。ふたたび帝王たちの壮麗な一角に近づくと、より高く昇って明るさを増した太陽の光が、以前よりもっと黒い木々の天井から射し込んでいて、社殿のてっぺんの金の怪物や金の円形紋章飾りをさらに輝かせていた。上方の、切り立った崖上から見下ろすと、この死に人《びと》たちの都は、青銅でよろわれた重々しい屋根に押し潰されているように見えた。それがこの建築の奇妙なところで、おそらくは欠点なのであろう。屋根があまりに入り組んでいて、はみ出たり、馬鹿大きかったりして、それが重すぎる甲羅よろしく、見事ながらつまるところ高さに乏しい城壁の上にのしかかっているのである。

下山している間に気温が上がって来た。セミ〔虫〕たちが好天の六月の頃のように鳴いており、猿が枝を飛び交い、鳥のような甲高い厭な声をたてている。なんという国だろう。この日本という国はすべてが変わっている！　冬はフランスの冬とほとんど変わらず、霜もおりれば雪も降る。——それなのにソテツが生え、竹は樹木のように大きく育つ。年がら年じゅうセミの声〔ここでは虫の声も含まれているようだ〕がする。寒がりの猿が森の中で生き延び、田舎の人々は裸同然で畑仕事をする。そして誰もみな、紙でできた家で寒さに震えている。うっかり冬への手立てももたずに、北へ引き上げられた熱帯国といった格好である。

さあ、すっかり下まで降りて、参拝者用の橋まで戻り、それから向こう岸に渡って聖なる杜を出た。

杉林のもの寂しい翳もこれで終わりである。今や突然、陽光が溢れ、空気はゆったりとし、天には蒼穹《そうきゅう》が広がっている。昨夜あれほど寒かった日光の村が、太陽に暖められて、秋のかすかな白い靄《もや》が小家の上を漂っている。しかし上方の大気は非常に澄んでいて、樹林の山の頂きが、虚空にきわめてくっきりと浮かび上がっている。たくさんの取れたてのクマの毛皮が、今朝すでに道路沿いにずらりと掛けられていたのに加えて、あらたに広げて干してあった。日本人の紳士方がぶらついて、仏具を商う小店の前で気取ってみせたりしていたが、私に深々とお辞儀をする。きのうの車夫たちだったが、花柄のあんまりしゃれた木綿ものの着物を着ていたので、私は気がつかなかった！　彼らが言うには、宇都宮に戻る際にもやはりぜひともお供をしたい、とのことで、出発の時に私のした約束を再度うけ合ってほしいと言うのだった。――ああ！　喜んでそうするとも。ほんとによく走ってくれるのだから。

この暗澹たる黄金の夢、《聖山》から抜け出てみると、ふだんの日本全体が、またさらにいっそう突飛で滑稽で、ちっぽけに見える。

日光を旅行するにはもう季節が遅すぎる、と江戸《エド》で言われてきた。しかし私には、今こそうってつけの季節だと思われる。春は日本では日射しがとても明るく、また夏の盛りには皇国中の島々から参拝者が詰めかけるが、その頃に来ていたら、こうした忘れがたい印象が心に残ることは決してなかっただろう。この燦然《さんぜん》たる大墓所にただ一人の訪問者としてたどり着き、轟きを増す水の響きを耳にし、森のいたるところに十一月の憂愁《メランコリー》の気を感ずるということは決してなかっただろう……。

《聖山》とはまた別に、日光周辺全体、つまりあたりの森全体には、人々の参詣する墓や礼拝の場が溢れかえっている。

　ある午後、私は黄金の死者の都と村とを隔てる渓流をさかのぼったが、今回は大社殿のある側とは反対の川岸〔憾満（かんまん）ケ淵〕をたどっていった。深くえぐれた川床では水が激しい音をたてて逆巻いていたが、それに沿ってずっと私は、ツリガネソウやマツムシソウの咲き乱れる小径を森づたいに歩いていった。そこにはいたるところひどく古い苔むした墓があり、黄葉したり落葉したりしている草木の蔭には石仏が隠れていて、サンスクリット語〔梵語〕で書かれた碑文などははるか遠い昔にさかのぼるに違いない。上に上がっていけばいくほど、渓流の動きは激しくなり、音も高くなってゆく。深い淵にはねずみ色の大きな岩塊が積み重なっていて、水がたぎり返っている。岩塊はみな丸く滑らかで、獣の背のような縞が入っている。それはまるで死んだ象が、白い泡の真っただ中で集団となって朽ち果てていくかのようである。樹林にびっしりと覆われた切り立った山々が、この渓谷をますます狭くしてゆく。山々は山頂が尖り、極度のノコギリ状をなしていて、垂直に空へと伸びている。太陽はまだ熱く輝いているが、晩秋の気配が感じられるのは、乾いたイネ科の植物〔ススキ〕がどの茂みにもくすんだ色合いを作り出していて、林のもつ色調にひどく変化があるせいである。紅葉《もみじ》は紫色のものもあれば、真っ赤に色づいたものもあった。

　ところどころに粗末な集落がいくつかあるが、未開の感じである。長い髪を髷に結った百姓たちはみな裸で背が低いが、美しい鋳型に流し込まれた青銅《ブロンズ》の像のように見える。

　彼らに道の案内を求めてもむだである。私には前からもうよくわかっているのである。にこやかに笑って挨拶しておきながら、彼らは私が道に迷うのを面白がるのである。

小道で、ぼろぼろの衣服をまとった八歳ぐらいの男の子が、私の前までやってきた。その子は生まれたばかりの弟を背中にくくりつけていたが、赤ん坊は布にくるまれ眠っていた。すれ違う際に男の子が深々と礼を尽くしたお辞儀をしたが、それがあまりに思いがけなく実に滑稽で、しかもとてもかわいらしかったので、私は何枚か小銭をあげた。そしてもうその子のことは頭になく、二度と会うこともないだろうと思って歩みを続けた。

あいかわらず石仏が、ひじょうに古い石仏が、茂みやいばらの陰にあちらまたこちらと座を占めていた。そして今度は一連隊をなすほど、少なくとも一〇〇はある石仏がみな同じ姿で、渓流の向きに沿ってカーブしながらきれいな列をつくっていた〔並び地蔵〕。きっと石仏たちは、水が暗い川床の底を流れ、跳ねるのを眺めているのであろう……。私はふと、この石仏たちについて聞かされたことを思い出した。江戸《エド》では次のような伝説が流れているという。すなわち、誰も石仏の数を知りえた者はいない。いろんな参詣者がその数を数えてみたものの、数が一致せず、言い争いが起きて恨みを残したというのである[121]。

この地の精《グノーム》たち[122]はほんとに醜く、たしかに悪いいたずらを仕掛けそうである。時の経過と地衣類とによって身体の一部を喰いとられ、時にはその長い耳の片方を、はたまたその鼻を欠いている。おのおの石仏の前には、草むらに黒ずんだ灰や線香の残りがあって、それは夏にお参りに来た人々の名残りである。文字の書かれた赤や白の紙テープ〔お札（ふだ）〕が、仏たちの腹のあちこちに貼り付けてある。この夏に拝んだり願かけをしにやってきた、信者たちの訪問のしるしなのであった。それらの紙は雨にやられて、なかば溶けかかっていた。

同じ森の小径沿いのもっと先に、ひとつの洞窟があって、仏教の経文が刻まれ、岩山にその暗い穴をぽっかりと開けていた〔憾満納骨搭〕。いや、恐ろしい！　その洞窟には地面に人間の髪の毛が散らばっている。日本人の頭に生えるあの硬くてしっかりした、黒く長い毛髪が散乱していたのである。ではいったいこの洞窟はなんのために使われたのか、ここでいったい何が行われているのか？……。

またさらにその先、ずっと離れた高いところに、緑の絨緞を敷き詰めた圏谷《カール》[123]があって、そこには九つの滝が一斉に落下している。どれも同じような滝が、肩を並べて虚空に水を放っているのである。

そしてついに、たいへんな高みで私は足を止めた。そこには大きな神秘の湖が広がっており、海抜何メートルかはわからないが、山々と深い森に囲まれており、人の跡は絶えてない[124]。

夕刻、日の沈むころ長い道のりを戻ってくると、私が出発の際に出会ったまさにその場所に、あのひどく立派なお辞儀をしてくれた坊やがいるのに気がついた。あいかわらず背中に弟を、お人形さんのようにしょってその場にいたが、どうも私にほかの帰路がないのをよくわかっていて、通るのを待っていたようだった。

その子は私を見ると、粗末な木製のサンダル〔下駄〕を引きずり、ぐっすり眠っている赤ん坊の重みに背をかがめながら私のところへやってきた。私がその子にあげた何枚かの小銭のお礼に、その子は私のためにツリガネソウ[125]の花を摘んで、花束にして差し出してくれたのだった。また新たにかわいらしいお辞儀をして、あきらかに何を期待するでもない様子で、さっさと行ってしまった。

はて！　これは私が日本で受けた、唯一つの心のこもった記念の贈り物だった。半年もの間この国をぶらついていたというのに。私はささやかなその思いつきに心を打たれて、その子を呼び戻した。その子を抱きしめたいくらいだ。そんなに不細工で汚らしくなければそうしたかった。しかしいかんとも仕方がない。山のいい空気と、活力を与えてくれる爽やかな渓流がありながら、こんなに発育不良であるのはどうしたわけだろう？　その子の髪の毛のところにはいっぱい腫れ物ができていて、それは弟も同じである。そのため結び髪を別個につくる髪型にしてやろうとしても、あちこちに剃りを入れることも出来ないでいるのである。この民族の幼い子供たちは、そうした髪型をするのが普通なのだが。しかし彼はほんとに善良な、表情豊かな悲しげな瞳で私をじっと見ている……。このかわいそうな小さな子供は育ちそこねて、この森で何年間かほそぼそとみじめな暮らしをするよう運命づけられている。何を知ることも味わい楽しむこともなく、やがて土に還って緑の植物の根のこやしとなるその時までである……。なんと不思議なことだろう。その子の控えめな眼差し一つで、わが同類たちの立派な演説もなかなかに成しえないことが成し遂げられた。私の懐《ふとこ》ろに深く入り、その隠された最良のところに道を通じ、あっという間に人の苦しみに対するあまねき同胞愛の感情を、優しく深い同情の心を呼び覚ましたのである！……。

私は財布の中のありったけの硬貨をその子にあげて、開いたままの手をいっぱいにしてやった。

男の子はこれほどの大金は信じられない、といった面持ちだった。私はその自生のツリガネソウの花束をたずさえて、その場を去った。その花束が私に残された、この国のただ一つの私心のない土産の品になるだろう。

《聖山》での厳かなひととき、それは数々の寺院が閉まる日暮れのひとときである。それはまた、いささか死を思わせる時でもある。とりわけこの秋の季節は、そのたそがれ自体が物寂しい思いを引き起こすのでなおさらである。漆塗りや青銅製の大きな仕切り戸が滑り溝の上をすべり、その重々しい音が下方の森に長く木霊《こだま》を響かせる。一日中開けていながら、誰一人訪れる者のなかった壮麗な住まいが、こうして閉めたてられてゆくのである。湿った冷気が黒々とした喬木の下を渡ってゆく。こうした逸品の数々が火事で焼失することのないよう、この《霊魂》の都には明りがいっさい灯されない。しかもここはどこよりも早く、また長きにわたって暗いのである。数世紀来これらの財宝は、ランプに見守られることもなく、日本国の中心でこうして暗がりのなかで眠ってきたのである。まるごと魔法にかけられた森に、夜の静寂《しじま》が広がるにつれ滝の楽の音《ね》はますます高まってゆく……。

夕方戻ってみると、茶屋では下にも置かぬ扱いであった。宿の主人も私の車夫たちも、若い女中たちもあらそって私のゲートル〔脚のすねを包む服装品〕や短靴の紐を解きにかかり、私の足は四方八方に引っ張られる。それから靴下をはいた足で、ツヤツヤした小階段を、ミシミシガタガタいわせながら、紙でできた部屋へと上がる。

入浴の時間だ。女中の一人が素っ裸で、片手に提灯、片手にタオル〔手ぬぐい〕をもって、温かいお湯にすぐ飛びこめる格好でヴェランダの下を駆けていくが、ふと足を止めて、私にも湯に入らないか、と声をかけてゆく。さてさて、どうしようか。そうしたいのはやまやまだが、浴槽は共同で誰もが入れるので、私としてはまず、客の中にニッポン人の紳士方がいないかどうか確かめたかった。彼らと一緒にひしめき合うのは苦手だった。——いや、今夜は女性の客しか、ご婦人方しかいないとのことだった。それは大いにありがたい。客の母親の方はまだ花の盛りで、それに一〇代半ばの娘が二人。三人とも感じがよく、健康的で若々しいという。それならよし、私も仲間入りしよう。

そうなると、また下へ降りていかなければならない。提灯をもち、こんな時にふさわしい木製サンダル〔下駄〕を履いて庭を横切って、初めて湯あみのできる離れにたどり着くのである。凝った庭は早くも凍えるような寒さで、すっかり夜に包まれ、十一月の暮れ方の霧が、玉石や小ぶりの植え込みにまでかかっていた。こまごましたこれらの周囲には、山々が黒い大きな城壁のようにそびえていて、そこから滝の流れる音が聞こえてくる。てっぺんはまだかすかに日が残っていて、空は冬の凍てついたバラ色をなし、そこに一番星が輝きはじめている。——すべて物悲しく、自分でもそれがどうしてなのかは、はっきりとは言いあらわせそうにない。これらすべてがいかにも異国らしく、よそよそしくて、〈かけ離れた〉ものだという、日が落ちて以来私がすでに抱いている思いをさらに強めるからである。国同士を隔てるはるかな距離、人種間に横たわる深い溝、そしてとりわけこの辺鄙《へんぴ》な村の孤絶していること……。

うるわしいご婦人客たちは、どうも私より先に湯に入っているようだ。というのも近づくと、はなやかな笑い声が軽いパシャパシャという湯の音に混じるのが聞こえてきたからだ。――このにぎやかな物音で、もろもろの悲しみはただちに吹き飛んでしまった。

下方の小部屋に入ると、中は白い湯けむりが立ちこめて、ほんのりと温かかった。半透明の紙でできた四角い囲いに入れられたランプが、ほのかにあたりを照らしている。その紙囲いにはいうまでもなくコウモリが二、三匹描かれている。浴場はすべて木製である。壁も腰掛けも、脱衣を行う狭い縁《へり》も、また女客たちがすでに飛び込んでいる大浴槽も木で出来ている。白木でおまけに石鹸がついているので、いつ滑るかと危なくてしょうがない。たしかに木は清潔だが、人の体が触れるのであまりにツヤツヤしており、黄色い皮膚の獣じみた臭いがする。

三人のご婦人がたは大変なはしゃぎようでお風呂に入っている。水族館でアザラシかなにかのために特別の囲いを設ける時のような、素通しの格子の柵が、私とこのおふざけの間を隔てていた。しかしなきに等しいこの仕切りごしに、私たちは青い布切れ〔手ぬぐい〕をひらひら振ったりして、ちょっとした媚態をふりまき合ったのである。その青い布切れには白と黒のおどけた図柄が入っていて、これは日本版のタオルである。宿の主人も女将もツルツルしたその縁《へり》に立って、この浮かれ騒ぎを見物している。見張っているわけではない。というのも二人はどんな事態が突発しようとも、いっさい関知しないと公言しているからである。ただ客に礼を尽くして、男女の客ともに、もし望めば熱々の布で体をこすってくれるというのである。

大浴場から出ると、私の部屋にはままごと遊びのようなお膳が用意されていた。青銅製の鉢に火がおこっていて、部屋は温まっていた。

しかし私が、こまごまとした器、何が入っているかわからないように蓋をした小カップや、かわいい受け皿の前にしゃがみこむや、だんだんとその部屋に見知らぬ人間があふれて来た。その人たちはあとからあとから、音も立てずにそっとこっそり、お辞儀をしながら入ってくるのである。――そして腰を下ろして――畳の上に見たこともない品々を並べてみせるのである。おどけた古い象牙の彫り物、漆や金塗りの小さな神仏像、寺社から出た古代裂《ぎれ》、ぞっとするような場面を描いた古い神話絵図。こんな季節にただ一人、思いがけず自分たちのところに到来したヨーロッパ人の見物客に、日光中の古物商という古物商が押し寄せてきたわけである。そして今度はまた別の人々が、あやしげな大きな包みを運んでくる。私が黙っているのをいいことに、最初の一団に負けじと遠慮なく、クマやケナガイタチの毛皮を扱う商人という商人が、ぞくぞくと入ってくるのである！　私の部屋は人と物とでびっしり埋まってしまった。混乱してなにがなんだかわからない市場《バザール》と化してしまったのである。この満ち潮にあわや呑み込まれてしまいそうだ……。何度も何度もお辞儀をし、笑みを浮かべて私のままごと膳の上で獣の皮を振って見せ、しっぽがしっかり付いていることを確かめさせようとする。私がなんとかうまく箸を使って食べようとしているところに、人々は象牙の品を見せようと私の袖を引っ張るのである。

日光で買い物をする気はまったくなかった。商人たちもそれを察したが、これは安い買い物をするのにうってつけの条件なのである。彼らはなんとかねばって、ぎりぎりまで値段を下げてくる。そうなるともうせり売りのようなもので、せり値は面白いようにどんどん下がってゆくのである。そのあげくに私は、欲しくもなかった大毛皮と二つの象〔象牙品〕、陶製の人形などを買う羽目になったのである。

いや、もう結構。毛皮を今さら返品する手立てはなし、戸口にはまだまだクマの毛皮が山積みになってゆく気配だったので、私は掛け布団と黒いフラシ天〔ビロードの一種で毛足の長いもの〕の枕とを頼み、それから断固とした態度で全員の前で横になり、目をつぶってしまった。

すると群れは次第に散ってゆき、部屋は空っぽとなった。最後に出てゆく人たちは親切に、紙製の仕切り〔障子〕をきちんと引いていってくれた。そこで私は閉じられた場所に、たったひとりとなった。

まだ歩道では、若い女中たちがヴェランダの下を影絵のようにあちこち行き来していたが、それもついには静かになり、眠りが訪れた。

出発の朝は、日が射し初《そ》めるや、茶屋では全員が起立している。宿の主人も女将も〈ムスメたち〉も、争って最後に私の短靴の紐を結ぶ栄をになおうとし、この別れの時に私に最高のお茶の一杯を注ぐ福を得ようとした。支払いについての談議はいつものことながら長くかかった。あらかじめ決められた宿代に加えて、多大の思いがけない費用がかかって額はふくれあがっていた。車夫たちが私のつけで豪勢に暮らしていたし、私の案内役《ガイド》は特別手当や食事代などのもろもろも支払いに入れていた。こんな人につけこむやり方は正さねばならぬ。額そのものがどうこうというのではない。どんなにごまかしたところで金額はまだまだしれたものだからである。ただ、あまり間抜けに見られてはならない。というのもこの国であまり気前のいいところを見せると、馬鹿にされてひどい目に合わされたりするからである。

こうしてチェックしている間に、車夫たちは旅の格好（ごく短い更紗《さらさ》の上っ張りに、ズボンはなしである）をして路上に出て、寒さに震えながらじっと待ったり、片足でぴょんぴょん飛んだり、体をすっかりかがめて身を縮ませたりしていたが、車夫たちの吐く息が朝の乾いた澄んだ空気の中で、真っ白な湯気となって彼らを取り巻いていた。

支払いはうまくいったようだ。多すぎもせず、十分な払いができたようである。というのも別れの挨拶は申しぶんなく、――きちんと行われた！……。私が小車に乗り込むと、茶屋の人たち全員が玄関まで出てきて、ぬかずき、ひれ伏し、声をそろえて旅の無事を祈ってくれた。

私がこのうやうやしい一団に目礼するや、みんなの髷はさらに低く垂れ、おでこが地面についてしまった。そしてずっとずっとそのままだった。われわれはスピードを出して離れていったのだが、彼らがまだ見えるかどうか私が振り返るたびに、もうずいぶん遠くて人形芝居《マリオネット》の人形ほどにすっかり小さくなっているのに、私が目をやるとまた一斉に突っ伏して地面に鼻をこすりつけるのである。

はるかな小村、日光はすでに店を開けていて、クマやケナガイタチの毛皮を日にさらしており、じきに暗く荘厳な杉並木の街道の果てに消えていった。

ふたたび果てしない教会堂の身廊のような道が始まったが、この身廊の長さは一〇里《リュー》ある。日陰なので凍えるほどに寒い。車夫たちは全速力で駆けってゆく。小車は飛びはねながら道を戻ってゆく。こんな速度ではあまりに寒さがひどくて、私は時々彼らを止めて地面に足をおろし、車夫たちは怒ったが、彼らと一緒に走った。

今度はいいことに下り坂になり、すると光が一杯に射してきた。おかげでこの長い道のりを果たすのに五時間しかかからず、しかも中継ぎの宿にちょくちょく寄っては、ちょっとお茶を飲んだりご飯を食べたり、また火鉢に手をかざしてひととき暖を取ったりしたので、時はあっという間に過ぎた。

正午ごろには、大都市ウツノミヤ〔宇都宮〕がまた見えてきた。

宇都宮は祭り[126]の最中だった。夜のために明かりが用意されていて、提灯がいたる所にあった。それは子供のためのお祭りだ、と車夫たちが教えてくれた。たしかに子供たちがみな外に出ていて、黒っぽい小道をいっぱいにしており、どの子もよく梳《くしけず》って晴れ着を着ている。長い衣装をつけて、大きな帯を背中で派手なふくら結びにしていて、なかなかどうして、きちんと立派にしている。

そしてひとりひとりが車を引いていて、その玉座にお人形を座らせている。お金持ちのちびっこたちの人形は、花飾りやリボンのついた見事なものである。幸の薄い子たちは古びた粗末なボロ人形を連れているが、これがまた金色の色紙やけばけばしい衣服で飾られて、「幼児虐殺〔キリストの降誕を知らされたユダヤ王のヘロデによる虐殺〕」人形のようである。そのうちの一人が私の行く手をふさいで、自分の人形をよく見てもらおうとした。それはどうにもひどい代物《しろもの》であったが、それでもおそらくその子は、自分の人形をとても愛しているのだろう。古くなった箱かなにかでつくった車に載せて、転がしていた。――おそらくはそれが、両親がその子にしてやれる精一杯のことなのだろう。――子供は私をじっと見て、人形をきれいだと思ってもらえるかどうか心配気な顔つきをしている。そこで私は身をかがめて眺め、なんとか感心するふりをした。

さて、市庁舎[127]に近づいてきた。真新しいヨーロッパ風の駅舎スタイルで建てられた、実に注目すべき建造物である。周囲にはぐるりとヴェネチア風提灯[128]が吊るされて、正面玄関にはわれわれのところと同じ時計の文字盤が、時と分とを示しているが、この欧米流の時刻の刻み方は、いずれ近いうちに日本でも旧来の〈鳥の時間、ネズミの時間、キツネの時間……〔酉の刻、子の刻であろうが、キツネとは……〕〉といった不思議な分け方にとって代わるであろう。この新式の一角に、突然私にとって思ってもみなかった魅力的な光景が立ち現れた。お役人たちの行列である！　黒のフロックコート、長髪の上に器用にのせたシルクハット、あるかないかの眼に平たい顔、白い漂泊生糸《フロス》の手袋。天皇陛下《ミカド》の勅令により年に二、三度、大きな行事の時にはそれにきちんと見合った洋装を身につけなければならないのである。彼らと交差する格好になったので、その立派な行列のためにわれわれは歩をゆるめなければならなかった。彼らはずらりと一列に並んで、仰々《ぎょうぎょう》しく型にのっとって進んでゆく。それを眺めていると自然に笑みが浮かんできて、自分でも人にはっきりとさとられるほどの笑い顔になってしまっているのがわかる。

その笑い顔の極まった時、ひとりの老人が通って、苦渋に満ちた非難の眼差しを私の方に向けた。それはこう言っているようだった。「われわれを馬鹿にするんだね？　いや！　それはひどいじゃないか。だって、こんな格好をしろという命令なんだから……。いや、ほんとに自分でもよくわかっているさ。みっともなくて、滑稽だってことは。猿そこのけだってことはね。」

その人の様子があまりに辛そうだったので、私はまた真面目な顔になった。


鉄道の改札口ではひと悶着があった。私にはヨコハマ〔横浜〕行きの切符を手に入れるだけの時間しかなかった。そこでも人は、私のピアストル銀貨の両替金をごまかそうとするのである。それはメキシコ銀貨で太陽が刻印されており、幻獣がとぐろを巻いている日本の銀貨とは違っていたのだ。[129] 私はわざと居丈高な調子で抗議した。すると〈私が知っている〉のを見て取って、相手はものわかりがよくなり、愛想よくばか丁寧な態度を取るのだった。

午後一時から夕方の五時までは、急行列車の旅である。乗り合わせた日本人たちは和洋折衷のいでたちである。青い木綿の民族服〔着物〕の上に「ポン・ヌフ[130]」あたりの吊るしのような、毛足の長いアルスター〔ダブルの打ち合わせのロングコート〕を着ている。

一〇時頃、思いがけないことにハコニ〔箱根のことか。以下の説明から見れば、実際は赤羽である〕で四五分間停車する。ここはエド〔上野〕へ行く路線と、横浜行きの路線〔赤羽から品川を通って横浜へ〕の分岐点で、私は江戸《エド》線を降りて横浜《ヨコハマ》線に乗り換え、停泊中の艦船に戻るのである。[131] 何もないちっぽけな停車場で、待合室もないし、村は遠く離れている。私はといえば田園地帯の凍てつく暗闇の中に、ぽつんと一人で外におり、凍える夜に食事も取らず、どうしたらいいかわからなかった。

小道の突きあたりに民家が見えた。仕切り戸のひとつが半分開いていて、ランプの輝く灯りが洩れていた。茶屋か、それとも普通の人家か？　ためしに入ってみる。

室内は空っぽで、何もないながらきちんと手入れされている。天井には常夜灯が吊るしてある。畳は申しぶんない。誰もいないし、家具ひとつない。ただ、壁に三つ四つ、木製の小さな円錐形の筒が掛かっていて、品のいい形をしており、そこに葦《あし》の花が自生のシダの葉と交ぜて挿してある。その活け方たるや軽やかで優美である。それでいてここは、辺鄙な集落の貧しい農夫の家か、田舎の宿屋なのである！　フランスの農夫でいったい誰が、これほど簡素で洗練された装飾を思いつくであろうか？　誰がこうしたことのほんのイロハさえ理解できるだろうか？

私が靴のかかとで床を踏み鳴らすと、奥の仕切り戸が開いた。――オー！　アヨー！〔「おはよう」か〕と〈ムスメ〉が顔をのぞかせ、ひと目見るなり私は、そのきれいで可愛らしいのに度肝を抜かれた。

それはたしかに茶屋で、その小さな女中さんは注文を聞いてきた。そこで私は食べ物と飲み物、タバコと火など彼女が提供できる限りのものを頼み、それから座って彼女のすることを眺めていた。

食事はひどく、日光での食事よりなお一層まずくて、何が入っているのかわからなかった。コンロではいやらしい炭火が煙を出すばかりでちっとも暖まらない。指がかじかんで、箸を使うこともままならない。しかもわれわれのまわりには、薄い紙の間仕切りの背後にもの寂しい、かの眠れる静かな田園地帯があり、それがどれほど凍てつき、黒々としているか私にはわかっていた……。だが〈ムスメ〉がそこにいて、ルイ十五世の侯爵夫人〔愛妾ポンパドゥール夫人〕のようなうやうやしさで私に仕えてくれている。まつ毛の長い猫のような目を細めて、ただでさえしゃくれている小さな鼻をさらに反らして、にこやかに笑っている。――それを眺めるだけでなんともいえない。こんなにどこから見ても不思議なほどに美しい日本女性に出会ったのは初めてだった。しかも爽やかな健康が彼女の内に輝きを放っていた。その丸みをおびたむき出しの腕、ふっくらとした喉や頬など、どこもかしこも、丁寧に磨き、ほぼ艶消しにしたブロンズさながらの日焼けした素肌のもと、健康が輝きを放っていたのである。

しかも彼女は、百姓娘にしては非常にはきはきとしていた。〈デゴザリマス〉の難しくも仰々しい語尾活用をやすやすとあやつり、尊敬の接辞である〈オ〉と〈ゴ〉を、私を呼ぶ言葉の前ばかりでなく、私に属する、または私のための物、たとえば私のお茶や私の砂糖、ご飯などにもつける。ああ！　なんと見上げた、立派な子だろう！

私は礼儀として、その子の年齢《とし》を尋ねた。日本では、礼儀正しい男性はかならずご婦人の年齢《とし》を聞いておかなければならないのである。

「一七歳です！」

そうだろうと思った。どんな〈ムスメ〉もみんな、聞いてみると一七歳なのである。心の内では私は、彼女が正確にはわかっていないんじゃないかと思う。それはほかの子たちと変わらないのだ。そして私にとっても、それはどちらでもかまわなかった。

……しかしはや、日光からずっと私にまといついてきた、《聖山》の豪華絢爛たる光景《ヴィジョン》、黄金の夢は少しずつ遠のき、薄らいで、私の目にはなにやらうっとうしい、壮大な空しき亡《な》き骸《がら》に見えてきた。――それがただの一人の小娘と比べてのことなのである……。もっともあそこに眠るかっての帝王〔将軍〕たちだって、永蔵される漆や青銅の品々をよろこんで差し出すのではないかと思う。このうつろいゆく瞬間に生きて、この世に実在するものに大きく目を見開き、自分たちだけが〈ムスメ〉の姿そのものに身も心も酔うことがかなうならばである……。

その子がきれいで、ほんとうに若かったので、とりわけその子が驚くほど生き生きとして健やかだったので、そしてその子の眼差しに思わず自分の目も惹きつけられてしまったので、彼女がいるそのみすぼらしい宿屋が、突如魅力を放つものとなった。もっといたい気持ちになった。もう淋しさも違和感も感じなかった。私はふとある悩ましさにとらえられた。それは一時間もすれば忘れてしまうのだろうが、その悩ましさは、ああ！　あまりによく似ていた。われわれが恋、愛着、情愛と呼ぶものに、そしてわれわれが偉大で高尚であると、なんとか信じ込もうとするものによく似ていたのである。

こんな効果はいずれぎょっとするような物質的証拠を突きつけられて終わるのがおちである。われわれはまさにその物質でできているのであって、後は空《くう》あるのみである……。

第七章　サムライたちの墓にて

マギー嬢に

ここが〈首〉の洗われた場所です。水に手や足を浸さないでください。

筆と墨《すみ》で白木の小札にそう書かれている。小さな遣《や》り水《みず》の中でもひときわ爽やかで心地よいそれのほとりである。――緑陰濃い丘の中腹にあって、大樹のもと、はるか遠くに江戸《エド》湾が見晴らせる。[132]

これほど魅力に満ちたところに、これほど不気味な銘が記されたためしはなかろう。「手や足を浸してはならない」その水は、古びた石造りの水盤の中、みずみずしく心地よい、驚くほど鮮やかな緑の水苔の上で、澄みきっていた。その禁断の泉水のかたわらには、苔にも劣らぬ美しい緑の細かな葉をつけた小ぶりの植え込みがあり、一本の大きな自生の椿[133]の木が、ピンクの野バラに似た簡素な花を溢れるほどにつけている。世の中の喧騒から離れた、閑静な場所である。その丘陵全体が古い墓や社《やしろ》で埋め尽くされ、それを樹木が隠している。草木の匂いにお香の宗教的な匂いが入り混じって、それがつねに大気に充満しているのは、寺社の場合と同様である。

立て札には、この澄んだ水に人が洗いにきたその切り首が何であるかは書かれていない。ただ「首」とあるばかりである。——だが通る人はみな知っている。この国では、民衆の間に伝説や死者に対する崇敬の念があって、それ以上述べ立てる必要などないのである……。

それにこの私だって、外国人ではあるけれどその思いはよくわかる。私はずっと昔の子供の頃に、珍しい手書き本でこの「四七人の忠義なサムライたち」の物語を読んでいたのである。私はその英雄騎士たちに夢中になった。ごくわずかな読書しかしたことがなかったので、この話は私に格別な衝撃を与え、もしもひょっとして日本に行くことがあったら、かならずやこの人たちのお墓参りをしようと心に誓っていたのである。

その本を読んだのは、まさしく今日のような静かに晴れた十一月の日中のことだった。こうした季節と天候の偶然の一致のおかげで、私の昔のささやかな思いが甦り、今日のこの私の印象に、よりぴったりと寄り添ったのである。この場所——当時の私には遠い遠い、ほとんど空想上のこの場所を、私が正しく思い描いていたのは不思議である。私はその周囲の灌木の茂みや、花盛りの自生の椿の木まで予見していたのである。

「ここが首の洗われた場所です」——(悪人の上野介《コツケ》〔吉良上野介(こうずけのすけ)〕公の首は、善人の「サムライ」たちによって、最高の礼を尽くして切り落とされた。あれこれ言いわけをしたり、あやまったりしたあげくのことである。その後、首はこの泉水で洗われて、殉死した赤穂公《アカオ》〔浅野内匠頭(たくみのかみ)〕の墓前まで厳かに運ばれたのである)。

やはりこの話は、もう少し説明しておかなければならない。そうしないと何のことか、わかってもらえないだろう。

一六三〇年頃のこと〔実際は一七〇一年〕、殿中に仕える上野介《コツケ》は、赤穂《アカオ》公を侮辱したあげくに、その理由をつまびらかにしようとせず、裏に手をまわしてまんまと帝王〔将軍綱吉〕から、赤穂公全財産没収の上死罪という不公平極まるる裁定を引き出したのだった。

そこで死罪に処せられた赤穂公の忠臣にして友であった四七人の貴族〔藩士〕たちは、死を賭してでも主《あるじ》の汚名を雪《すす》ごうと誓い合った。妻も子も、この世で大事なものはすべて捨てて、彼らは困難な計画の実現に向かってひたすら歩を進め、身を潜めて絶好の機会をねらっていた。——それは二〇年近くにもわたった！——そうしたある冬の夜、彼らは上野介をその屋敷内で襲い、喉をかっ切ったのである。[134] 上野介は長いこと用心していたのに、いつのまにか気もゆるみ、護衛も手薄になっていたのだった。

復讐を遂げて、悪者の首を赤穂公の墓前に供えると、彼らは自ら出頭をした。腹を切るようにとの宣告が下った。彼らには覚悟ができており、互いに抱き合ったのち、大切な主君の墓にほど近い仏堂の踏み段で、一斉に事を果たしたのだった。

その仏堂はここ、心地よい泉から数歩離れたところにある。暗赤色の古びた小さな仏堂で、その杉の木材は虫が喰っている。ここまで来るには、草の生い茂った侘しい並木道を通ってくる。仏堂の踏み段は三〇〇年にもわたる冬期の雨に洗われて、もはやおびただしい流血の痕は目には見えない。その恐るべき惨殺は、想像を絶するものである。かの四七人の男たちの喘《あえ》ぎ声、なかば切れたうなじ、開いた腹、外に洩れる臓物などが、血の海の中もつれ合う……。

この忠義の者たちは死後に報われることになった。というのも、次を襲った帝王〔将軍家宣〕が彼らを聖なる殉死者であると宣言し、その墓に最高の名誉のしるしである金の葉飾りを置かせたのである。今日でもなお、日本人はこぞって熱狂的な崇敬の念を彼らに捧げている。彼らの名声はあまねく行き渡り、人々はごく幼い頃からそれを教えられ、優れた詩に謳っているのである。

泉水から通ずる美しい緑の小径は、ずっと先まで続いていて、ごくなだらかな坂になっているので、少し高所に上がる形になる。

道を行くとまず僧侶の小家が見えてくるが、この英雄たちの墓所を世話し、花の手入れをする役の坊さんである。

戸を叩くと、そのお爺さんが姿を現した。墓守りらしい不思議な風貌をしている。痩せた華奢《きゃしゃ》な体つきで、禁欲的でありながら狡猾そうである。背がすらりと高いのは、日本ではきわめて珍しい。黒い頭巾をおとがいのところで留めているが、――かつてわが西洋では、悪魔のメフィストフェレス殿がこんなものをかぶっていた――それが頭も耳も髪の毛もすっぽり覆っているので、外からは囲われた顔の部分しか見えない。しかもこの頭巾はおでこの両側に二つ、怪しい突起のようなものがついていて、まるで角《つの》をおさめるために布地でしつらえた覆《おお》いのように見える……。

その坊さんが冊子を売っているが、そこには四七人のサムライの物語が気高くもありのままに綴られていて、挿絵がたくさん入っている。家の中は棒状のお香〔線香〕の包みだらけで、坊さんはこれも参拝者向けの商売にしていて、ここではほぼ三世紀来毎日この香が焚《た》かれているのである。

その彼が案内してくれた墓所は、丘の中腹の、四角い見晴らし台のようなところを占めていて、そこからは、静かな林をなす一帯全体と、はるか彼方の海とが眺望できるのだった。その台地はつましい板塀で囲ってあって、墓地にかなった大樹の並木に縁どられていたが、その木々はまるで寺院の円柱のように堅固で、まっすぐにすらりと伸びていた。

その四角形の地の四辺に、一二ほどずつ墓が並んでいるのだが、向きは全部、真ん中の方を向いている。――その真ん中は何もない小広場になっていて、丈の短い草で覆われ、お香の灰でも撒かれたかのようである。四七の墓石が立っているのだが、まるで巨石遺構《メンヒル》のような、どれも同じく花崗岩を切りだしたままの石で、それぞれその下に眠っている「サムライ」の名があって、しかも全部に特殊なしるしが刻まれている。それは〈ハラキリ〉、すなわち自ら短刀を用いて腹を切り裂くという、名誉を重んじる人々のすさまじい死に方を、その者たちがしたという意味なのである。

殺伐としたこの四辺形の地の二つの角に、より丈の高い墓石が立っている。それが赤穂公の墓と、その妻である公妃の墓である。公のすぐそばのごく小さな墓の下にはその子供が埋葬されている。――黒布をぴったりと頭につけた老墓守りが言うところの公の〈ムスコ・サン〉である。この〈ムスコ・サン〉という言い方には、瞑想を誘う場所であったにもかかわらず、思わずニッコリしてしまった。〈ほんの小さな男の子〉という意味の〈ムスコ〉に、敬意のあまり〈サン〉という敬称の小辞がくっつけられてしまったからである。これはまるでフランス語で、重々しく自信満々にこう言うようなものである。「ここ、大公の傍らには、大公の〈赤ん坊殿（monsieur son bébé）〉が眠っておられます〔ロチは〈ムスコ〉の、「その人の男子の子供」という意味を知らなかったのかもしれない〕」。——だがこの物語に関わることはなんでも、日本人にとってはあまりに神聖で尊いために、はなはだしい敬語になってしまうのである。

一つひとつの墓石の前に美しい花束があるが、それは間違いなく今朝摘まれたばかりの、新鮮そのものの花である。灰色がかったものが小山をなしているのは線香の残灰で、まだ香りのするその灰を、風が周囲の侘しい草の上にまき散らしている。一七〇二年以来、たゆむことなくずっとこうだったのであり、おそらくはまた何年もの間同じであろう。というのも日本では近代化の激動が多くのものをさらってゆくが、この死者たちに対する民衆の崇敬の念を奪うことはできないように思われるからである。

ある一人のサムライの娘は尼になっているが、彼女もまたここに、父親の傍らに葬られることになり、そこで列の外にもう一つの墓が設けられた。しかも他の人々と同じようにこの〈ムスメ〉にも花が供えられている。花とお香という追慕と崇拝のしるしをサムライたちと分け合っているのである。

おびただしい数の、赤と白の小さな紙切れに名前を書いたものが、墓石にぴたっと貼り付けられていたり、その足元の草むらに投げこまれたりしていた。それは参拝者たちの名前で、彼らは日々この帝国の津々浦々から、忠義の士たちの墓参りにやって来るのである。たくさんの中にはまったく現代的な本物の名刺まであって、艶消しの、または艶出ししたブリストル紙[135]に、ヨーロッパの文字が印字されている。——死者には受け取ることができないのに、こんな風に門口《かどぐち》に名刺を置いていくのは奇妙なまねといえるかもしれない。——それでもひどく心動かされることではないか……。

瘦身の老いた墓守りは背を向けて、頭《こうべ》をあげて縁どりの木の一つを仰ぎつつ、サムライたちの長い物語を私に向かって語り始めた。その言葉のほとんどは、残念ながら私には聞き取れなかった。しかし私は退屈もせずに聞き入った。——ある時は老人をじっと眺め、頭巾をひっぱがしてその下に角《つの》が生えていないか見てやりたいという思いを抑えかね、——またある時は深々とした静かな景色の上に目を這わせていた。丘には社《やしろ》や墓、椿の茂みが散在し、すべてははるか昔の〈ハラキリ〉の時代と相貌が変わっていないのに違いなかった。

囲い地の裸の木々はまっすぐにぴんと伸びていて、まるで教会の列なす大ろうそくをさらに巨大化したようである。その木々が秋の微風にゆすられて、上方で頭を揺り動かしている。秋風は大気の高い一帯の方が強く吹いているのである。そして十一月のまだ暖かい太陽のもと、セミ〔虫〕がいたるところで鳴いている。

まさしくこの場所にはかなり特殊な、大いなる憂愁《メランコリー》の気が漂っている。しかもこの物語は、詳しく知る者にはあまりに美しく、その雄々しさ、並はずれた道義心、驚くべき忠誠心には本当に目を見張らされる！

今日のふやけた、退嬰《たいえい》的な日本人を知ってみれば、この物語は昔の謎として今や説明のつかないものである。気高く武人らしい、大いなる過去を思い起こさせてくれるのがこの物語である。

――そしてそれは、これまであれほど私が馬鹿にしてからかっていた現在の日本に対して、今この時、淡い尊敬の念を抱かせてくれた。

私はここに眠る四七人の英雄に捧げる生花を用意していかなかった。それどころか、私は彼らの統率者の墓に供えられた花束から一本の菊の花を抜き取って、――このフランスまで、――持って来てしまったのである。それでいて、やり方は逆だったかもしれないが、それはみなと同じく、志士たちに捧げる讃美の記念としてしたことだったのである。

第八章

江戸《エド》

エミール・プヴィヨン[136]に

十二月五日、日曜日[137]

明日フランスに向けて発つ。したがってこれが日本のあらゆる風物から抽出した、最後の素描だ。もう二度と描くことはないだろう。

私はその別れの日を江戸《エド》〔東京〕で過ごすことに決め、〈東方の海の道〔東海道〕〉を二人の車夫に引かれて行き、早朝たどり着いた[138]。

まず品川《シナガワ》であるが、細長い場末の町で、商店が店を開けており、すでに忙しそうに人が行き交っている。

今日は十二月の最初の日曜日[139]で、しかも本格的な寒さの初めて訪れた日だった。冬の朝の美しい光のもと、私にはこの日本全体が凍ったような顔つきをしているように思われた。紙でできた小さな家々、青の木綿の着物、裸足《はだし》の足。かろうじていくたりかの優雅な紳士たちが日本の民族衣装〔着物〕の上にアルスター〔ダブルの打ち合わせのロングコート〕やマクファーレン・インバネス〔ケープ付き袖なしコート〕を羽織っている（北アメリカの売れ残りの在庫品流れだ）。だが大方の庶民は暑い国に適した衣装を着て震えている。通りの隅《すみ》には半裸で入れ墨をした車夫たちが人力車のそばで客待ちをしているが、肩には真っ赤な毛布を掛けており、それで客の足をくるむのである。凍える猿のように背をふくらませながら、指笛を吹いている。雑踏は江戸のそれに比べて〔ロチは品川を江戸（東京）の範疇に入れていない〕ずいぶん侘しく、またみっともない。冬のさなか、背の低い灰色の、どこまで行っても同じ小家の続く、広大で果てしない迷路の真っただ中にいるのである。

さて、今日は日曜日だ。――それははっきり見て取れる。彼らは異教徒のまま、われわれ西洋の暮らしぶりをそっくりまねて、われわれの日曜日のやりきれなさまで持ちこんだのである。どうも見るところ、お手本として取り入れたのはとりわけ悪習だったようだ。というのもたくさんの商店が店を閉め、多くの人々が酔っ払っている。

一家が家族連れで散歩に出かける際には、極東のその装いはいかにも日曜日の晴れ着という雰囲気である。それに兵舎においてもこの日は休息日であり、外出日である。そこで通りにはおおよそフランスのそれと似たような格好をした水兵たちの群れと、赤のズボンに白リネンの手袋をして一杯きこしめした風の兵士たちの群れがいて、みんなみんな、小さくて若い。ほとんど子供といってもよく、丸い黄色がかった顔をして、目はないも同然だ。

この都市の大きさは途方もなく、私が間違っていなければ、パリよりも広大である。そこで私は品川で、新しい車夫に替える。というのもかなりあちこちに連れて行ってもらおうと思っているのだ。――そしてまず、シバ〔芝〕の大寺院〔増上寺〕へ向かう。少し宗教的に壮麗なものを見て、目の保養にするためだ。

全速力で一時間走ってもらい、さて、目の前に、驚くべきシバ〔芝〕が現れる。都市の中心に位置していて、一種神聖なる杜《もり》が神々の嘉《よみ》される黒い杉の木のもと、瞑想と神秘とを養っている。この寺院の一角に入るための門〔三解脱（げだつ）門（三門）〕は、例に洩れず気味の悪い外観をしている。ごく背の低い入り口で、どっしりとした柱に挟まれ、高さ、幅ともにものすごい中国風の屋根に押し潰されんばかりである。その屋根は高く高くせり上がって四隅は反りかえっており、おびただしい山型飾りや樋嘴《ガーゴイル》がそれを支えている。しかも全体が鮮血の赤に塗られている。

聖なる杜の中には、杉や竹の並木道が開けていて、花崗岩でできた灯籠がその両脇に列をつくっている。風変わりという点ではまた違ってはいるが、石碑やスフィンクスに囲われたエジプトの通路のような人を圧する壮大さがある。そして寺院の金の屋根が枝々の合い間にところどころ見えかくれする。

ここは平地で、自分のまわりに大いなる森への「畏怖」の念を感じることはないが、それを別にすればこの芝《シバ》は、私が先の記事〔「日光の聖なる山」〕で描述した《聖山》日光をちょっと思わせる。[140]

この寺は十二、三世紀に遡り、壮観である。戸口には塗りや青銅のとてつもなく大きな扉がついており、金の飾り燭台が曲面天井から列をなして吊るされている。囲い地が次々につながっていて、その壁は内側だけでなく外側も、金塗りの透かし彫りで幻想的な花々や鳥、幻獣が描かれている……実際私には、大勢の参拝者が熱心に詰めかけた気持ちが理解できる。彼らには《聖山〔日光〕》まで出かけて行って、中央の天然の地に隠されてある、さらに素晴らしい比類ない聖堂の数々を見ることはかなわないからである。

もっともこの芝の寺院は、気の毒にずいぶん古び、色褪せて朽ちかけている。永久に打ち捨てられたものの静けさと侘しさが感じられる。多くの黄金の怪物たちが壁の高みから怪しい瞳を投げかけている、その壮麗な中庭の上方には、カラスやハヤブサの大群が、鳴き声をあげながら旋回している。

おまけにここ数年、神道《シントー》信仰に与《くみ》する、私にはよくわからない革新運動〔明治初年のいわゆる廃仏毀釈〕に引き続き、日本政府はここを取り毀《こわ》そうともくろんでおり、それを救うためにはヨーロッパの諸外交使節団の働きかけが必要となったほどだった。しかもその上あまりに多くの観光客が来て、ああ、悲しいかな！　あちこちでもやっているように、小片を欠かしては記念に持ち帰ってしまうのである。繊細な彫刻はどこもかしこも縁《ふち》が欠けており、埃《ほこり》や鳥の巣などできたなく汚れている。今やすっかりがらんどうで、信者もおらず参拝する者も花を捧げる者もなく、永遠に空っぽである……。

今朝は芝から人力車で四五分ほどの、あるレストランにお昼をとりに行こう。が実はこの店は、寺からは何百里《リュー》、何百年もの隔たりがある。江戸《エド》では新ジャンルの格式のあるレストランなのである。テーブルでナイフとフォークを使って、ほぼヨーロッパ式の食事ができる。まさに近代の日本にいるというわけである。――ということはすなわち、哀れにもグロテスクな日本にいるということだ。極度に規模の小さいのは、完全に日本風の室内なら我慢できても、家屋が西洋風の外観を取る場合には滑稽と化してしまう。ここでは食堂が小人《こびと》向けかというほど小さく、天井もうんと低くて、粋を凝らし贅を尽くした小庭に面しているのだが、その窓もほんとに小さな四角いガラス窓で、モスリンの日よけがついているが、それがかっての薄い半透明の紙〔障子〕の代わりというわけである。テーブルおよびそのセッティングは、すみずみまで清潔なことを除けば、われわれの田舎の町の三流どころのレストランを思わせる。真っ白なテーブルクロスの上には飾りとして、アメリカのラベルが張られたリキュールの壜や菊の花束、柿《カキ》（大きな金の卵に似た秋の果物である）を盛ったガラスの鉢が置かれている。

まことにきちんとした親しみやすい雰囲気で、日本《ニッポン》人の老紳士と年配の〈奥方〉、三人の感じのよい〈ムスメ〔娘〕〉、つまりお嬢さん方で経営している。しかしそのままに受け取るわけにも行くまい。ここでもほかのあちこちと同様、物だけでなく人が買われているのである。さる密会用として、首都の名物とさえなっているところなのである。若い伊達男《ダンディ》が、あるゲイシャ〔芸者〕（養成所で訓練された演奏家かつ踊り子で、その職に徹している者は一般にけっして身を売らない）に夢中になってしまったとする。――さて！　その若い伊達男はここの老マダムに声をかける。

と、マダムは初めの内は気取って、まあ、あきれたという風をし、それから最後には引き受けて、その美しい踊り子に因果を含め、まったくどのような秘策を用いるものやら、自分のところの手のひらほどの大きさの、白い紙で仕切られた特殊な小部屋に夜食を取りにくるよう、決心させるのである。マダムはこうしたデリケートな用向きに備えて、そんな小部屋まで用意している……。

最後の午後はラ・サクサ〔浅草〕で過ごすことにしよう。参詣、参拝の場所であり、縁日、遊興の場所でもあって、連日人で溢れ、とりわけ日曜日がそうである。――ただそこは江戸の反対側のはじである。ここから人力車で少なくとも二時間はかかるだろう。

道につぐ道、橋につぐ橋で、交差してはまた交差するおびただしい運河を渡ってゆく。全体にけちくさく、暗ぼったくてどこも同じである。

この都市は一種の広大な起伏ある平野からなっている。いくつかの丘はあまり小さくてそれとわかりにくいが、結果としては、雑然とならざるをえない。空き地がちらほらあり、埃や泥にまみれたなんだかわからない土地もある。この都市は防塞の壁で区切られていて、それは長い、灰色の石造りの塁壁で、そのまわりを堀がめぐっており、そこにはハスが生えている。そうしたもののおかげで街が度はずれに広大になっている。ミカド〔帝〕の宮殿〔皇居〕が相当な場所を占めていて、立ち入ることのできない庭園や、数世紀を経た樹林があるのだが、その全体は要塞のような分厚い城壁に囲まれていて、これはまた別としての話である。

幹線道路はまっすぐで、かなり広い。民家はただの平屋で、二階以上あるものはめったになく、たいていは木造で、黒ずんだ古木でできている。商店は昔ながらの姿を保っている。きまって簡素で、小さい納屋を開け放ったような格好で、店先に品物を並べることも、ショー・ウィンドウを設けることもせず、店員が畳の上に、品々に囲まれて座っている。もちろんそこではありとあらゆる日本の品々、青銅品、漆器、陶製人形、壺に花瓶が売られており、通り沿いにずっと、あんまりたくさん見たおかげで、ついにはそのおびただしい商品、甘ったるいつくり物、ツルだのしかめっつらのお面だのにうんざりしてくる。やや高級な店はどこも、外側に幕が張られているが（まるでわが国の、死人を出した家みたいに）、その幕は白い縁どりのある黒幕で、大きな白い文字が染め抜かれている。もちろんこの飾り付けは、日本人には悲しげには見えない。というのもわれわれヨーロッパ人が見出しつけているような意味合いは、この国にはないからだが、ただ、われわれの目で見ると、やはりお葬式を連想してしまうのである。商店の非常に多い通りはまるで全体が喪中のように見えてしまう。

この最終日の散策の間も、私はあちこちで足を止めては、いくつか最後の骨董品を買う値切り交渉をした。だが今回、どうにも理解のできない泥棒まがいの行為、馬鹿げた値段のつけように、これほど不快な思いをさせられたことはかってなかった。いかにも腹黒い様子で、相手が真に受けるほどお人よしかどうか、こっそりうかがっているのである。――その愛想笑い、這いつくばったお辞儀、慇懃《いんぎん》無礼はしゃくにさわった。日本で長いこと日本人と付き合ってきたヨーロッパ人たちが、日本人を毛嫌いするわけがやっとわかってきた！……それにこの国民のみっともなさにはぞっとさせられる。とりわけその小さな目だ。濁った小さな目が互いに寄っていて、鼻のすぐ際《きわ》についているのは、あたかもしまりのない二つの頰はそのままそっとしておきたいと言わんばかりだ……。

私の車夫たちがハアハアと息を切らし始めた。私たちは鉄道馬車の通る、ある広い通りに出ていた。そこはおもだった布地商、素晴らしい絹織物を扱う店が軒を並べているところで、あいかわらず同じ軒の低い家々、同じ木造の古い家々が続いている。その一角に、日本の「ルーヴル百貨店」、日本の「ボン・マルシェ百貨店」[141]とも言うべき大きな店がある。[142]その店にも長い店幅いっぱいに、黒地に白の模様の入った幔幕《まんまく》が飾られており、それはまるで第一級の葬儀を執り行うべく、葬儀会社によって取り付けられたかのようだった。きっと今日は、〈冬物大売り出し中〉なのだろう。というのも美しく髷を結ったご婦人たちでごった返していて、まるで蜜蜂が巣箱のまわりでブンブンいっているような騒がしさだったのである。彼女らの乗ってきた人力車とその車夫たちが、通りをふさいでいる。やれやれ、ありがたいことに、ご婦人方の誰ひとりとして、まだ自分たちの民族衣装〔着物〕を他のものに変えようとは思っていないようだ。そしてその大勢の中には、とても風情があって、眺めていておおいに楽しいご婦人もいた。出口のところで、竹に和紙を貼った広告用のうちわが配られていたが、それには遠近法もなにもあったものではない、その店自体と例の葬式用の幔幕、うるわしいお客さんがたの絵が描かれていた。

私の車夫たちはもうこれ以上は無理、となった。そこで私はこれも一興だと、鉄道馬車[143]に乗ってみることにした。人生初の体験である。——突然ベルが鳴り出し、すかさず呼子《よびこ》の笛。——そして出発する。しかし腰をおろしたとたん、乗り合わせた人々の醜さにはぎょっとした。日本ほどに、外気の中で暮らす人々と、都市にこもって働く人々とで風貌がガラッと変わる国はほかにはない。少なくとも農民たちには力強さが、小柄ながら美しい体型が、白い歯、生き生きとした眼がそなわっている。だがこの江戸《エド》の都市生活者たち、商店主や中国のインク〔墨〕をつかう物書きたち、われわれ西洋人に嘆賞されている、根気のいる目を見張るような小品の製作で代々精魂をすり減らしてきた職人たちは、これまたなんとみすぼらしい姿だろう！　彼らはいまだに民族衣装〔着物〕を着て、下歯をつけた木製サンダル〔下駄〕をはいているが、もうかつてのような髷は結ってはいない。わずかに老人たちだけがまだ結っている。若者たちは髪をどうしてよいかわからずに、長くも短くもなく、あちこちにかたまった房をそのまま青白いうなじに垂らし、その上にイギリス風の山高帽を乗せている。

鉄道馬車で同席した面々はみな疲れきっていて、青白く、ボーッとした顔つきをしている。口元はゆるみ、たいていは近眼で、錐《きり》で斜めに開けた穴のような小さな目に丸メガネをかけ、椿油のすえた匂いを放っている淡黄褐色の獣《けもの》、黄色人種である。私の眼を安らがせてくれるようなかわいらしい、またはおどけたムスメ〔娘〕は一人もいない……やれやれ、私はこんな大衆の乗り物に入りこんでしまって、どんなに後悔したことだろう！

「ラ・サクサ〔浅草〕！」。ありがたいことにおしまいだ。到着したのである。

浅草《ラ・サクサ》というのは、丈の高いものすごく大きな暗赤色の寺院〔浅草寺・本堂〕と、やはり同色の五層の塔〔五重塔〕のことなのだが、その塔が見下ろしている樹齢一〇〇年もの木々の境内は、小店や人でごった返している。[144] ここは古き日本の一隅で、その最良の内の一つである。おまけに折しも今日はマツリ〔祭り〕（すなわち祝祭日、参拝日）である。そうではないかと思っていた。浅草ではひっきりなしに祭り《マツリ》が行われているのである。そしてムスメたちの一群が着飾ってそこにいた。ひょうきんなムスメたち、きれいなムスメたちがみな、見事に滑らかな美しい髷を自分の手で結い上げて、本物の花とは似ても似つかないファンタスティックな小花の簪を挿している。そしてそのか弱くも華奢などの小さな背中にも、何代にもわたってあまりやたらにお辞儀をしてきたせいで前かがみになったその背の下あたりに、非常に凝った色合いの帯で、大きくふくらんだ翼の形をした結び目をつくっている。――まるで巨《おお》きな蝶々が飛んできて、そこに止まったかのようである。

もちろんまた、晴れ着を着たかわいいおちびさんの一団もいる。日本の群集の中にはきまってこういう子たちがたくさんいる。丈の長い衣装に重々しく身を包んだ幼児たちは、手を引かれて、子猫のようなまくれ上がった目をくりくりさせながら堂々と前進してゆく。それがまたなんとも説明のしようのない髪型をしていて、その子たちの顔つきを思い出すと、ずいぶんたってからでも思わず笑みが洩れてしまう……。

みなと同じように、ちょっとしたら仏堂に行って神様たちを拝んでこよう。だがまずは、私も仲見世をひやかしてみたい。工夫を凝らしたおどけた品々や不思議なおもちゃ、びっくり箱などで溢れかえっているのである。びっくり箱にはきまってその底に渋面だの魔物の絵だのがあり、——また思いもよらないぎょっとするような猥褻なものを隠しているびっくり箱もある……。

私は大勢のおちびさんたちと一緒に、真っ白な髷をつけたひとりの老人の前で足を止めた。その老人は一本の木の下にしゃがんでいた。ミイラのようにやせ細ったむき出しの黄色い腕に、二枚で一銭《スー》のイラスト画が一杯入った箱を抱えていて、子供たちはみな、心奪われたように思いにふけった顔でその箱を見つめている。とりわけ六歳か八歳かの愛らしい小さなムスメで、もう大人の女性のように大きな髷を結って簪を挿した子などは、もっとよく見ようと前に乗り出して、両手を後ろの背に回して美しい帯の上に載せ、瞳はすっかり物思わしげであった。そこでこの私も身をかがめて、無垢な子供たちみんなの興味をここまで引きつけているものは何であろうかと見てみた。——ああ、かわいそうな子供たち！ ——それは和紙に描かれた死者の舞踏で、ホルバイン[145]の絵よりももっと人をぞっとさせるものだった。骸骨たちがギターのような弦楽器を弾き、ほかにも跳ねまわったり、身を扇《あお》いだり、はしゃいだり、大いに浮かれた様子で足をあげたりしている……。なるほどこのかわいらしいムスメには、きっと思うところがあったのだろう！……この私がその子の年頃だったら、ひどく怖がっただろうに。

この雑踏全体からは笑い声やさざめきが聞こえてくるが、フランスの群衆のざわつきに比べるとはるかに大人しくて礼儀正しく、きちんとしている。

頭上の空はまさしく冬空で、淡く冷たい青の色である。この境内の樹木はひどく古い巨木で、葉の落ちたその長い腕を宙に伸ばしている。それはあの老人の絵の骸骨と、いささか似た仕草である。その木の枝の間に、五重塔がすらりとした風変わりなその姿を見せていたが、上方からの冷たい光を背にして、その五層に重なる屋根の縁《へり》がくっきりと浮かび上がり、それはまさに赤味がかった切り抜き絵のようなシルエット、過剰な日本趣味といったところだった。そして最後に大寺院〔本堂〕が、また別の縁《へり》を尖らせて、乾いた血のようなむらのある赤色をして、その四角いどっしりとした他を圧する姿で、絵のような景色の背景全体を占めていた。

　この浅草は江戸《エド》でも最も古く、有名な参詣場所の一つである。寺院の内陣も信者に開放されており、私も群衆に紛れて入ったが、一種の玄関ホールをなしていて天井は高く薄暗く、外側と同じように血の色に塗られている。扉は通例にしたがって比較的低くつくってあるが、そうやって高い曲面天井をぼんやりと薄暗くしているのである。天井からはとてつもなく大きい金属の飾り燭台《ジランドール》〔吊り灯籠〕が吊るされており、またその天井には、魔物を描いた古びた絵がかすかに窺える。この杉の木の列柱の下《もと》ではとても瞑想はおぼつかない。団体が行き交い、おしゃべりをし、地面すれすれの冬の日の光が反射して輝いているのである。この寺院の「物売りたちを追い払う[146]」必要もあるだろう。というのも、どの柱の脇にも両替商や、版画だの宗教書、花などを売る商売人がいるのである。小さい子供が行ったり来たり走ったり、互いに呼び合ったりしており、その小さな声もここではよそより響いて騒がしく聞こえる。鳩が四方八方に飛んで、灯明の上や幡《ばん》の竿にとまり、人々の話し声にその翼の羽ばたきの音が混じる。しょっちゅう投げ入れられるお賽銭の小銭の音もする。それらは大きな鳥かごに似た透かし格子の四角い献金〔賽銭〕箱の中に落ちてゆく。それからいたるところ、特別仕立ての祭壇や特定の絵、仏具などの前ではパン、パンと両手を素早く打ち合わせる音が聞こえる。それは祈りをあげる際に「聖霊たち」の注意を惹きつけるためにそうするのである。

とてつもなく大きい青銅製の香炉があって、その蓋には大きな犬ほどもある太った怪獣が薄笑いを浮かべているが、その香炉の中に、通ってゆく信者はみな、線香を投げ入れてゆく。そこでよい匂いのする煙が渦巻きをなしてそこから出て、天井まで漂ってゆき、まるで雲のように幻獣や吊り灯籠のもつれ合うその間にたなびいているのである。

寺院の奥の神秘に満ちた離れたところに、神仏像がいろいろと置かれているのが見える。高みにある壮麗な大燭台《ランパデール》〔吊り灯籠〕から光を受け、わざと半明かりにしているところで、列柱や透かし彫りの仕切りの後ろ、灯籠や幡、お香や青銅製のハスの茎の束が雑然とあるその向こうである。どの神仏像もひどく巨大で、どちらかと言えば静かな笑みを浮かべ、金の地を背景にくっきりと浮き出て見える。

この公開されている場所には、ありとあらゆる種類の目を見張るようなありがたい文物があり、この何世紀というもの、何世代もの日本人が訪れ、祈願をし、供物《くもつ》を捧げてきたのである。いたるところにぞっとするような怖い絵が掛かっており、それらは人が目をやらないような天井にまである。刺繍で埋め尽くされた幡がそこに奉納されて、垂れ下がっている。霊験あらたかな版画だの彫像だのもある。

ある壁龕《ニッチ》には仏陀《ブッダ》がいて、この仏像は不治の病いを治してくれるというので、日本全国で評判になっている。[147] この木造の人物像の、自分が治ってほしいと思う体のあたりに手をあてて、それからすぐにその手で、自分の体の悪い部分をなでる――どうもただそれだけでいいようだ。二〇〇年も三〇〇年も、今では亡くなって塵《ちり》と化したたくさんの手に触られて、毎日撫でられてきたために、もはやあとかたもないツルツルした一つのかたまりになってしまっていて、鼻も欠け、指も欠け、出っぱりはすべてすり減って、かろうじて人間らしい形が残っているばかりである。――青白くやせ細った哀れな女性が一人、私の目の前にやってきて、仏像の胸を撫で、それからその手を自分の衣の中に差し入れ、どんなにひどくなっているのか窺えないところを、お祈りを唱えながらまさぐっていた。彼女は私が眺めているのを見て取って、おそらくは馬鹿にされたくなかったのだろう、というのも、ある種辛そうな笑みを私に向けたのだったが、それはまるでこう言っているようだった。「私だってそんなに信じているわけじゃないよ。でもねえ、ほら、私はひどい病気だから……なんだってやってみてるのさ」。

さてこちらでは、ニッポン人の家族が隅の方でお祈りをあげている。一心に祈るそのただならぬ様子からして、きっと何か重大なことなのだろう。お互いにしっかりと身を寄せ合って、あたかも同じ一つの声となって神の元に届かせようというかのようである。ひとりの老人とひとりの老婆――祖父と祖母だろう――それからもっと若い男女ら、そしてとても可憐なムスメ、最後に二人の幼い子供が、やはりひざまずいて、大人たちと同じように時おり小さな手をパンパンと打ち合わせている。――私はこの笑いと浮かれ気分の国、日本で一度もこれほど熱心に人が祈る姿は見たことがなかった。

そして私が曲面天井を眺めて、上方にある幻獣だの絵画だの仏具だのに漫然と目を這わせながら、人間の信仰心の生む果てしない混沌《カオス》に思いを致していると、白く透き通るような月の女神がふと目に留まった。その女神はまるで死人のような笑みを浮かべていて、雲を背景に冷たい色合いで描かれていた。二羽の白い鳩が絵の額縁の上方に止まっていて、身をかがめておなじく女神に見入っているかの様子をしていた……。

さて！　そんなわけでこうした人ごみ、開けっ放しの扉、平気で声を立てておしゃべりをしているそのざわめきにもかかわらず、この薄暗い大きなホールで、人は最後には宗教的な感銘を覚えることになるのである。その感銘は、寺院の奥まったところから、暗がりに座っているその大きな金の神仏像から受ける印象から来ていた。そしてまたその感銘は、目に見えない者を呼び出そうと打ち合わせる手の音や、漂うお香の煙から、また神仏への奉納として投げられる小銭が、したたるように降るゆっくりとした雨さながら、一つまた一つと落ちるその絶え間のない音から受ける印象から来ていたのである……。

きょうの一日は上野で終えることにしよう。上野は日本におけるブーローニュの森[148]か、シャンゼリゼ通り[149]といったところである。浅草から少なくとも一時間半はかかるので、私は車夫たちに全速力だ、と声をかける。着く頃にはきっと日が暮れているだろう。

上野だ。――非常に大きな公園である。通りは広く、きちんと砂が撒《ま》かれていて、素晴らしい古木や竹の茂みで縁どられている。

まずは高台の、「ハス」池〔不忍池〕を見渡せる地点で足を止める。――今晩、池はかすかに曇った鏡のように、湖面に金の夕日をそっくり映している。江戸《エド》はその静かな水面の向こうにある。江戸は彼方に、秋の夕暮れの赤茶がかった霧に半ば姿を隠している。無数の灰色がかったどれも同じ小屋根が、果てしなく続いている。――最後のところはぼんやりとした地平線に消えかかっているので、まだすべてではなく、見えない遠くまでどこまでも続いているような、そんな印象を与える。よく見てみると、どれも同じ低い屋並みの中に、いくつか少し大きな、四隅の反りかえった屋根がある。それが仏閣である。もしそれらがなかったら、日本の首都でなく、ほかのどの広大な都市といってもよかっただろう。実は江戸を魅力あるものにするには、離れた距離から、しかも変わった光のあて方をする必要があるのである。――たとえば今この瞬間がそれで、私はえもいわれぬ眺めだと言わずにはいられない。

江戸の街がめったにない色合いで、混然となって浮かび上がっている。まるで実際には存在しておらず、蜃気楼ででもあるかのようだ。バラ色の長い真綿の帯がゆっくりと地上にほどけて、襞をつくり、ゆるやかに波打ってこの幻想的な街を包んでいるかのようだ。遠くの無数のものが立ち並ぶ彼方の岸辺と、池の水との境目はもはや見分けることができない。いったいこれは本物の池なのか、それとも空の放つ微光を照り返す一面の平原なのか。――あるいはただの靄《もや》の広がりか。それでも幾筋かのバラ色の帯が光って、かろうじてそれが水面《みなも》であることを教えてくれ、群れ集う睡蓮が、この反射する水面のあちこちに黒ずんだ染みをつけていた。

バラ色の真綿は、最初は地平線の際《きわ》から出てきたものが、次第次第に前景を占めるようになり、だんだん暗くなる色調の中、その濃さを増している。あちこちで光が消えかけている。もうどこもかしこも現実の姿とは思えない。

そしてこれら水平の長い帯のその上、大海原の景色のように単一の、大きな平らなシルエットのその上に、たった一つだけ屹立《きつりつ》するかのように、整った大きな円錐形が姿を現した。それははるか遠方で、赤茶色の空に吊るされているかのようだった。それが火山フジヤマ〔富士山〕で、雪のためすっかりバラ色に染まり、地上のほかのものが消えかかっているその中で、未《いま》だまばゆいばかりに輝いていた……。

私が暮れゆく江戸を眺めている、この高台のまわりには杉の木々があって、今にも消えそうな光の奥行きを背景にして、枝が下方に伸び、繊細な黒いアラベスク模様をなしている。――この街のこうした景色を描く日本人なら、かならずやこの枝の織りなすアラベスク模様を絵の上方に描き込むだろう。空を背景にして垂れ下がる木の枝を前景にもってきて、その元の樹木はあまりに近くて額外にはみ出、目には映らないということにするのである[150]。

上野に着いたのは、もうかなり遅くなっていた。公園はすでにひと気がなくて侘しげで、それも霧を含んだ冷気が降りてきたためで、また特に薄暗いせいであった。何人かの散歩者が残っていたが、国籍不明の格好で（統一感のない服装に山高帽といった、時流に乗った日本人たちである）、この上野にはちらほらある近代的な小レストランに向かっている。それらはいわば欧風化した茶屋で、面白くもない外観で、ガラス窓になっていて、町はずれの郊外居酒屋風に、藤棚などがついている。

今度は目の前に、「博覧会」用に建てた真新しい大きな建造物が現れる。一種の「産業の殿堂」[151]で、なかなかに威容を誇っている。一二フィート〔約三・六メートル〕あまりのとてつもなく大きい、古くてみすぼらしい石造りの仏像〔上野の大仏〕があって、小丘の高みからあざけるような笑みを浮かべている。[152]ほかは、この上野はなにもかもありきたりである。非常に大きな首都にはよくある散策の場、歓楽の場であって、それ以上のものではない。

そこにただ一つだけ、人の心を奪う不思議なものがある。それは黒々とした杉の喬木《きょうぼく》が密集する木立の中にある、最終期の将軍《ショーグン》の墓である。私がその神林に入る頃には、ちょうどいいことに夜が迫っていた。灰色がかった湿気の強い、凍えるような冬の夜である。墓所――それはつまり暗赤色の大寺院〔寛永寺〕で、いたるところ角《つの》状に突起物が突き出ていたが――は、石灯籠の並ぶ陰気な小道の続く先に、ぼんやりと見えた。その小道は、木々のつくる巨大な列柱の中、私の前にまっすぐに伸びていた。この森に棲むカラスが頭上を舞っており、鳴き声をあげて夜のねぐらを求めてゆく。ここにはもはや散歩する者たちも残っておらず、人影はまったくない。ひょうきんさも滑稽も笑いもなく、あるのは沈思と神秘だった。

墓所に向かう途中、どんどん薄闇が覆ってきたので、私は道の半ばで立ち止まった。同じ森の中、私のすぐそばの黒い木々の中に五層の塔〔寛永寺の五重塔〕があった。打ち捨てられた残骸、かっては大いに信仰されていた、その廃墟である。最初私にはその塔が見えず、不思議な不意を喰らったような形で姿が目に入った。もっとも私は、日本ではこの手の塔にすでによく出合っていた。反りかえった屋根と樋嘴《ガーゴイル》のついた、同じような幾つかの小仏舎を重ね合わせたものである。――フランスでもその小模型が青銅製の象の背中などにあって、香を焚くのに使われている。しかしこの五重塔は、うす青く暮れなずむたそがれの中で、より高く、よりすらりとした姿に私の目には映った。円柱をなす周囲の杉の木々が空へとまっすぐに伸びている、その同じ動きに塔もならっているかのように見えたのである。塔も木々も大変な高さで、空中に残る消えがてのわびしい光を、わずかでもその頂きで探ろうとしているのだった。塔は暗い赤色で、杉の木は黒ずんだ緑色である。その足元は、そうした濃い色合いとは対照的に、むき出しの地面がほとんど白に近い灰色を見せている。全体として見ると、おそろしく陰鬱である。――言葉には出来ないほど陰鬱だった……。しかも今や、森に棲むカラス全部が、私がいるのに勘づいていた。もうすでにびっしりと列をなして高枝の上で眠っていたカラスたちも、鳴き声をたてる騒ぎに加わろうと降下してきた。そこで突如声がかまびすしくなって私の耳を聾し、私は思わずぞっとした。一方で十二月の霧は周囲でますますその濃さを増してきた。カア！　カア！　カア！　と鳴く声に、私はほとんど肝を冷やさんばかりだった。カラスたちは大群をなして旋回し、私の上を通る時にはあたりがすっかり暗くなってしまうのは、まるで羽根でできたとてつもなく大きな幕が空《くう》を掃いてゆくようだった。——そして最後には一斉に羽をたたんで舞い降り、その真っ黒な群がりで地面を埋め尽くしたのである。

森のはるか向こうは、はや薄暗い霧が立ちこめているが、あいかわらず樹木の幹がぼんやりと果てしなく続いているのが見え、その姿はますます巨大な円柱に似てきている。だがとりわけ私が変わらずに目を向けているもの、われ知らずほぼそれだけを見つめてしまうもの、そしてその場に不思議にも特徴的なもの、それがこの孤立した五重塔だった。尖った先が段状に並び、五層の屋根が角《つの》状に反りかえっている、この別世界のなす様式全体が、私に強烈な違和感、疎外感を味わわせたのである。旅が日常となってしまっているこの私でも、そうした感覚が時おりふっと戻ってきて、ひと気のない場所で、夜の帳《とばり》が降りる頃などには、身の震える思いをすることがある……。

先ほどとても素敵な帽子をかぶった優雅な紳士方が何人か入って行くのを見かけた、例の高級な部類の小レストランのどれかで、夕食を取ることにする。

凍えるような寒さと、やりきれない侘しさとが、その安木材をペンキで塗り立てた食堂にはあった。暖を取る火もなく、扉は夏のように開けっ放しである。それぞれの小テーブルに、裕福そうな二、三組のカップルが私と同じようにナイフとフォークを使って食事をしているが、目のはじで互いを窺っている様子には、お互い相手を「感心させて」やろうとする意図が透けて見える。ご婦人方はまだ昔風の服装で、よく花瓶などで見かける装いと髪の結い方である。しかしその連れの客の方は、素晴らしい仕立ての三つ揃いの灰色スーツを着用に及び、そのため背中が狭く細長くなって、まるで丈長コート《レヴィット》を着たサルといった格好である。おまけに食事までひどくて、熱くして出す、ということさえしていない。灯油を使ったケンケ灯〔オイルランプの一種〕がその料理をうすぼんやりと照らしている。店内は完全な沈黙が支配している。——人のいなくなった周囲の真っ暗な大公園もまた同じくそうで、凍てつく夜がすでに始まっている。それでも一匹のセミ〔虫〕が、おそらくは耄碌《もうろく》してしまったのだろう、どこともわからないところでまだ鳴いている。そして二人の日本人紳士が、その田舎らしい風情に惹かれて、食事を屋外で出させている。そこには提灯の明かりがともり、花の終わった枯れかけた藤棚が頭上をおおっている。たしかもう言ったと思うが、この国では冬というものを、断じてまともに受け取ろうとはしないのである。

八時になった。私は上野の山からまた降りてきたところである。上野は主要道路沿いにずっと、まばらに街灯がついてはいるが、とても大樹林の闇を貫くほどではない。

私はふもとの人力車のたまり場まで来ていたが、これからどうなるか、判断がつきかねていた。どうしようか？　まっすぐ駅に向かい、九時の汽車をつかまえておとなしく横浜まで帰り、貸しボートを使って停泊中の船に戻るか……いやいや、まだ一二時の汽車もある。というのも夜明けになってから錨を上げればいいのだから。——深夜〇時の列車か……それならまだ時間はあるぞ……もう少しぶらつく時間が……。

車夫たちが私のまわりに輪をつくってどんどん迫ってくる。私が立ち到った事態の様子をうかがい、散歩する人間がたった一人居残って、ぐずぐずしていれば次には何をするものか、きっともう察しているのである。

とっさに決心して、私は車夫たちに謎の言葉を発する。「大ヨシヴァラ〔吉原〕へ！」。「大ヨシヴァラ〔吉原〕へ！」。このしょうがない連中は、それを見越していたのだった！　彼らは勝ち誇ったように、鷹揚な笑いとともに私の言葉を繰り返す。「大吉原《ヨシヴァラ》へ！」あっという間に私は一番手近の者にさらわれて車に座らされ、真紅の毛布にくるまれて、凍てつく夜の中を全速力で出発したのだった……。

……どうかどなたも、憤慨なさらないでいただきたい。——第一に私の意図はこの上なく純粋なものである。ただそこで、見学だけするつもりなのである。それに吉原は、日本でも有数のきちんとした立派な社交場なのである。われわれの国では、吉原のようなところは非合法のいかがわしさを持ち、都市のはずれあたりにひっそりと隠れるようにあって悪所となっているが、それとは状況を異にしていて、——ここ江戸では、一番美しい家並み、一番広々とした美しい通り、一番贅を尽くした正面入り口や陳列台や灯りがあるのが、ここ吉原なのである。それは散策とお披露目の場であり、家族連れまでが多く訪れる。それはひとつの見もので、華麗で見事なばかりでなく、あらんかぎり清らかで、ほとんど厳かで宗教的と言ってもいいほどである。

それにしてもずいぶん遠い。一時間半もフル疾走したら、すっかり凍えてしまうだろう。細道、提灯の明かり、商店などがどこまでも果てしなく続く。その後には暗くうら寂しい郊外が長く続いた。そして最後には田舎となる。真っ黒な平らな田園地帯である。道の両側は水田で、その無数の溜め水のあちこちに、星々がさかさまに映し出されているのが見える。空は高く澄み、その濃い群青色にぽつぽつと輝く点がちりばめられている。しかしまわりの畑は闇が深く、冬の霧が立ちこめている。

その吉原[153]はそれだけで一つの町を形成しており、もちろんそれほど大きくはないが、江戸そのものよりはるかに豪華な、隔離された本物の町である。今われわれの前に無数の灯りが輝いているのが見える。二つの塔が街にそびえているが、それは海辺を照らす灯台のような灯り塔で、訪れる者を遠くから呼ぶように、平地に明かりをめぐらせている。

さあ、着いた。驚くほど広くてまっすぐな道路が、威風堂々と眼前に広がっている。ガス灯の列が正面入り口を照らし、車道の真ん中にはまた別の、われわれのところの遊歩道のような大ぶりのランプのついたガス灯が並んで列をなしている。江戸にはこうしたものはなく、大変な違いであるが、この不思議な市外区の方が断然まさっている。

まずはありきたりの外観の大きな店ばかりで、戸は開けてあるが、巻き上げ式のブラインド〔簾（すだれ）〕で目隠しされている。あちこちから調子っぱずれの騒音や、切れぎれの歌や演奏、音合わせにギター〔三味線〕をはじく音などが洩れてくる。あたかもどこかの舞台裏で、壮大なコンサートの準備でもしているかのようだ。この入り口の一帯は「芸者《ゲイシャ》」（営業許可を得ている演奏家にして踊り子）が暮らしていて、ものすごく高額のお金でこの芸者を借り出して、夜な夜な目もあやな宴会が繰り広げられるのだが、その宴会はもう少し離れた、さらに立派な通りの方で催される。

私は車を降りることにした。というのもある壮麗な四つ辻まで来たからで、その上には右と左の両側に、あの二基の目印の灯台がそびえ立ち、遠方を照射していた。〈真昼のように明るく〔à giorno（イタリア語）〕〉照らされた通りは、キラキラと輝いて人出でいっぱいで、われわれの来た通りを垂直にさえぎっている。その通り沿いの店は揃って背が高く、三階か四階建てで（江戸《エド》ではそんなものは見たことがない）、バルコニーだの回廊だの、ありとあらゆる装飾がついている。ガス灯がいくつか、赤い提灯の列と交互になって店々の正面沿いに並んでいる。それは盛大な祝祭のイリュミネーションさながらで、しかも照度を増すために、道路のまん真ん中にまた別の円柱に据えられたガス灯が、びっしりと列をつくっている。

店々のとりわけ一階部分が、一番にぎにぎしい明かりを外に放っている。――われわれのところと同じで、高級ブティックのショー・ケースというわけである。

実際ショー・ケースではあるのだが、これまたずいぶん変わったショー・ケースもあるものだ！……薄手の格子の柵がはまっていて、まるで家並みに沿ってずっと延々と、動物の見せもの小屋が開かれているようだ。ただし柵は金塗りで華奢に出来ており、とても獰猛な野獣などは入れておけない。――せいぜい小鳥用といったところだ……。

これはとてつもなく大きな常設の蠟人形館なのであろうか？　目もあやなお人形の一大コレクションか⁉　偶像《アイドル》の総覧会場か⁉……。それらの陳列窓には、女たちがいるのである。薄木の格子戸の後ろで、壇上にいて反射板の光を浴びせられている。通りの端から端まで、女たちが何百という数で、プロシャの軍隊さながらの規律正しさで、みな同じ姿勢でずらりと勢ぞろいしているのである。その女たちのいわば絹の軍服は、軍服よりももっと爽やかな色合いで、バラ色や青、緑、赤色に金や銀が飾られて、蝶々や怪物、龍や木の葉などがあでやかに刺繡されている。髪は大きくふくらませて結い上げ、大きな簪《かんざし》をいくつも挿している。女たちは緋色の絨緞〔毛氈（もうせん）〕に座って、より見栄えがするように、後ろのごく間近に衝立〔屏風〕を置いて、姿を際立たせている。おかげで中の住まいはいっさい窺うことができないのだが、この衝立は金塗り〔金箔〕で、寺院などの障壁画に劣らない技でもって描かれ、仕上げられている。

　そして行き来する人々の群れが、こうしたまばゆいばかりの女たちを嘆賞している。女たちは身じろぎもせず、けだるい死んだようなその瞳は、つつましく伏せられたままである。店の手前には道路が続く限りずっと、われわれのところの絵画展覧会《サロン》のように頑丈な手すりが渡してあり、人々はその手すりに肘をついて女たちに眺め入っている。

　この不動の美女たちは一大軍勢をなしており、どこまでも続く透視画法の絵のごとく、この緋色と金色とを背景地にして、黒の結い髪、塗り立てた顔に夢幻的な装いがずらりと列をなして、消失してゆくのが見える。女たちはまるで人形のようにずいぶん白く、両頰のそれぞれ真ん中に丸いバラ色の円が描かれ、時にその唇の端に少し金をさしている。一人一人の前に、どれも似たような金の花のついた赤漆《せきしつ》の箱が置かれている。その箱もまた女たちと同じように、後生大事に通りのはるか向こうまで、ずらりと並べられているのである。うるわしい自動人形たちに唯一許される動きは、時おりこの漆の箱から小さなパイプ〔キセル〕だとか、手鏡、おしろいのパフを取り出すことである。――そうやって公衆の面前で、反射鏡の光を浴びながらちょっと頬をはたき直したりするのである。

たまに華やかな衣装の単調な色合いが、暗い地味な毛織りの着物で破られることがある。それを着た女性は他の者たちと同じように箱と金屏風の間に座りながら、見られるのを恥じている様子である。――これはなにか重大な過失を犯したために、しばらく吉原で日を送り、その留め置きに伴う要請に従うよう、罰として夫から命じられた市井の女性たちなのである。

いかなる合図も笑みも、見物客と見せものとの間で取り交わされることはない。たしかに時たま、紳士がひとり怪しい裏門から入ってゆく。するとほどなく、ひとりの陳列されているご婦人の後ろにあるきれいな金屏風がさっと引かれて、より年配のご婦人が中から呼ぶのに応えてその婦人の姿が消え、すぐに別の女が入れ替わる……しかしこれも意地の悪い人間が、この清らかにして魅惑的な博覧会の曖昧然とした様子からなんとか嗅ぎ出せるせいぜいなのである……。

日本がいまだに刺繡をほどこした美しい衣服、昔の時代そのままの豪奢を保っているのは、残念なことにここ吉原だけである。

多くのパリの女性たちが、――こんなことを言うときっと大いに顰蹙《ひんしゅく》を買うに違いないが――手に入れて褒めそやし、時に羽織《はお》ることもいとわないそれら色合わせの凝ったきれいな日本の衣装は、日本からほとんど新品同様で手元に届いたとしても、多少なりとも誰かが袖を通したものなのである（それはどことなく色が褪せていたり、エレガントな女性の香りがそこはかとなく絹地にこもっていたりすることでわかる）。さて、こう申し上げるのもなんなのであるが、そうした衣装は吉原のご婦人方か、さもなければもっと面白くないことには、女装してあでやかな女の役を演じる、年若の紳士諸君〔女形《おやま》〕の着たお古なのである。

宮中のご婦人たちが身につけている衣装は、フランスでは知られていない特殊なたぐいのもので、それを別にすれば日本の女性は目下のところ、みな同じ茶色や紺色、くすんだ灰色などの地味な着物を着ているのである……。

目抜き通りをもう一度だけめぐって、物言わぬ美しいお人形さんたちと金屏風とを合わせて観賞する時間があった。それから魔法のような光景を最後にひと目見たあとは、ただちに人力車に飛び乗って、ひと気のない黒々とした郊外を一〇キロほどすたこら走って、なんとか深夜一二時の汽車に間に合い、そしてその汽車で、私は日本を永久に離れることになったのだった……。

第九章　「春」皇后

サラワク土妃マーガレット・ブルック[154]に

打ち明ければ、私はこのほとんど人前に姿を現さない皇后のご招待を受けるにあたって、ちょっとした策略を用いたのだった。姿を現さないからこそ、私はひと目会いたかったのだ。

それはうまくいった。というのも私は指の間に、私宛ての大きな封筒をもっており、その裏に皇室の紋章を認めたからである。この種のあっさりした、一風変わった円花模様は、硬貨や、公共建造物のてっぺんや、寺院の幔幕《まんまく》などを飾っていて、それは菊の花をかたどった伝統的な文様で、――かってフランスの旗などに百合の紋章がついていたのと同じことである。

私は封を開け、白象牙の色をした厚紙のカードを取り出す。このカードにも金の菊の紋章が刻印されており、金の葉のついた普通の菊の細かな花模様で縁どりされている。この招待状の様子だけでも、何か類いない、ゆかしいものを予感させる。真ん中には当然のことながら判別できない難解な文字が連ねてあって、それが垂直の小柱のように並んでいるのだが、読む時は、われわれの思うのとはまったく違って、上から下へと読み進めていく。

その意味するところは、「天皇、皇后両陛下の命により、アカサバ〔赤坂〕宮殿[155]の庭園にて菊の花をご覧になるよう、ご招待申し上げます」。

「（署名）イトー・イロブニ〔伊藤博文〕、宮内大臣。メスジ〔明治〕十八年十一月四日（十一月九日開催）」。

もう一枚のカードは一枚目より小さくて、具体的な指示がしてあった。「馬車は皇室門よりご入来ください。九日が雨天の場合、宴は十日に催されます。十日も雨天の場合、宴は中止といたします。」

この菊の宴を見るためには、言うまでもないが江戸《エド》〔東京〕まで出かけなければならない。この菊の宴〔観菊会〕というのは古くからのならわしである。四月の桜の宴〔観桜会〕と並んで、皇后をひと目でも見ることができるのはこの催しだけであり、しかも少数の特に許された人々だけが、庭園の奥まった場所でお目にかかることができるのである。つい何年か前までは、この人は本物の女神さながら、人の目に触れることなく暮らしていた。江戸《エド》の宮殿の広大な敷地内から出て、田舎にある離れた大庭園まで出かけなければならない時は、金塗りのお輿《こし》を長い紫色の覆《ヴェール》いで包み、しかも従僕たちがその前を走って、沿道の家々の門や窓を閉じさせたのである。


十一月九日の朝は、ああ、なんと！　灰色の暗い秋の天気だった。空一面の雲である。君主たる女性のために美々しく装い、ヨコハマ〔横浜〕発の汽車に乗って昼ごろ江戸に着くと、小雨がしとしとと降り出して、これはだいぶ心配である。江戸はこんな天気の時にはずいぶん見苦しく、もの寂しく見える。ここから二歩先のところで今にも起こるだろうおとぎ話のような出来事、ひどく神秘的な庭で日本の皇后が催す花の宴の、そのしるしはどこにも見当たらない。いや、ほんとに目に、心にその気構えをさせるものが何もない。あいかわらず黒っぽい泥だらけのみっともない同じ小道が続き、その真ん中を私は賃借りの二人の車夫に引かれてゆく。いったい私が連れて行ってくれと言ったそのアカサバ〔赤坂〕宮はどちらの方向なのだろうか？　私にはまったくわからなかった。散歩の途中に見かけたこともなかった（この江戸はそれほどやたら広いのである！）。——それにきっと宮殿の方でも、そこに出入りする方々同様、なるべく隠れて人の目に触れないようにしているのだろう。こうなると宮殿が私には半ば幻想的なものに見えてきた。われわれは空き地や水たまりや、掘割りなどを越えていった。掘割りのハスは北風のせいですでに黄ばみ、しおれている。キュクロプスの壁[156]に似た丈の低い城壁がなぜか街中《なか》を突っ切っているが、その囲いも越えた。すれ違う人々は泥まみれになっている。みなみすぼらしい青木綿の着物を着ているが、その着物の裾をからげて、足をむき出しにしている。ひと言で言えばつまらない、ありきたりの日本の姿であり、こんなものはもう私は百回と言わず見てきたし、その上雨のおかげで、ますます気がふさぐような湿っぽい雰囲気になっていた……どうやら雨は、いよいよ激しい本降りになってきた。

「九日が雨天の場合、宴は十日に催されます。」——さて、雨天だ。それは間違いがない。しかも目下、どしゃ降りである。宮殿に向かってもむだだろう。おまけに私はすでにずぶ濡れで、とてもお目見えできるような格好ではない。だが、どうしたらいいだろう？　盛装した軍服姿で茶屋をうろつきに行くことはとてもできない！……車夫たちが私の頭上を人力車の幌《ほろ》で覆い、自分たちは筵《むしろ》のような外套を羽織って、まるでヤマアラシみたいな姿になっている。――そこで私はまさしく豪雨の中を取って返し、フランス公使館の友人たちのところに宿りを求めた。夕方の列車で横浜への帰途に就くので、それまで待とうというわけである。

　友人たちは日本式の家で暮らしていた。そこでその日一日は、あの人この人のところで、私のびしょ濡れになった式服を青銅製の火鉢で乾かしながら、しゃべったり待ったりして過ごすこととなった。これら日本式の住居は、十一月の雨の時などはどうにもならない。天井はかなり低いし、小庭があって、そのおかげで通りからはかなり引っ込んでいる。その小庭には花もなく、全面これ芝地と小岩でできた、一風変わった庭園である。邸宅はずいぶんとせせこましく、するすると動く仕掛けの紙製のパネル〔襖〕で細かに仕切られていて、小人の国かと思うような小部屋が次々と連なっている。日射しの入るヴェランダ〔縁側〕から遠ざかるにしたがって、どんどん暗くなる。しかもほんとに侘しい光しか入らないのである！　くすんだ生気のない、寒々とした半明かりが、ガラスの役目を果たしている紙製の窓〔障子〕を通して入ってくる。もちろんこうした窓からは外はなんにも見えない。――しかしその方がずっといいだろう。すでにびしょ濡れの小山やミニチュアの峡谷、ままごと遊びのような小橋や灌木など、いかにも気取ったその庭園に、大雨がザーザーと降りかかるのを見るよりは、である。

　実際、床に敷かれたこの白いゴザ〔畳〕では凍えてしまう。――それで言えば、あちこちの白木だの、薄っぺらい白紙の障壁だのもそうで、住まい自体が裸同然なのである。そこで人々は、重い大きな火鉢のすぐそばにかたまって座っている。火鉢は漆塗りの三脚の上に据えられており、火鉢の取っ手のところは怪物をかたどっている。その中では炭が燃えているが、特殊な木からつくった炭で、けっして火が消えないようにできているのだが、暖まっても愉快という感じはなく、しかも眠くなるような、なんとも言えない臭いを出すのである。

こうして、ひどく遅く出る帰りの列車を待って過ごした一日は、ほんとうに長かった。皇后と、その皇后の菊の花を夢見ていた私にとっては、わけても長かった。しかもこの女性をひと目見たいという私の欲望は、この午後雨に降り込められている間に、奇妙な強迫観念とも言えるほどに高まってしまった。一方で唯一の機会も逃してしまう恐れがあった……〈十日も雨天の場合、宴は中止といたします〉というのであるから。ああ、なにとぞ雨が降りませんように！

十日はおだやかに日が明け、暖かかった。この季節としては暖かすぎるほどで、一面灰色の薄雲に覆われていた。それでもフジヤマ〔富士山〕が――（あのすっくと立つ大火山円錐丘、何世紀にもわたって日本人が風景画の背景に描き込んできた、あの山である）――向こうの空のはるか彼方に、その雪をかぶった頂きを見せていた。ニッポン〔日本〕のことわざでは、もしも朝に富士山が見えたら、その日は夕方まで晴れるという。

十一時頃、雲のヴェールにところどころ破《わ》れ目ができた。そこここにぽっかりと明るいところ、青いところが見え始めた、――君主たる女性に迎え入れられるという希望が、ふたたび甦ってきた。しかも横浜駅では、正午の出発時間に何人かの外交官が燕尾服に白タイで（ヨーロッパの公使たちである）、またご婦人たちが盛装の訪問着姿でそこにいた。宴の招待客たちで、この人たちも好天気を見こんで出かけてゆくのである。

鉄道での一時間、ほぼフランス人と言ってよいある美しい魅力的な公使夫人と一緒だった。この人は皇后を喜ばせようと、貴重な鳥の羽毛でできたマフ[157]に、白、黄、紫の色の菊の花束を飾り、同じ三色の色合いを使ったビロードのドレスとの調和を見せていた。こうしてわれわれは秋のきらめく太陽のもと、江戸に降り立ったのである。今や太陽が、雲一つない空に輝いていた。

あたりの様子も、なんと昨日とは一変していることか！　ここにいる庶民たちは上流の人々のひそやかな宴などけっして目にすることはないだろうが、もう雨もやんだ美しい青天井のもとで、きょうは自分たちの戸外の宴会を開いている。[158]道は人で溢《あふ》れ、地べたにずらっと縁日ができ、飴や風車《かざぐるま》、奇想天外なおもちゃ、怪獣のお面や神聖なキツネのお面がある。そしていたるところ菊の花、また菊の花である！　たいへんな数の小さい子供たちが色とりどりの美しい着物を着てはしゃいでおり、手をつないで群れをなして歩いている。軽業師《かるわざし》が悪魔さながらに、大道芝居の舞台の上で、ドラや拍子木、笛の音に合わせて動き回っている。商店は多彩な幟《のぼり》を風にはためかせているが、それは赤い龍や青い幻獣、大げさな宣伝などを長い竹竿の先に掲げたものである。空中には紙切れだの布切れだの雑多にいっぱいあって、それがそよいだりたなびいたりしている。そしてあいかわらずの菊の花。青銅の花瓶に束になって活けられたうす紅《べに》色の菊、家々の門前の白菊の花飾り、にこやかなムスメたちのありとある小さな指の中に、ありとある結い髪の中にある菊の花々……。

それにしても、われわれの行く赤坂宮殿はなんと遠いんだろう！　車夫たちは息を切らしているというのに、まだ着かない。道また道が続き、群集はひしめいて、行くところ、行くところ人垣ができている。すると今度は静かな場所、ひと気のない土地に出た。池があり、木陰をつくる並木道がある。――と、またも路地に人だかり、菊の花に軽業興行、耳をつんざく楽の音だ……。

そしてやっと、離れた高台の私がまだ来たことのない地区に出て、さて、目の前に背の低い、灰色の侘しげな城壁が現れた。その城壁は堅固な城砦のように内側に傾いていて、都市の囲みのようにどこまでともなく、ずっと遠くまで伸びていた。どうもここのようである。

われわれのいるところから目で見えないとなると、きっと宮殿自体もかなり低い建物で、相当平たいのであろう。古木の梢だけが、その壁の丈を越えて伸びている。いささか弔いの趣きのある大きな神林で、俗人の目には触れないようにしているかのようである。

黒塗りの陰気な門があって、その上には屋根が載っている。屋根の隅は怪物の形にそれとなく粗彫りしてあって、睨みを利かせている。これが〈皇室門〉である。その門を通ると敷石のある大きな中庭に出るが、むしろ一種の広場になっていて、街の喧騒がぴたりとやんで静かになり、なにがなし重苦しい、人を圧するような哀しみが漂っていた。そこには門衛たちがいて、わが国の護衛官や衛兵のような格好をし、あたふたと立ち働いて、音もたてずに走り回ったりしている。召使いが手綱を取っている鞍をかけた馬もあれば、地味なきちんとした馬車一式もあり、諸公や大臣たちを運んできたのだろう。この静寂の中にもざわめきがあたりを覆っているのは感じられるのだが、それにしても祝宴や花見の宴というよりは、葬儀に参列するか、なにかの秘儀の準備をしているかのようである。

広大な邸宅のまわりには、豪奢なものはいっさいない。「宮殿」――宮殿であるとすればの話だが――はその中庭の奥を占めていて、ありきたりの日本家屋とうつり、特に丈が高いわけでも、特に凝っているわけでもない。――ただ広さはあって、たて長に相当の空間をカヴァーしている。

玄関口には従僕たちがいて、黒の燕尾服に赤いチョッキのヨーロッパ風のお仕着せを着て、招待客の外套を受け取っては、日本の数字を印した小さな厚紙を渡している。お次は一人ひとり、緑色のクロスを張った、味もそっけもない机の前を通らなければならない。その机のまわりには執事たちが座っていて、招待状と、招待客の名刺をあらためている。執事たちは疑い深げな目つきでそれらを調べている――もっとも終始丁重にではあるが――、そして円柱状にした米の紙〔和紙の巻紙〕に中国のインク〔墨〕でわけのわからない文字が書き連ねてある書面と突き合わせて、照合しているのだが、その書面はもちろん、招待客リストである。――しかもそんなに長いリストではない。どうもこの皇室の敷居は、客を暖かく迎え入れるものではないようだ。この住まいはかって、高僧の館やトルコの後宮よりももっと閉ざされたところであって、人に開放するのはまだあまり慣れていないのだ、ということがすぐに見て取れた。

その後は狭くて天井の低い廊下が続き、今度は十数人が数珠つなぎになって、あてどなくうろうろと前に進む羽目となる。二、三人は海軍基地の長官が身にまとう、刺繍をほどこした軍服を着ており、あとは日本の諸公やヨーロッパの全権使節たちの着る黒の燕尾服だった。宮廷官たちが手ぶりでもって、われわれに向かう先を教えている。まっすぐどうぞ、というわけだ。そこでわれわれはゆっくりと、偵察隊よろしく歩を進めてゆく。

なにしろ日本の皇帝〔天皇〕の宮殿である！　このひと言が、どれほど独特の華麗な夢で、パリっ子の想像を掻きたてることか！……私はすでにあまりに日本に通じ、今ではすっぽりはまり込んでしまったので、この点に関しては幻想をもつことができない。この国の城館はすでに見てきていたし、その上、「ミカド〔帝〕」が主宰者であるシントー〔神道〕信仰は簡素を旨《むね》とし、なんでもない自然木にさえきわめて特殊な宗教的観念を付与していることも知っているからである。それにしてもこのむき出しのありのままという理想像は、私の予想をさらに越えるものだった。統一した同じ白木の縦材に、真っ白な同じ紙の仕切り、――そしてどこもかしこも何もない。まったく何もないのである。

しかし清潔さ、極度に追求された、ひたすらな清潔さが、それ自体非常にお金のかかる贅沢となっているのである。これを維持しているのが不思議なほどである。木材にはどれも、彫刻ひとつ、刳形《モールディング》[159]ひとつ刻まれておらず、むき出しの稜〔二つ以上の面が交わってなす直線や角（かど）のところ〕は精緻な指物《さしもの》細工がほどこされていて、まるで人間の手はいっさい加えられていないように見える。それらは真っさらな、無垢の色合いをしていて、空気に触れただけでもただちに色が変わってしまいそうである。どの天井、どの仕切りにもハエの這った跡一つ探せないだろうし、どれもたった一枚の大きな白い紙でできていて、それをしわ一つなく広げてシミ一つなく貼ってあるが、いったいどのようなたぐいまれな室内装飾業者によるのか、われわれのところでは見たことも聞いたこともない類いの手わざである。そして床の、染めたり加工されたりしていない上等なゴザ〔畳〕の上は、誰ひとり歩いたことはないかのようである。これらすべてを、一年の内にどれぐらいの頻度で新品に替え、無数の中から純白の効果の出せる素材を選び出さねばならないことだろう？……

あいかわらず同じような狭い廊下が、長く続いている。ところどころ半開きの戸などがあって、空っぽの部屋――というかひとつの仕切り――をのぞかせている。紙で間仕切りしてあって、どこも同じく完全にむき出しのありのままの姿をさらしている。ほんとうに、〈もしも知らなければ〉われわれの刺繍入りの礼服やら黒服やらが練り歩いているのが、どれほど特別の場所であるのかわからないであろう。

しかし、われわれの目を覚まさせてくれるような、幻想的ともいえる最初の登場がここであった。この白の単色の中、ひとつの薄い間仕切りがさっと開いて、突如小さな年寄りの生き物が姿を現したのである。きっと妖精に違いない。まるでハチドリみたいなまばゆさで、着ている衣装は奇抜そのものである。ごく小さくて、黄ばんでカサカサでしわくちゃで、おそろしく醜いけれど、別世界の豪奢という点でもまた格別である。おそらくはどこかの姫君なのであろう。――または宮廷の女官か。この人が身につけている宮廷服の装いは、何世紀も遡《さかのぼ》るのにちがいない。つり上がった目をした生気の乏しい平たい顔のまわりに、糊で固めた髪の毛が扇のように広がっている。素晴らしい緋色の、重たい絹のキュロット〔スカートのように広がったズボン〕をつけているが、そのキュロット〔袴（はかま）〕がひどく膨《ふく》らんでいて、足元のほうでは巨大な「象の足」のごとくだぶついている。

――そして聖職者がつけるケープを長めにしたような上着〔袿（うちき）〕は、モクセイソウのような緑〔つまり黄味がかった緑色〕で、玉虫色に光り、一面に多彩な色の幻獣がちりばめられていて、その光沢たるや、ハチドリの喉元さながらである。

この人を眺め、驚きもせずにそれと認めるのは、〈自分がどこにいるかわかって〉いればこそである。すなわち世界の中でももっとも洗練を極めた、たぐいまれな場所、ことさら簡素にしていても、それはほんの見せかけにすぎない、そんな場所ということである。どう見てもこの宮殿は、その奥の奥の、紙の間仕切りのそのまた後ろに、驚くべき主《あるじ》たちと、目をみはるような財宝とを隠しているに違いないのである。

その年取った小さな妖精は、皮肉かとも取れるようなしとやかなお辞儀をして、不思議な笑みを浮かべながらわれわれに同行した。それからもう一人が現れて、――さらにまた一人。身につけている絹はまばゆいばかりで、東洋の生む驚異というべきか、さまざまに異なった色調と輝きを帯びている。この人たちが近づくやいなや、その輝きは、こんな言い方をしてよいものならば、そのせめぎ合いが激化するように見え、金属と化して光を放つかのようである。

しかも、後の二人は若くて、――きれいと言ってもいいほどで、これは日本女性にはなかなかないことである。

おや！　二人のうちのひとりは、その愛想のいい笑顔がなかったら、宮廷服の出で立ちでわからなかったろうが、あの「イノウエ〔井上〕伯爵夫人」、外務大臣夫人だった。私はこの人を舞踏会の、裾を長く引いた薄い紫色のパリ風の装いでしか見たことがなかった[160]。しかもこの人は、なんともいえない何気なさで、それをやすやすと着こなしていたのである……もう一人の、もっと若い人も私は会っていた！——「ナベシマ〔鍋島〕侯爵夫人」だ！　彼女とはたしか一回、一緒にワルツを踊る栄にまで浴していた。その晩の夫人は、パニエ〔枠形ペチコート〕のついた淡いクリーム色のルイ十五世風の装いをらくらくと身につけていた。——いったいこの人たちが扮装していたのは舞踏会のほうだったのか、——それとも今日この日のほうなのだろうか？……

われわれの一団は新たな入来者が加わって数が増え、今や三〇人ほどにもなっていたが、無事とどこおりなく、広めの白い仕切り部屋にたどり着いたところである。そこは一種控えの間のようなところで、どうも庭園に面しているようだ。その広間《サロン》にはもちろん家具はいっさいなく、座るところもない。ただ四隅の地べたに一つずつ、貴重なサツマ〔薩摩〕焼きの壺が据えられていて、五、六ピエ〔約一・八メートル〕もあるだろうか、すっくとそびえ立ち、その蓋は笑みを浮かべた怪獣を頂いている。壁の真っさらな白地には金の不死鳥〔鳳凰〕が三、四羽、何気ない形に散らしてあり、互いのあとを追って飛翔している。

もう二時半になるかという頃だが、皇后さまは三時にならなければ姿を現さないということだ。われわれと一緒にそこにいた宮中の廷臣たちと、キラキラと色を変える小妖精たちは、大庭園の奥の、向こうのさる丘の上まで行って待っていたらどうか、とわれわれに勧める。祝宴はそこで行われるという。

すると半透明の紙の仕切りがその溝の上を滑って開き、庭園の数々が姿を現した。静かな美しい日の光が庭を照らしていた。魔法が始まったのである。

衝立だとか磁器の壺だのに、こういうとても現実とは思えない美しい景色を、まさか実際目にするとは思わずに眺めることは今までにもあった。池や小島があまりに複雑に入り組んでいて、奥行きも寸法も違っているように見えるし、木々は緑色をしておらず、まるで花々のような色合いで描かれていたからである。

今サロンの敷居が開けられてみると、われわれは高台の上にいて、本物のそうした景色を見渡すことができた。ごく手前の垂れ下がる杉の枝の合い間に下方の庭園を望むことができ、ビロードのような芝生や変わった岩があり、小川があり、その小川の上には半円形にカーブを描く軽快な橋がかかっている。水面《みなも》に映る影は緑陰にまどろみ、並木道はその奥の方は森の中へと消えてゆく。芝山のそこここには、その緑の色がほとんど白に近い、「銀色の竹」の藪《やぶ》があり、またサンゴでできた木のような、「赤いカエデ」あり、私には何の茂みかわからないが、その葉むらがマツムシソウのような紫色をしたものもある。こうしたこよなき技巧を凝らした諸々のはるか先に、すべてを大いなる神秘でもって包みつつ広がるのが、小山や薄暗い喬木のなす本物の地平線であり、森や原野がなす本物の遠景だった。街のまん真ん中にこんな幽処があるというのは、驚きである。なんという王者の気まぐれか！　――ふだんは入り込むことのできないこの庭園には、ある特殊な静けさ、よそにはない静寂があって、その憂愁《メランコリー》の極致がきょうこの日、秋の凋落によっていやまさっていた。

小グループずつ、ほとんど間をあけずにわれわれは小道を伝って、下の庭園に降りていった。その小道は見えなくなるずっと向こうまで、白いゴザが敷き詰められて長い帯をなしていた。

――これはおそらく皇后ご自身がもうすぐこの道を降りていかれるので、とても細かな砂の上とはいえ、地面にその小さな足をじかにつけないようにということだろう。二、三人の新しい妖精たちが、何色とも言いがたいまた違った色を着て、われわれの後ろから出てきて、この行進のしんがりをつとめた。この白木と紙でできた宮殿にはきっと多くの同じような美しい羽毛の生き物がいて、そこを根城にしているに違いない。今やわれわれは四〇人ほどになっていた。――これで全員だろう。招待客リストはこれで終わりだ。そもそもがほんのわずかな人数で、四〇人では静かな森のような広大な庭園に紛れて見えなくなってしまう。われわれはお伴の行列よろしく、はたまた羊の群れが思わず知らず囲いこまれたかのように前に進み、その内の一人ならず、どこへ行くのか、どんな宴になるかも知らずにいるのである。

われわれが迷いそうな岐路にはかならず、軍勢さながらの赤チョッキの従僕のうち誰かが控えていて、どの道を行ったらいいのか、どの小径は入ったらいけないのか案内をしている。そして園内のある場所やさる並木道など、われわれがたぶん見てはいけないものなのだろう、大きな黒布が広げられていて、その全部を覆い隠している。それは楊柳地《クレープ》の黒い大布で、縁が白くてまるで葬儀の飾り付けのようだった。

十一月の太陽のもと、暑いくらいだったが、その日の光はとても澄んでいて優しく、そしていささか弱々しかった……。

われわれは砂を敷いた円形広場のところで足を止めたが、そのまわりには竹で出来た軽やかな建てものが立っていて、それを淡い紫色の絹の縮緬《ちりめん》地がたっぷりと襞《ひだ》を取って覆っていた（この淡い紫色は、絶対君主のみが用いることのできる色で、かって西欧でも赤紫がその色であったのと同じである）。これら藤色の幕全体に、白の菊花紋章が、大きな一風変わった円形模様として散らしてあった。

それは花の展覧会だった。それらの小屋の中、皇室の幔幕《まんまく》の下には、生花でありながらとても本物とは思われない、菊花の一大コレクションがあった。素晴らしい菊で、両陛下がわれわれを招いたのはこの花々を賞《め》でてのことだったのである。まことに驚くべき菊で、われわれフランスの秋の花壇からは想像もつかない体《てい》のものである。菊はサイコロの五の目の形に規則正しく幾何学模様を描いて、段々になった地面に植えられていた。その地面には目に見えないほどのかすかな苔が、まるでローラーでもかけたかのように均一にその表面を覆っていた。一ピエ〔約三二センチ〕間隔でほんのひと茎ずつ植わっていて、ひと茎に一つだけ花が咲いている。——がそれがなんという花か！　フランスの一番大きなヒマワリよりもさらに大きくて、どれもまことに美しい色合い、実に珍しい形をしている。幅広の肉厚の花弁をした花があって、その花弁があまりに整然ときれいに並んでいるので、まるでバラ色をした大きな朝鮮あざみ《アーティチョーク》のようである。そのお隣りは縮みキャベツに似ていて、淡黄褐色の鋼《はがね》のような色をしている。また別の花は、まばゆいことこの上ない黄色で、細い無数の小さな花びらが金糸の束のように飛び出たり落ちかかったりしている。白い象牙の色をしたのもあれば、淡い葵《あおい》の色もあり、はたまたなんとも見事なハゲイトウの色もある。

まだら模様あり、ぼかしあり、二色半々のものもあり……そしてほとんど目につかない突っかい棒がずっと茎をつたって上まで添い、葉の下で二股に分かれて重くなりすぎる葉を支えたり、またはあまりに早く伸びそうな葉はつまんでその樹液を止めたりしているのをそば近くで眺めてみれば、これほどの大輪の花をこしらえるのに要した、その苦労のほどが偲ばれるのである。

ハチドリの長い衣装をつけた小妖精たちも、われわれと一緒にこの逸品ぞろいを見物していたが、つんと澄ました、心ここにあらずといった様子だった。暑くなってきたので、彼女らはせわしなく王朝風の扇〔檜扇（ひおうぎ）〕を開いたり閉じたりしていた。それは扇としては図抜けて大きく、材となっているひだのついた絹地にはほとんど見分けがたい、ごくぼんやりとした夢のようなものが描かれていて、それは海の波模様、雲に照り映える水面の輝き、ほの白い冬の月、目に見えぬ鳥の飛ぶ影、さてはまた四月の春霞の中、風にさらわれて雨と降る桃の花の花びらなどであった。扇の枠の両はじにはものすごく大きな房飾りがついており、色どり豊かなモール糸がしっぽみたいに地面まで垂れ下がっていて、そのご婦人が扇をあおぐたびに、細かな砂の上を掃除よろしく掃く格好になった……。

ここに長居していらしてはいけません、と言われる。なんでも、もっともっと遠くまで行って、もっと美しいほかの花々を見なければならないそうだ。そして向こうの丘に登ると、そこに皇后がじきにやって来て、いっときわれわれの間に入って腰を下ろされるという。

そこでわれわれは、頭上に杉の大木が枝をかざしている、木陰の道をたどってゆく。その道は杉の大木の林からなる一つの小山と、ハスのびっしり生えた淀んだ池の間を通っていた。杉の木々はずいぶん古く、たいそう苔むしている。枝が垂れ下がって低いところまで落ち、芝地に着かんばかりだった。まったくの鄙《ひな》びた土地のようで、現に水田まで、本物の田んぼまでそこにあった（それは古来の伝統にのっとって、ミカド〔帝〕が毎年収穫期に、自らの手で刈り取らねばならないのだった）。

われわれの連れて行かれた丘というか台地は、菊の花で一面うす紅色だった。そこからは景観が四方に広がり、大庭園の樹木に覆われた遠景を見渡すことができた。その場所には心地よい落ち着きと安らぎがあった。街は祭りのさなかで人がひしめき合い、いたるところにドラの音を響かせているが、ここにいるとそんなことはすっかり忘れ、あることさえ気がつかないのである。

花壇の傍らには丈の高い軽やかな仕立ての東屋《あずまや》が並び、やはり同じく白の円花模様を星のようにちりばめた、長い紫の絹布で目隠しされているが、それらの中にはまた別の花々が展示されていた。――それはむしろまた違った〈菊の花をめぐる幻想《ファンタジー》〉と言うべきか、前よりさらに驚嘆すべき秘訣を用いて、さまざまな手わざを凝らして作り上げられていた。こちらは菊の花が一種こんもりと盛られた花の茂みのようになっていて、われわれヨーロッパの教会の花入れに活けられるようなかっこうなのだが、それにしても巨大な花の束で、まるで樹木さながらの大きさである。茎が一本だけというのではなくて、苗から一〇〇もの枝わかれをしていて、それらが中心の幹のまわりに完璧この上ない左右対称《シンメトリー》をなして配置されていた。そしてそれぞれの枝の先に一輪の花が大きく花開いて、しおれた花や蕾のものはいっさいなく、どれも同じまさにはかない盛りの一瞬を迎えているのである。これほどに丹精込めた花はすべて、間違いなく同じ日に色褪せ、枯れるであろう。しかもこれらの菊の一つひとつに、細い紙の帯がついていて、銘が記されているのだが、それが中国語と日本語と二つの違った言語両方で読むことのできる、あの高尚かつ難解な文字〔漢字〕で書かれている。その銘はたとえば〈金粉を一万回もまき散らしたもの〉とか、〈山霞〉、〈秋の雲〉といったものである……。

三時半になった！　皇后は遅れているようだ。いくつかのグループでは、皇后は姿を見せないのではないか、という話が出始めている。待ち遠しさに不安が混じった。私はただただ彼女に会いたいということしか考えていなかったのである。われわれのいる丘のはじを観測拠点と定め、私は下の庭園のはるか彼方を見張ることにした。われわれが来た杉の小道をハス池に沿ってやって来る、皇后の行列の登場を見逃さないためである。

しかもそこは、皇后を待つのにはなんとも心地よい絶好の場所だった。この高台の花壇には皇室の紋章のついた紫のクレポン〔厚手の縮緬〕地が張り巡らされており、しっかりと守られた奥ゆかしい広々とした空間で、ほんの少数の人数が一人でいてもよし、相手を求めてもよし、いろいろな言語でおだやかに会話を交わし、緑の茂みの後ろに隠れた宮中の二つの楽団は、かわるがわるに楽の音を奏でている。楽団の弾いている曲は、少なくともわれわれのフランス風の装いと同じくらいには、この庭園に似合わないものであったけれども、われわれの装いよりはずっと気が利いていた。まずは『リゴレット』[161]の四重唱の曲から始まって、それからベルリオーズ、マスネー、サン＝サーンスの曲と続く……この楽団は大変なものだ！　しかしなんというごたまぜ、頭が混乱してしまう……。実際、われわれはいったいどこにいるのだろう。いったいどの時代の狂躁の過渡期なのか、いったいどんなおとぎの国なのか？　もはやまったくわからない。それにしてもその中には、ありきたりのものは一つとしてない。それどころか洗練を極めた、たぐいまれなものしかここにはないのである。まったくほかには例を見ない場所に、どう見てもちぐはぐではあるが、しかし言ってみれば相当の選良が集《つど》っているというわけである。しかもそれは一つの年中行事と、珍しく晴れ渡った一日とが折よく重なった日でもあった。ほかのめずらかなものがふんだんにあるのに加えて、十一月の美しい秋空がさらにそこに添えられたのである。——そのめでたさは憂愁《メランコリー》を帯びていた。静かな大気の中、人工的な技でより大きくした秋の花の、百花繚乱たるその上を、われわれ西欧の音楽の中でもひときわ奇妙な夢のような楽の音が、漂ってゆくのである。——折しもその時、竹の茂みの後ろで『幻想交響曲』[162]がひそやかに奏でられ始めた……すると、こうしたことすべてに対して、終焉を迎えつつあるひとつの文明の最後の輝きに立ち会っているのだ、という思いが深くなるのである。ああした素晴らしい衣装は明日にも伝統の闇に葬られて美術館や博物館入りとなり、こんな組み合わせの集いも、もう二度とふたたび見られることはないだろうという予感に襲われるのである（†1）。

この異国の諸公たちが、われわれの夜会服にオペラ・ハット、白いタイを身につけているところは、なんともはや、みっともない！

それにひきかえ、その姉妹たる姫君たちは夢のような大きな扇をはためかせ、またなんと魅力的なことだろう！　私は女君主の出現を今や遅しと待ち構えて、ずっと下方の庭園を見張っていたが、その庭園の奥から、ぞくぞくと新たな女性たちがやってきた。彼女らは〈ロバの皮〉[163]の三着の衣装を思わせるケープ姿で衣擦《きぬず》れの音をたてながら、しずしずと前に進んで来る。その大勢の内に、私はまた、大臣主宰の舞踏会で踊っていた女性たちの姿を認めた。ただし今日はその時とはうって変わって、長めのコルセットを窮屈そうに着けるのではなく、女祭司か偶像のような身なりで、ほんとうに気品のある姿である。彼女らは小刻みに歩を進めてわれわれの中にまで入ってきて、立派な礼を、つまり日本風の深々としたお辞儀をするので、こちらも思わず同じ挨拶を返した。われわれのみすぼらしい服装と並ぶと、まばゆいばかりの姿である。そこにいた二、三人のヨーロッパ使節夫人たちの、ぱっとしない色合いと並べても、同じことだった……。

すでに日は傾き、時刻は四時になっていた。日の光はますます金色を帯び、夕刻のバラ色がかった金の靄のようなものが庭園に降り始めていた……と突然、ある動きがそれぞれのグループを駆け巡った。ささやきが行き渡る。そして今度は沈黙が。演奏していたオーケストラは合図に応じて、楽句《フレーズ》半ばで音を止める。ついで全楽器が総出で日本の宗教歌[164]を奏で始める。めりはりのない、テンポの遅い陰気な曲で、まるでこの世ならぬ者が現れ出る時のような楽の音である。そして彼方の、私がずっと見張っていた並木道のはずれに、さて、何か光り輝くものが姿を現した。

それは見たこともないような衣装を身にまとった、二〇人ほどの女性の一団だった。はるか遠くのそのまた奥に、すでに赤味がかった沈む日の光に照らされながら、彼女らは急ぐでもなく、杉の丘とハス池に挟まれた道をこちらに近づいてくるのだった。彼女らは薄暗い古木の帳《とばり》を背景として、素晴らしく色鮮やかな光を放つひとかたまりとして、くっきりと浮かび上がっていた。そして池の水面には、その妖精の装いの紫、オレンジ、青、黄、緑の色がより色を和らげて、長い帯をなして映っているのだった。

　生きている限り私は、この光景を繰り返し目に浮かべることだろう。この庭園の奥深くでの、待ちに待ったゆっくりとしたこの出現を。残りの魔術幻灯《ファンタスマゴリ》[165]のような日本の光景が、すべて私の記憶から消えてしまっても、この場面だけはけっして……。彼女らははるかにはるかに遠くにいた。われわれのところまでたどり着くには、数分かかるに違いない。われわれのいる丘から見ると、彼女らはまるで人形のように、まだほんとに小さく見えた。――下の部分がずいぶんと張り出した人形で、身につけている貴重な布地が硬く、しかも大きくかさばっていて、折り目はといえば、上から下までただ一つしかないのだった。顔の両側には、一種の黒い翼をつけているように見える。――それは彼女らの髪の毛で、宮中の古来のしきたり通りに、糊で固めて伸ばし広げているのだった。色とりどりの日傘をさしていて、その日傘も着ている衣装と同じくキラキラと輝き、煌めいている。先頭を歩く女性のさす日傘は〈紫色〉で、模様になっている白の花房は菊の花に違いない。彼女こそ間違いなく皇后だ！……

　さあ、彼女らが近づいてくる。どんどん近づいてきた。小丘のすぐふもとにたどり着いた。なんとか坂道を登ろうとしている。見下ろしている私の目には、この人たちの日傘の上面ばかりで、彼女らの姿は隠れてしまい、あとは揃って赤い小さな履物が、衣服の手前に交互にちらちらするのが見えるばかりである。はや、厚みのある絹のこすれる音が聞こえてくる。一方、竹藪の後ろでは、楽団がかそけき〈デクレッシェンド〔次第に弱く〕〉であいかわらず入来の頌歌《しょうか》を奏でている。

私がひと目見たいと願っていた皇后は、いったいどんな人なのだろう？　私は彼女のことをまったく知らず、知っていることといえばせいぜい、その家柄（フジワラ‐イチジョー〔藤原・一条家〕）が深い闇の時代、原始の神々の時代まで遡るということ、また五月に誕生したこと、その誕生の年に、この私もまた地球の反対側で生まれ出たこと〔一八五〇年、ただし昭憲皇太后の生年は一八四九年〕、そして最後に名を「ハル‐コ〔美子〕」と言って、それは《春》を意味している、ということだけだった。

彼女の目鼻立ちを語る前に、まずちょっと宮中の服装を正確に描述しておきたい。[166]——この文章を読みながら、例の美しい日本の着物を思い浮かべていただいては困るからである。今日フランスでは一般になっている、奇抜な趣味の刺繍のしてある、女性をまずまずのなよなよとした風情に見せる、ああいった衣装とはまた別なのである。皇后および宮中の貴婦人たちの服装は、それとは似ても似つかないものである。より簡素で、より風変わりであり、着る女性を大きく平たく、厳《いか》めしく厳かにつくり、もはや女性としての体型をとどめさせていないものである。そのシルエットが今でも目に浮かぶが、しいて言うなら以下のイメージだろうか。二つの円錐形の容器を伏せて並べ、その先っぽを両肩へ、そして大きく広がった開口部を地面につけた、そんな格好である。この組み立てた形をなんと呼んだらよいのかわからないが、それを彼女らは二股に分かれたスカートとして、それぞれに足を入れて着用に及んでいる。——地の硬い、かさばる二股のスカート〔袴〕であり、赤い絹地の二体の円錐形であって、その下の方は途方もなくふくれ上がっている。女祭司の着けるようなケープ〔袿〕には、過剰なほどに幅広で長い、裾広の袖《パゴダスリーブ》がついているが、そのケープはてっぺんから、ただ一本の折り目が体の両脇を這い、その折り目は緋色の二股のスカートに沿って地面まで続いている。

　そのスカートの色がかならず赤（履物同様、それがしきたりである）だとすれば、ケープの色はそれとは逆に、数限りないヴァリエーションがある。しかもなんという色だろう！　ハゲイトウの深紅、キンレイカの黄色、トルコ石のブルー、銅の光沢《つや》の緑色、炎をはらんでいるかのようなザクロ石の赤、それから名づけようのないひどく強烈な色合いや、かと思うとあえかな、消えなんばかりの淡い色がある。そのどれにもちりばめられ、丸い斑点をなしているのが、こう言ってよければ形の整った大きな染みで、見事に輝いて、蝶167の羽についている大きな目玉模様のように見え、まるで斜視の瞳に〈見つめられ〉ているような気になる。その丸い染みは左右対称で、どのケープも同じ大きさをしていて、各々の婦人で、色合いもデザインも異なる。近くに寄ってよく見ると、円の形に羽を広げた鳥だったり、とぐろを巻いたその中心に頭のある幻獣だったり、はたまた円形模様にまとめられた数葉の木の葉だったりする。——それらは太古に遡る高貴な家柄の、一族の紋章なのである。

　さてその半開きの翼のような髪型は、誰が考案し、いったい何に由来するものなのだろうか？この姫君たちの髪型には、結び目もふくらませた髷《まげ》も簪も、一般の日本女性のよく知られた結い髪に見られるようなものは、一つとしてない。その糊で固めた髪の毛で、エジプトのスフィンクスの平べったいひどく大きな頭巾に似た、黒塗りのかぶり物をつくり上げていて、それが最後は後ろに長い垂れ髪になって、中国風の髪の尾っぽができている……。

皇后はというと、すぐ間近にいた。もう通り過ぎようとしている。招待客たちはみな、彼女の行く手で深く腰をかがめている。日本の殿様たちは双手に分かれて、黒の燕尾服を着た両手をぴたりと膝につけ、頭を地面に下げている。ヨーロッパ人たちは、宮廷のお辞儀風に体をかがめている。……紫の地に、菊の花を刺繡で美しくあしらった、その大きな日傘が持ち上げられ、彼女が見えた……その塗り立てられた小さな顔に、私ははっとし、魅了された。

彼女は私の前を通り、私をかすめ、その面影を私の胸に焼き付けていった。その面影を私はたぐいまれなものとして、この胸の内にしまっておきたいと思う。私は彼女をしっかりとこの目にしたが、この人はそのもっとも洗練された意味において〈気高い〉という言葉がふさわしい、数少ない女性の一人だった。

気品漂い、風変わりで、内部を見つめ、彼方を眺め、どことわからぬところをまなざす冷ややかな女神のような様子をしている。ほとんど開いていないその目は切れ長で、二本の黒い斜めの線のようで、もう二本のより細い線、すなわち眉との間がひどく離れている。死者のように無表情な笑みを浮かべていて、深紅の唇が半開きになって白い歯がのぞいている。透き通るばかりの小さな鼻は、心持ちワシ鼻気味にカーブしていて、顎は支配者らしく、くっきりと突き出ている。

その衣装は、お付きの婦人たちと変わるところはない。髪の翼部分がひょっとしたらより大きく、背中の垂れ髪がより長いかもしれない。というのもこの人の髪の方が、美しいからである。だがその日傘の色合いとケープの斑点だけで、日本の紋章学に通じた人なら、彼女が君主だということがわかるのである。

もっともそれがなくとも、私は全員の中から彼女を見分けることができただろう。他の者にはない王者の魅力が、この人にはあった。

背はとても低かった。リズミカルな歩きぶりで、宗教的な堅苦しい衣服を身につけているおかげで、その華奢な体つきはさっぱり窺うことができなかった。紫色の日傘をもつその手は、見たところ子供の手のようだった。もう一方の手は、裾広がりの堅い地の袖があまり長くて、ほとんど引きずらんばかりなので、隠れて見えなかった。わがフランスの年齢に応じた容貌の変化から考えれば、二五歳から二八歳ぐらいかと思うであろう〔この時、実際は三六歳である〕。

皇后の傍らの一列目に、ほとんど同じ衣装をつけた通訳の「ニエマ嬢[168]」がいたが、彼女はかつてさる舞踏会で、私が一人の皇女をダンスに誘い、言葉が通じなかったので代わっておかしいほど重々しいフランス語で、答えてくれた人である。言葉の重々しさとはうって変わって、この人自身はとても生き生きとした表情をしている。知的で敏捷な目つきで、右に左に招待客たちを見やっている。――一方皇后はその不動の笑みを浮かべたまましずしずと進んでゆき、腰をかがめた人々全員に頭を軽く下げて挨拶をしてゆくが、ほとんど相手を見てはいないようである。

絹を燦然と輝かせながら後を従いてゆく女性たちの中には、ずいぶんと驚くような顔立ちの人もいる。恐ろしく醜怪な顔もあるが、けっして不快だとか野暮ったいということはなく、やはり争われないものがある。どの人も白とバラ色の顔色であるのは、おしろいをたくみに色を混ぜて、幾重にも厚塗りをしているからである。それでもその下の肌がきめ細かくてきれいなことは、それとわかる。おまけに高貴な身分であるので、この人たちの生来の顔の色も、われわれヨーロッパ人とそれほど変わらないのだろう……。

この小さな行列は、ゆったりと歩を進めていたのに、すぐ終わってしまった。もはや婦人方の豪華な斑点のついた背中と、黒く長い垂れ髪が遠ざかってゆくのしか見えない。——あいかわらずすすり泣くような、聞いたことのない曲が、潜んでいる楽団によって奏でられている。

宮中の事情通によると、彼女たちはずらっと並ぶ菊の植え込みを一巡するという。わざわざそのために白いゴザが敷かれた、外側の遊歩道を通ってゆくらしい。ならば、というわけで、私は今一度そば近くで彼女らを見ようと、花の茂みの中を園芸用の細道をつたって突っ切り、向こうの反対側で一行を待ちうけることにした。

花壇のもう一方の角のところで、皇后はまたも私のすぐそばを通られた。同じく調子の整った歩みぶりで、白いゴザの上に赤い小さな突っかけ式の履物を、一つ、また一つと静かに置いてゆく。——その微笑みが一段と増してはいたが、依然として誰にも言葉はかけられない。半神たるこの人は、おそらくは人や物全体に対して微笑んでいるのだろう。今日のこの晴れた日に向かって、秋の時期に大地に咲き誇る、美しい花々に向かって……そして同じく黙した小さな妖精たちが、やはり漠とした笑みを浮かべながら、彼女の後を従いてゆく……。

もう少し遠くの、彼女たちが向かう先に、ものすごく大きな東屋があって、ほかの東屋同様、皇室の紋章のついた紫のクレポン〔厚手の縮緬〕地がゆるやかな襞をつけてかかっている。それを支えているのは太い柱だが、苔に挿した菊の生花がそれらの柱を飾っている。どうやらわれわれは、この人たちと一緒にそこに入るらしい。

絹地の垂れ下がるその下には、四〇人分ほどの食器一式が置かれたテーブルがしつらえられている。ヨーロッパ式の食事が銀器に盛られて供されており、シャンパン・グラス、野鳥肉《ジビエ》のパテ、積み上げたデコレーション菓子[169]、シャーベット、果物、花々が載っている。皇后が席に着いたのは一番はじの、赤い捺染《ランパ》[170]絹布に覆われた背の高い椅子だった。皇女方がその周囲に、そしてわれわれ招待客は、従僕が椅子を差し出すままに腰をおろした。すると楽団が、呻《うめ》くがごときゆっくりとした行進曲を、ぴたりと止めた。そしてイタリアの歌曲を奏で始めたので、われわれは見知った世界に舞い戻った気がした。——一方では赤と黒のお仕着せを着た、黄色い顔の小さな者たちが突然、東屋の奥から大勢姿を現し、小鳥のような身軽さ、奴隷のようなへりくだり方でわれわれの世話を焼き、トリュフを詰めたキジ肉を切り分けたり、ワインやボンブ型アイスクリーム[171]、ゼリーやプチ・フール[172]を取り分けたりした。

三〇分ほどこのランチが続いている間、私の目はずっと皇后に注がれていた。私の居るところからは彼女が正面に見え、菊の紋のついた紫色の掛け布の翳が射して、その顔はさらにほの白く、神秘的だった。顔つきには活気が出ていた。前よりは少し目の前のものを見ているようで、目にするわれわれの有り様に興味を抱いている様子だった。ほんとに小さなその指先で、時おりフォークで砂糖菓子をつつくふりをしたり、またとても本当とは思われない真っ赤な唇に、シャンパンの杯を持っていったりする。また時たま、私にはわからない何かに驚いたり、気を悪くしたりした時には、さっと顔色が変わった。笑みは浮かべたままだが、それとわからぬほどほんの一瞬、その小さなワシ鼻にピリッと神経が走り、皮肉な眼差し、または厳めしい、あるいは容赦のない目つきになる。目で手短かな命令、凍りつくような稲妻を放つのである。するとこの人はより魅力的に、より女らしくなるのだった。

これからまだどれほど、彼女には驚くこと、意に添わないことが出てくることだろう。新しい、未曾有の事態へと彼女の国を押し流してゆく、この目の眩むような趨勢《すうせい》の真っただ中で、しかもそれが一〇〇〇年以上にもわたって、うかがい知れぬ不動性を保ってきたその後なのであるから！　子供の頃はおそらく、昔の皇后たちと同じく深く閉ざされた一種の偶像で、彼女を眺めることなどは冒瀆であったことだろう。宮中にあってさえ、彼女が通る時には、召使いたちは地面に顔を伏せていたのである。それが現在では、名のつけようもない激動に日本と同様そっくりさらわれて、われわれの視線にもさらされなければならず、またわれわれの方を見て笑いかけ、一緒のテーブルに招くこともしなければならないのである。いったいどれほどの恐ろしい憤《いきどお》りが、またはもしかしたら世慣れぬ人の気後れが、身を落としつつある女神のこの白粉を塗りこめた、微笑みを浮かべた小さな面の下に潜んでいるものか、いったい誰に推し測ることができよう！

……

通訳の貴婦人、「ニエマ嬢」は、食事の続く間、今回の宴に招かれた四、五人のヨーロッパ人女性（フランス、イギリス、ドイツ、ベルギー、ロシアの公使夫人ら）を一人ずつ呼びに行っては、皇后の肘掛椅子の前に連れてくる役目を仰せつかっていた。彼女らはしばし女君主の前に直立し、女君主はほとんど聞き取れないような小声で下問されるのだった。

「ニエマ嬢」がそれをフランス語に訳すのだが、その発音は上品ながら一風変わっていた。ご下問はことさら無邪気に仕立てられた、えっと驚くような質問で、まるで昔の妖精たちが、自分たちの領内に踏み込んできた人間にするかと思われるようなものであった（今書いたこの言葉は、ひょっとしたらひとりよがりと見られるかもしれないが、次のようなやりとりから私の受けた印象を、実によく表しているのである）。

「皇后は、日本がお気に入ったかとお尋ねです。」

「皇后は、この庭の花がお気に召したかとお尋ねです。」

「皇后は、この国で愉しく過ごされますよう望んでおいでです。」

やれやれ！　これほど相違の著しい民族の女性たちの間で、ほかにどんな言葉があるというのか？　思想、感情のあらゆる面にわたって、おそらくただ一つの接点もないであろうから。皇后はこんな子供のたわ言のような会話を交わしながら、ごく洗練された、なかなか柔和な様子で微笑んでおられた。女性らしい好奇心で、――そしてすでに、悲しいかな！　じきに自分もそれをまねることになるだろうと漠然と思われて、――異国の婦人の装いを上から下まで吟味している。――それからもう下がってよい、という印に愛想のよい顔を見せ、御髪《おぐし》の二つの黒い翼を揺すり軽く会釈された……そして「ニエマ嬢」は、重厚な生地の衣擦れの音を大きく立てながら、また次の夫人を探しに行くのである。

しかし一日中暖かかった大気も冷えてきた。秋の夕暮れの微風に、東屋の幔幕がなびき、われわれもかすかに身ぶるいをする。しかもテーブルは散らかり、盛ったデコレーション菓子の山は崩れ、パテ類も同様である。散会の時が来たのである。皇后が立ち上がり、もう日はほとんど翳っているのに、紫の大きな日傘を開く。ふたたび何を考えているのかわからない仏陀の顔に戻って、同じお付きの行列を従えて去ってゆく。――前と同じ頌歌の演奏が竹林の陰で始まり、その音《ね》とともに退場していった。夕日に赤く照らされながら、神秘的な宮びとたちは遠ざかってゆく。下方の庭園を突っ切る、暗い杉の木立に囲まれた道をたどっていったが、それは一時間前に、絹織物と太陽の光とで燦然と煌めきながらわれわれのところへたどり着いた、その同じ道だった。

明日、この庭園は今一度、今度は一段下のクラスの宴のために開放される。江戸《エド》の高官たちがこぞってやって来て、われわれの後にわずかに鮮度の衰えた菊の花々を観賞し、この同じテーブルで昼食をとることとだろう。しかし彼らに対しては、皇后は姿を見せないだろう。来年の四月、桜の花が咲くその時まで、もう彼女の姿を見ることはないのである。

今日も皇后とそのお付きの行列を、あまり近くで後を追うことは許されなかった。その場にとどまって、皇后が住まいに戻られ、神話のごとくふたたび姿を消されるのをうやうやしく待って、初めてわれわれも出てゆくのである。

彼方に皇后とそのお伴《とも》が見える、最後の至高の何分間かがあった。遠くからその背を眺めると、どの女性も目玉の模様をちりばめたケープを羽織り、体の両脇に左右対称にまっすぐ地面まで垂れる幅広の袖をつけ、まるで頭の黒い、たそがれに飛ぶ大きな素晴らしいシャク蛾のようで、それが羽を垂れて翼を休め、直立したまま去ってゆくといった格好だった。

楽団ははや、日本の頌歌を奏でるのを止めていた。あまり遠くて、もう彼女らの耳には届かないのである。そして間を置かずにいきなり、景気のいい『小公子』[173]の曲を弾き始め、この宴の果てにまるで嘲《あざけ》りのシャワーをふりかけるかのように、夢の後の目覚ましの曲を響かせるのだった。それは全員がもうくつろいでもよい、という合図でもあった。全員がその音楽につられて、長いこと抑えていたなんらかのおしゃべりに声を上げた。男性たちの中には今や、日本の諸公だろうとヨーロッパの外交官だろうと、なにがなんでも取り返そうと言わんばかりにそこにあるものを荒らしにかかっている者もいる。そして赤いチョッキをつけた小さな下僕たちはてきぱきと、シャンパンにアイスクリーム、リキュールとお望みのものをふんだんに運んできた。今度は最上級の葉巻まで、人々の間にまわしてゆく。その葉巻に火をつけながら、われわれはいつのまにかオーケストラの賑やかなリトルネロ〔歌曲の前後の反復される器楽部分〕を口ずさんでいた……。

……自国に戻ったら、私はこの皇后をどれほど気高い人と思ったかを、どこかに書いて載せることだろう。もしかしてひょっとしたら、私の称賛の言葉が長い時を経て海を渡り、きっとフランスの雑誌を読んでいるに違いないニエマ嬢が訳して、皇后のお耳に入ることがあるかもしれない。その際には同時に、彼女に女神の衣装を脱ぎ捨てさせようとしているさる計略に対する、私の芸術家としての敬意溢るる抗弁をも聞き届けていただきたい、と切に願う。――その計画が果たされたら、彼女のもつ特異な威信も失われてしまうのである。おまけにそれは、私の思いの一端を皇后にまで届けることのできる、ただ一つの手立てであろう……。

……この時間ここアカサバ〔赤坂〕の庭園は、本当に美しい。どこか魔術的で、たそがれのバラ色がかった靄のかかる中、光と影の大いなるコントラストをなして、かくも輝いている。暗がりとなった窪地に、杉木立に隠れるようにして見えるいくつかの東屋は、不思議な者たちの小さな住み処のたたずまいを見せており、またいまだ明るい高台のところには、紅葉した葉むらや紫の葉の茂みがいっそうその色を際立たせていて、絵に描かれた風景のような、とても実物とは思えない完璧の域にまで達している。

それからさて、暗く翳った遠方に突然太陽が、最後の斜めからの光線を放つと、皇后はすでにそこまでたどり着いていて、今ひとたびその小さなお伴の行列に日があたり、まったき茜色[174]の閃光にすっかり照らし出されたのだった。――しかしこれが最後のお別れだった。たちまちの内にすべては消えた。それから大樹のもとの、すでに真っ暗な曲がり角のところで、行列は永久に姿を消してしまった。

そして今しがた、そこに花と開いた本物の日本のわずかな断片も、その道の曲がり角で、過去の遺物の永遠の闇の中に入ってしまった。――というのもああした衣装も、ああしたしきたり、礼儀作法も、もう二度と見られることはないのであるから……。

われわれもまた、すでにすっかり翳になった庭園を通って、ここを出てゆく。暗がりのせいで、庭園が前より広大になったかのようだ。寒さもあって、自分たちがいっそう迷子になった小集団のように感ぜられる。

外へ出るには、またネズミ取りみたいな狭い宮殿の廊下を渡らなければならなかったが、そこはもう真っ暗で、明かりも用意されていなかった。玄関の、外套を受け取るクロークでは、ヨーロッパの宴会の果てた後のような、かなりごった返した状態だった。まだ宮廷服を着たままの女官たちが何人か、帰る招待客の中に混じっていた。その振る舞いはもはや公人のものではなかった。まるで夢幻劇でシャク蛾やカイコ蛾の役をするために扮装していた人たちのようだ。皇后がいなくなったので、彼女たちは笑ったり挨拶をしたり、アメリカ流の気軽さで、あの人この人に握手の手を差し伸べている。

われわれはまた車に乗った。黒い橋や灰色の分厚い城壁をまた通って、さて、天皇たちの大いなる牢獄の外へ出てきたのである。赤坂の長城のまわりの江戸《エド》は、無数の色塗りの提灯の火が灯されたところで、祭りの宵の、例にない賑わいが続いていた。

その中を一時間やみくもに疾走して、駅までたどり着いた。叫ぶ声、ぶつかる音、車の振動。道中にはあらゆるものがあった。いまだ驚くべき古き日本と、滑稽な新しい日本とがあったのである。そこには鉄道馬車、電気仕掛けのベル、シルクハット、マクファーレン・インバネス

〔男性用のケープ付きコート〕まであった。

　しかし私は、それらをあまり見もせず突っ切ってゆく。目にはいまだに皇后とそのお付きの姿があった。生まれて初めて、私は一種漠然とした哀惜の念を覚えた。何世紀もの間にここまで洗練を見た一つの文明が、いますぐにも完全に消え去ってしまうことを思っていたのである。この思いには、憂愁《メランコリー》の念がつきまとっていた。——ああ！　ほんの束の間の物思いであることは、前もってわかってはいるが、それでも憂いは本物であり、初めの一瞬は心からのものであった。——それは、何時間か全神経を集中して、うっとりと穴があくほど一人の不思議な魅惑をたたえた女性を見つめた際に、もう金輪際これが最後だ、もうけっして姿を見ることも話に聞くこともないのだ、その顔には永遠にヴェールがおろされたのだ、と自分に言い聞かせなければならない、そうした時にかならず味わう、あの憂愁の心持ちだった。

†1　この数ヵ月後には天皇の勅令により、古来の宮廷服は廃止され、高貴な身分の婦人たちは「ヨーロッパ風の装いとアメリカ風の髪型」をしなければならないと命じられた。そしてその翌年の一八八七年、《観菊の宴》は〈ガーデン・パーティー〔園遊会〕〉と呼ばれることになった。その際には皇后は、地味な襟の詰まった服装で姿を現した。その装いはパリのどの衣装店だか知らないが、そこの第一級の担当者の手によるもので、その女性はこの催事のために、わざわざ日本に呼び寄せられたということだ。

1901年におそらく日本で撮影された写真。夏用の制服を着用

訳者あとがき

本書は一八八九年にパリのカルマン・レヴィ（Calmann-Lévy）社より上梓された、ピエール・ロチ Pierre Loti（一八五〇〜一九二三）の『ジャポヌリー・ドトンヌ（*Japoneries d'automne*）』を翻訳したものである（ちなみに版は一九二一年版を使用した）。

原題の「ジャポヌリー・ドトンヌ」は『日本秋景』と訳したが、その意味するところは日本の秋の情景、風情、風物、または秋における「日本的なるもの」とでも解したらよいのだろうか。

ご存じのように日本が開国して以来急速に日本の文物は欧米に紹介、移入されるようになり、一八八〇年から九〇年代にかけて、フランスではジャポニスム（日本趣味、日本美術愛好）が流行し、とくに一八九三年以降その傾向がパリで顕著になる。

本書の出版された一八八九年三月はその隆盛の直前にあたり、作者のロチがジャポニスムの潮流のひたひたと押し寄せてくるのを意識しつつ、なお自らの書によってさらにそれを上げ潮に乗せたのだということが言えるだろうか。現にジャック・シャストネは一八八九年度のベスト・セラーとして、モーパッサン『死のごとく強し』、ゾラ『獣人』などの四作と並んで、ピエール・

ロチのこの『日本秋景』を掲げている。[1] どれほどの人気を博したかがわかるだろう。一八八九年と言えば、パリで万国博覧会が開かれ、エッフェル塔が建てられた年でもあった。

ジャポヌリーという言葉について言えば、先行していたシノワズリー（中国趣味）という言葉と並んで十九世紀半ばから使われだしたジャポネズリー（Japonaiserie：日本趣味）とほぼ同義の言葉であるが、美術用語としては現在ジャポニスムの方が定着してきており、ジャポニスムが「日本美術からヒントを得て、造形の様々なレベルにおいて、新しい視覚表現を追求したもの」を指すのに対して、ジャポネズリーは「日本的なモティーフを作品に取り込むが、それが文物風俗へのエキゾティックな関心に留まっている」ものを言い、ジャポネズリーの用語は次第に使われなくなって、今では広義のジャポニスムに吸収されつつあるという。[2]

そういう意味ではロチが題名に用いている「ジャポヌリー」は歴史的な言葉であって、一八八九年当時のパリ、フランスまたは欧米の人々がそこに付していた様々な価値観、興味、意味合いや好悪の念をはらんだ、時代性を豊かに持った言葉だったと言える。船岡末利氏の言うようにロチは「ジャーナリズムの才能[3]」にも長《た》けていた。「精度の高い五感[4]」でもって当時の日本の様態を「キャッチ」し、生き生きとした精彩に富む活写を行ったロチであってみれば、その言葉にとかくこめられる皮肉な意味合いや軽く扱う気持も含めて、「*Japoneries d'automne*」はまことにふさわしい表題だったかもしれない。

実際に本書の刊行に先だって、ロチは一八八七年から八八年にかけて当時の主要な文芸ジャーナリズム誌、『ヌーヴェル・ルヴュ・フランセーズ』や『ルヴュ・デ・ドゥ・モンド』誌などに、

「江戸の舞踏会」など幾つかの章を掲載し、発表している。

フランス海軍士官として若くして太平洋の島々、大西洋、地中海、南シナ海など世界の海域、沿岸を巡ったロチは、その合い間に早くからデッサンつきの海外紀行文やルポルタージュを発表していたが、一八七九年にトルコでのハーレムの女性との恋愛体験をもとにした小説『アジヤデ』、翌一八八〇年にタヒチ島での経験にもとづく小説『ロチの結婚』を刊行するに及んで一躍流行作家となり、翌一八八一年にはセネガルを舞台とした『アフリカ騎兵』、一八八三年にはブルターニュ地方での部下の水夫との交流を描いた『わが弟分イヴ』、一八八六年には同じブルターニュ地方を扱った『氷島の漁夫』と立て続けに作品が評判となっていた。そして一八八五年乗り組んだ軍艦が夏のひと月長崎に停泊し、秋のふた月神戸と横浜に停泊したロチは、長崎での現地妻との生活を一八八七年末から『フィガロ』誌に『お菊さん（*Madame Chrysanthème*）』のタイトルで連載し、だいぶ遅れて一八九三年にこ

団扇を持って立つロチ。ピエール・ル・コル（『わが弟分イヴ』で描く）、妻のおかね（『お菊さん』で描く）とともに。1885年9月12日撮影

の作品を刊行している。

一方で秋の本州での滞在については、京都、東京、鎌倉から日光に到るまでの紀行随筆文を『お菊さん』連載後に各誌に発表したものを、『お菊さん』よりひと足先の一八八九年三月に、単行本『日本秋景』として上梓した。ロチはこの時三十九歳、作家としての隆盛、名声のほぼ頂きを極めようとしている頃だった。その証拠となるかどうかはわからないが、この二年後の一八九一年五月に史上最年少のアカデミー・フランセーズの会員に選任されている。

さて、それでは本書がどのような経緯で生まれたのか、少し具体的に見てみよう。

ロチは本名ジュリアン・ヴィヨー（Louis Marie Julien Viaud）、一八五〇年にフランス西岸の港町ロシュフォールに生まれた。一家は中流階級のプロテスタント家庭で、父親ジャンは市役所勤めの役人だったが、海軍に入った兄ギュスターヴの影響も大きく、また十六歳の時に父親が失職して一家が困窮したこともあり、十七歳で海軍兵学校に入り、以後士官候補生、のちには士官として四海にわたって海上勤務する。

その彼が初めて日本を訪れたのが一八八五年七月八日で、当時フランスは中国の清と戦争状態にあり、ロチはトリオンファント号に乗り組んで遠征していたが、その軍艦が修理が必要となり、長崎の造船所をめざして入港したのだった。そしてこの長崎での三十六日間の滞在が小説『お菊さん』に結実するわけだが（作品中では七十九日間となっている）、その後いったん戦闘の続いている中国に向かい、ひと月余りのち、ふたたび山東省から戻って日本沿岸部を航行し、九月二十三日から十月八日にかけては神戸港に、十月十一日から十一月十七日にかけては横浜港に停泊し、十七日の朝七時に出港して日本を離れている。この時の体験をもとに本書『日本秋景』が書かれたことは、先に述べた通りである。ロチは最後に今ひとたびの来日を果たしているが、それは約五年後の一九〇〇年のことで、この際は一九〇一年の十月三十日まで、三度に分けて都合五ヵ月ほど長崎に滞在し、その間、東京、横浜へも足を伸ばしている。そこからは、先回暮らしていた借家の大家のおかみとの再会をもとに、『お梅さんの三度目の春』という小説が生まれている。

そうすると、船岡末利氏編訳によるロチの一部未公表の日記[5]と突き合わせてみれば、本書『日本秋景』の各章がそれぞれ、ロチの以下の足跡をもとにしていることがわかる。

「京都」　九月二十三日〜十月六日の二週間の内の幾日かの一人旅行。
　十月七日の数人での京都行き。
「江戸の舞踏会」　十一月三日の鹿鳴館における天長節舞踏会出席。
「皇后の装束」　十月二十三日の鎌倉大仏見学。
　またはその他横浜停泊中の鎌倉への旅行[6]。
「日光の聖なる山」　十月二十七日〜二十九日の日光参拝。
「サムライたちの墓にて」　十一月十五日の午前九時頃の泉岳寺・四十七士の墓参り。
「江戸」　十一月十五日の右を含めた友人三人との東京遠足。
「『春』皇后」　十一月十日の赤坂仮皇居における観菊の宴出席。

さて、以上のように一八八五年の夏に初来日し、その最初の滞在を長崎でひと月送ったロチは、日本語もいくばくか覚え、風俗や習慣にもある程度通じたあげく、秋に再来日して、今度はいよいよ本州に入ったわけだが、彼はそこで見聞きし、体験したことを、新鮮な印象、驚きの冷めやらぬ内に、また記憶の消えぬ内に手帳や日記に書き留めていった。すでに十年以上にわたって世界各地を巡っては、当時の同国人たちがめったに踏み込めない地について、臨場感あるルポルタージュや実感豊かな小説を提供し続けていたロチはその方法論においても手だれとなっていた。そして本国に戻ってから、さてそれらを眺めながら反芻し、思い返してはパリの、またフランスの読者に向けてその紀行随想を綴る。一八八九年に単行本として刊行されるや、ベスト・セラーとなったこの書に、読者はいったい何を見ていたのか。大航海時代以来ヨーロッパで多々出版されてきた旅行記のたぐい、または時代としては早い部類の名所観光案内書《ガイドブック》、珍しい風物を描いた写生画帳《スケッチブック》、叙述の多岐にわたる民族誌学的報告書、現地現況報告書《ルポルタージュ》、エキゾチズム溢れる幻想的《ファンタジア》文学作品、漂泊の詩人による詩趣に富むエッセー、あるいは戯画《カリカチュア》、諷刺《サタイア》、もしくはドタバタ芝居《ファルス》……。

ともあれ本業はあくまでも海軍士官であったロチは、海軍大佐まで勤めたのち六十九歳で除隊しており、生涯いわゆる文壇からも、学会やジャーナリズムからも近くて遠い、ある意味では縛られない独立した立場を守っていた。

そういう意味ではロチは独自の興味、独自の方法論にのっとって、自由気ままに書いたのである。それは思いついたこと、頭に浮かんだことを次から次へと、まるで筆の走るままにサラサラと書いたかのような筆致となった。

「精度の高い五感」でもって対象に目を留め、耳にし、味わい、体験し、認識し、それらに触発されて発見したこと、気づいたことや連想したこと、また既知のものに照らし合わせての類似点や相違点を、比喩《メタファー》や形象《イメージャリー》、綺想《カプリス》を点綴しながら語ってゆくロチに、一読、読者はつられてゆくことになる。


頁を開ければ、最初の章は「京都」だが、ロチはのっけからヨーロッパ人にとって近寄ることのできない神秘的な聖都であった京都が、今では鉄道で行けるようになってしまってもう俗化の一途、台無しだとうそぶきつつ、夜明けに神戸港沖合いに停泊中の艦船を出発し、艀《はしけ》で水しぶきをどっさり浴びながら朝まだきの港にたどりつく。国籍不明の歓楽街を素描しつつ通ってゆくと鉄道の駅があり、おもちゃかと思うほど小さな機関車が待っている（実際、明治政府がイギリス技師に造らせた鉄道のレール幅は、世界標準の一四三五ミリメートルに対して一〇六七ミリメートルないしそれ以下で、それに従って車両も小型であった）。その鉄道で京都まで走ってゆく道すがら、ロチは広がる田園地帯と取り囲む山々の景色を自国フランスのドーフィネ地方になぞらえたり、かと思うと秋の稲田を縁どっている赤いヒガンバナの花を優美な羽根飾りに見立てたりしている。

　京都に着いてその驚くほど丈の高い竹林の下に入れば、自分をフランスの畑の伸びた麦穂の下でうごめく虫の姿として想像する。一方では外国人向けホテルに同宿している独身らしい二人のイギリス婦人のことを、ドレスが白い帆布雨具のようで、スカートの補正具がワイヤーのように突き出ているだの、オランウータンのように優雅だのと揶揄まじりに目を留めつつ、清水寺の舞台から下を覗けば、眼下の谷底に目が眩みそうになって、それをなぞらえるのに美術用語を持ち出して、透視画法で消失点へと一気に向かう特殊な技法、短縮遠近画法にたとえる。

それで言えば、「ジャポヌリー」が美術品や絵画に対する関心を主体とする言葉であるまさにその通りに、ロチは本書で情景を描写するにあたって、随所でそれらとのアナロジーを意識した叙述を行っている（ロチ自身、しろうとの域を脱した素描《デッサン》の名手だった）。たとえば「江戸《エド》」の章で、杉の木の間《こま》がくれに上野の暮れなずむ不忍池を眺める時、日本の画工であれば必ずや繊細な黒いアラベスク模様をなすこの杉の木の枝を前景にあしらって、そのもとの樹木の幹の部分は画面に入らないように断ち切ってしまうだろう、と日本絵画の技法に蘊蓄を傾けており、また夕映えの中の池とそこに群生する睡蓮とを描写してゆくロチのその筆致は、同じくジャポニスムを取り込んだ印象派画家モネの、かの「睡蓮」の連作と連動している、もしくは先取りしているようにわれわれには感ぜられるのである。

一八八五年と言えば明治一八年にあたり、当時すでに外交官、軍人、貿易商を始めとし多くの欧米人が日本に長期滞在しており、政府のいわゆる「お雇い外国人」もこの年には百五十五名とひと頃よりは減じているものの、明治年間の実総人数は八百人を下らない。[7] したがって外国人によるこの前後の時期の日本についての記録は、アメリカの言語学者チェンバレンや動物学者モース、ドイツの医師ベルツの著述を始めとして多くを数えるが、それらの中でもすでに述べたような点において、ロチの回想記録は特異である。試みに、馬車に代わる人を運ぶ手段として、欧米人の誰もが日本にきて初めて目にした「人力車」についての、モースの常識的で落ち着いた、好意的かつ物事を相対的に見ようとする科学者らしい綿密な描写[8]と比べてみるとよくわかる。

　ロチの記述では、たとえば鹿鳴館で催される舞踏会に向かう際、駅前の広場で「人力さん」たちがパーティーの参加者たちをめがけてカラスの襲来のごとく寄って来て、広場一面を黒くかげらせ、小悪魔の一団のように飛び跳ねたり騒いだり、押しのけ合ったりして客をつかまえる。そのあとは客たちは一人一人小車に乗せられて、相前後して、抜いたり抜かれたりしながら夜道を疾走してゆく。そこにある文学的な誇張法や連想法の作用によって、読者は絵画的にも鮮やかな人力車のイメージをとらえるが、同時にそれが現実を離れた空想ではなく、まるで現実世界を感度の良すぎるカメラか、または今はやりの３Ｄの画像を通して見ているような、つまり肉眼で見える以上のものを見ながら、それでいて眺めているのは現実世界にほかならない、という不思議な感覚に襲われるのである。

　それはまた、宮中の観菊宴に招かれた際、ロチが皇后や女官たちの身につけている絹布のまばゆさを様々な色調と輝きのせめぎ合いが激化して、金属と化して光るかのよう、と表現し、当時のヨーロッパ人の体格に比してあまりに小柄なその輝いた女官の姿を、妖精やハチドリにたとえる時、踏み込んだ異郷をワンダーランドそこのけに描写するロチにわれわれは微笑みながらも、同時に当時日本で製造された絹織物の粋が宮中にあったろうと推測できれば、その絹地に対するロチの観察を決しておおげさでなく受け取れるし、むしろその現実観察の精度の高さに驚くのである。

　もしかしたら、ロチにとってヨーロッパとより親和性もあり、またもっと若い時に土地の女性と恋愛に陥るという、凝縮した形でコミットした中東、北アフリカ、ひいてはタヒチと違い、最後まで距離を持ち、純粋に「異国」とみなしていた日本でこそ、「異和」と「接触」との間に化学反応の火花が散って、このような光芒を作品にもたらしたと言えるのかもしれない。まして海軍士官であったロチにとって、他の場所もある程度そうであるが、日本という国は、自分が望んで赴き、入念な準備や研究をした上で入った場所ではなく、いわばある日突然命令が下り、またいつまでいられるとの予想もできないまま踏み込んだ土地だった。その意味では日本はロチにとって、偶然性、偶発性の高い出合いをした国だったということもできる。そこに「距離」があるゆえの、逆説的な効果が生まれたということもできようか。

　現代のようなグローバル化、もしくは世界の平準化が進んでいなかった百三十年前のこの時代に、異国＝異世界に踏み込んでいった人間のドラスティックな文化接触、カルチャー・ショックのありようが、絶えざる動態として本人の生々しい肉声として綴られてゆく、その臨場感をわれわれが味わう場とも、この旅行記はなっている。ロチの叙述に客観性の欠けたところ、知識の欠損から来る間違いや曖昧さ、感情の勝つところから来るずれ、歪みがあったとしても、それは多かれ少なかれ、われわれ限定された一個人の免れないところである。むしろフランス海軍士官としての職務を果たし、その立場を失わずに、なおかつプロフェッショナルな抜きん出た文筆家たりえたピエール・ロチの筆使いをまずは丸ごと味わい、ロチの追体験をしてみたかった、というのが訳者のいつわらざる翻訳の動機である。

日本を旅して、ロチは夜半に果てしなく続く日光の杉街道を行きながら、冷気の中にしみこむ黄色い朽ち葉や苔、マツムシソウの立てる香気に逆に故郷フランスを強烈に思いだし、そのフランスにいた頃の憂鬱《メランコリー》を、今異国にいる自分の憂鬱《メランコリー》に照応させる。かと思えば、薄闇の中、上野の寛永寺の墓所に向かう途中、森に住むカラスたちの不穏な動きと発する叫びに、こぞって自分を襲うのではないか、という恐怖にとらえられ、彼にとってはヨーロッパとの異文化性を象徴しているような五重塔が屹立しているのを見て、激しい疎外感を覚える。

しかしこうした体験は、世界が到るところ似通いはじめた現在でさえ、ある状況や立場に置かれた時に、異文化の裂け目をふと体感させられることはあるのではないだろうか。他者の視線でもって呑気に異国を見学していたわれわれが、逆に他者の視線にさらされていると感じ、孤立感に襲われるということは今でもままある。こうして一瞬の輝き（そこには他者との合一、一体感の幻想も時おり含まれる。）とそのつかの間のはかなさという、ロチの持ち味である濃厚な旅情をかもし出す磁場に、日本がなっていることは見のがせない。われわれはなぜロチのこの書物が、あの時代のフランスのみならずヨーロッパの人々を惹きつけ、かつジャポニスムの醸成に貢献したのか、ということを見つめ直す必要があるのではないだろうか。

そしてロチに評価すべき点があるとすれば、詩的な散文家であったロチは、（時にその綺想が成功しているとは言えない場合があるにしても、またロチが読者を意識して、多少叙述に無理をするということがあったにしても、）決して感覚において、情感において、「嘘はつかない」ということである。正直な、あまりに正直なロチの実感がそこでは筆に載せられていて、時にわれわれをぎょっとさせることもある。ロチの見た日本人たちが時に、猿のようだ、と評されたりしていれば、当時の植民地時代の欧米人の、アジア人差別から来る通弊、クリシェ（紋切り型表現）がここにも顔を出している、と鼻白む読者もおられることだろう。それはあるいは事実かもしれない。しかし一方で、少し弁護すれば、ロチはパリの水にもかなり洗われた人物で、もともと辛口の論評をとかく好んで口が悪く、皮肉やからかい、嘲笑はお手のものであって、その対象は様々なものに及んでいて日本、またはアジアだけとは限らない。だから彼の写生文は、極端な場合にははっきりと戯画《カリカチュア》に到るのである。それにまた、この紀行文の書かれた時期のロチの心象についても考える必要があるだろう。

同年の七月に初来日して、長崎でひと月、現地妻をめとって暮らし、それが小説『お菊さん』に結実したことはよく知られている事実だが、小説と当時の日記を読み合わせても、ロチが相手の女性おかね（小説ではお菊さん）との間に情愛が生まれず、むしろそのディスコミュニケーションに苛立ちと憂鬱《ゆううつ》をつのらせていたことが見て取れる。そもそも金銭と契約で成り立っている関係に「情愛」を求めるロチの方が無理と言えば無理だが、それまでは欧米人の優位性とオリエンタリズムの夢想に乗るようにして、若くハンサムだったロチはタヒチでは現地女性の憧憬と熱愛の的になり（『ロチの結婚』）、当時トルコ領のサロニカでは、ハーレムの女性と危険に満ちた情熱的な恋をし（『アジヤデ』）、セネガルでは黒人の少女から激しく思慕された（『アフリカ騎兵』）。それはいわゆるコロニアリズム、オリエンタリズムの時代の西欧の男たちの「土地の女との果敢《はか》ない、しかし濃密なロマンス」というひとつの夢想の型の体現ではあるが、また一方では異文化のなす障壁を男女の仲によって突きやぶり、いわば通底させるという、かりに幻想であるにもせよ、ひとつの力技をなしてきた、と言ってもいいかもしれない。とくにロチのようにややナルシズムの強いロマンチシズムを抱えた人間にとっては、赴いた土地がその恋愛体験の色合いに染め上げられる傾向があるのは否定できないだろう。

しかし日本で初めて、ロチはそのことに挫折した。この「オキクサン」および「オキクサン」との関係における幻滅は、意外に大きな傷をロチの心につけたのではないだろうか。本書で繰り返し呟かれる二つの文化間の溝、違和感、白けた思い、揶揄《やゆ》、孤独、疎外感、メランコリーはその反響《エコー》でもあり、それは秋の紀行文にいかにもふさわしい旅愁であると同時に、ロチの受けた傷が案外深かった証しとも受け取られるのである。

しかしあとづけで考えてみれば、ひと月後ふたたび来日してのこの秋の旅行が、その傷心を癒やす旅にもなっているように私には感ぜられる。両文化間の隔絶は隔絶として、ロチは軽薄とも見えるほど、またあるいは気楽に、本国の友人たちに向けて（各章には必ず誰に向けたものかが記されている）見たもの、聞いたものを綴ってゆく。記録されるものと実際の旅行体験との間にはタイムラグがあったかもしれないが、少なくともロチは日本にあっては自分があくまでもよそ者であり、行きずりの人間だという認識を日々あらたにしていたのではないだろうか。そこには一種の諦念が生まれている。またその距離感が逆に余裕を生み、ロチの弄するからかいや諧謔にも年季が入ってくる。

彼はこの本州旅行のほとんどを単独行動している。長崎滞在、いやそれ以前から彼の相棒よろしく行動を共にしていた、同艦の水夫イヴ（本名はピエール）は本国に帰還しており、傍らにはいない。ロチは直接の楯や避難場所になるものもなく、日本に対して一人で肌身をさらしていた。もちろん彼には日本政府の通行許可証があり、背後にはフランス海軍や公使館がひかえている。また行く先はどこもかなり開けた観光地や都会であって、身の危険に脅かされるほどのこともない。しかし異国で孤独な一人旅をしていることには変わりはない。しかしそのためかえって、行きずりの日本人たちとのちょっとした触れ合いにも、相手の心情を汲み取ろうとする箇所もある。

自分を「よそ者」と位置づけるいわば諦念と認識を深めながらも、ふと袖振り合う、またはかいま見る行きずりの日本人の心根を、一瞬にしてキャッチして吸い取ろうとするロチには、むしろ独りで旅している人間ならではの、同じ人間としての日本人に対する、驚くほどの注意の凝らし方が見られるのである。日光に行く途中の汽車で同じ客室に乗り合わせた軍人夫婦や、浅草の寺で一心に何事かを祈る家族の姿もそうであるし、ある時は、宇都宮での身につかない洋装を強いられている役人や、同じ浅草の寺で病いを治してもらおうと必死になっている女性のこちらを見返す視線の中に、無責任な「他者の視線」を振りまくロチ自身に対する抗弁さえ読み取っている。そこに逆にロチの人々と心意を通じ合わせたい、という欲求あるいは切望を見て取ることは可能である。それが実際にどこまでできたかは別の話であるし、昨今よく言われる「ロチは日本を本当に理解していたのか、いなかったのか」という議論ともまた無縁のことである。

つまるところ、ロチがフランスでこの書物を発表してから、すでに百三十年余りの月日が経っている。その間、ジャポニスムの熱は沈静すると同時により広範に浸透するようになり、また世界情勢が変化すると同時に日本の状況や文化の様態も変遷をたどった。古い日本を色濃く残しながらも、西欧の文明社会の型をモデルに近代国家建設の早普請を急いでいた日本の姿を、たまたま職務に促されて立ち寄り、目の当たりにしたフランスの海軍士官が、それを活写した。

一人の固有の文化背景、文化体験を持った、そういう意味では限定された一個人が、きわめて優れた観察者にして詩人的素質をそなえており、当時の日本がその作家の視線を浴び、かつ浴びせ返すことによって、作家のさらなる視線を引き起こした。オリエンタリズム、ポスト・コロニアリズムの「視線《まなざし》」の見直し、吟味という洗礼を経たあとのわれわれにあってみれば、一個の政治的、社会的、文化的背景を背負った人間の視線の限定性は、現代のわれわれ全ての人間もまた、多かれ少なかれ免れることのできない自明のもので、その視座に立って虚心坦懐にロチのこの書を読めば、単なる当時の「ジャポニスム」熱の産物とか、「オリエンタリズム」の所産といったレッテルに回収することのできない、真実や美のこぼれるような輝きをそこに発見できるだろう。近代化の過渡期にあって、古いものが失われてゆく、新しいものが押し寄せてくる、そのせめぎ合いのさなかにあった明治中期の日本の姿を、この特異な才能を持つ写生詩人が描きとどめ、素描、写生、肖像、群像、漫画、戯画という様々な形で文章に残してくれたことに、私は感謝に似た、ひとつの感慨を抱くのである。

おりしも一九八〇年代後半から、とりわけロチ生誕百五十周年を迎えた二〇〇〇年と前後して、フランスの文学界でもロチ復権の動きが見られた。アラン・ビュイジーヌやアラン・ケラ＝ヴィレジェによる本格的な評伝が世に出て、様々な校訂版で作品があらたな出版を見、またピエール・ロチ協会を中心とする研究活動も盛んである。ロチの直後の世代、とくにシュールレアリストたちからロチは攻撃され、一時は「過去の人気作家」として葬り去られそうになり、また異国趣味、植民地主義の作家と片づけられがちにもなったが、一方プルーストに偏愛され、ヘンリー・ジェイムズの手放しの賞讃を浴びてもいた。そのロチという作家が、現在本来の正しい文学史上の位置を得つつあるように思う。

日本でも二〇〇〇年に久しぶりに『アジヤデ』の新訳（工藤庸子訳）が出、以降その他の作品も翻訳出版されている。また上述したアラン・ケラ＝ヴィレジェの大部な評伝も訳出され（二〇一〇）、その訳者、遠藤文彦氏の訳書『倦怠の華』（二〇〇九）、論著『ピエール・ロチ　珍妙さの美学』（二〇〇一）も上梓されて、新論も出始めている。かって芥川龍之介が「芸術家」として賞《め》で、また永井荷風が私淑したロチは、一九二〇年代から五〇年代にかけて、吉江喬松訳『氷島の漁夫』（一九二八）、野上豊一郎訳『お菊さん』（一九二九）、佐藤輝夫訳『アヂィアデ』（一九五二）、渡辺一夫訳『アフリカ騎兵』（一九五二）など、錚々たる人の翻訳も交えて、ほとんどの作品が日本で訳出されたのだが、日本でもその復権が果たされるだろうか。本書が、日本におけるロチ再評価の一助となれば、訳者にとってこれほどの幸いはない。
ちなみに本書の日本語訳は、早く飯田旗郎（旗軒）の抄訳が『陸眼八目』（一八九〇）の名で、不完全ながら高瀬俊郎訳の『日本印象記』（一九一四）が、また村上菊一郎、吉永清訳『秋の日本』（一九四二）が戦前に出されている。戦後になって村上ら訳の『秋の日本』は、戦前はばかられて省かれていた部分が補われて再出版され、また下田行夫も完訳『秋の日本風物誌』（一九五三）を詳しい注釈つきで刊行している。先人の訳業を多としたい。

本書の翻訳に際して、ロチが日本固有の事物に言及する場合、初出の方では作者や読者の馴染んだフランス語の言語表現の中で説明しようとするロチの感覚を大事にし、またその視点に寄り添って、なるべく当時のヨーロッパ人の概念範疇におさまる言葉を用いるようにし、事物を表す通常の日本語は〔　〕内に付した。が、後半ではいちいち違和感が生じて通読のさまたげとならぬよう、同じフランス語表現が用いられていても、人力車、畳《たたみ》、火鉢のような日本語として馴染んだ言葉をそのままあてるようにした。そんなやり方がよかったのかどうかわからないが、私としてはそうすることによって、自らとは異質な文化を把握し吸収する、ロチの生《なま》な心情を出したかった次第である。

本書の刊行にあたっては、多くの方々にお世話になった。
中でも、中央公論新社への仲介の労を取ってくださった沓掛良彦先生に、心よりお礼を申し上げたい。同社の郡司典夫さんは、優秀な編集者であるばかりでなく、本書の作成の過程で実に多くの大事な示唆を与えてくださった。ただ感謝するばかりである。

そして日光の市役所に勤めていらした石川茂さんには、一度ならず日光東照宮に同行していただき、ロチの文章と照らし合わせて、一緒に境内の事物を同定していただいた。あらためてお礼を申し上げる。また私事にわたるが、明治期の経済史が専門のわが伴侶、東條正には同時期についての種々のアドヴァイスを得た。ここに謝意をしるすことをお許しいただきたい。

とはいえ、もし本書に誤謬があるとすれば、それは全て訳者の責任である。読者のご叱正を待ちたい。

市川裕見子

二〇二〇年八月

1 ジャック・シャストネ『共和主義者たちの共和国』一九五四年。河盛好蔵『フランス文壇史』文藝春秋新社、一九六一年、一七九頁より。
2 馬渕明子『ジャポニスム—幻想の日本』ブリュッケ、二〇〇四年、一〇頁。
3 船岡末利・編訳『ロチのニッポン日記』有隣堂、一九七九年、二〇三頁。
4 岡谷公二『ピエル・ロティの館』作品社、二〇〇〇年、一一六頁。
5 船岡末利、同右。
6 ロチの本文では、鎌倉鶴岡八幡宮を訪れたのは十一月十二日としているが、日記にその記述がないこともあって、実際の日程は定かではない。
7 梅渓昇『お雇い外国人』講談社学術文庫、二〇〇七年、二二三—二二四頁。
8 E・S・モース『日本その日その日』平凡社、一九七〇年、六—八頁。
9 酒井三喜「遁走する異邦」、『スタンダール、ロチ、モーリヤック』朝日出版社、二〇一〇年、一五頁。

註

1　一八二二〜一八九六。フランスの作家、美術評論家。弟ジュールとともにゴンクール兄弟として『日記』等を発表した。浮世絵など近世日本美術の紹介につとめ、ジャポニスムの興隆に多大の役割を果たしている。

2　京都―大阪―神戸間の鉄道は、一八七二年（明治五年）の東京（新橋）―横浜間の鉄道敷設に続き、一八七七年（明治一〇年）に開通した。

3　軍艦の艦種のひとつで、主に艦隊、船団護衛用の軍艦をさす。ロチの乗艦トリオンファント号は、一八八五年九月二三日に神戸に錨をおろした。

4　ヨーロッパの鉄道は一般的にはレールの幅（軌間）が四フィート八・五インチ（一四三五ミリ）、またはそれ以上の五、六フィートの広軌もあったが、日本は鉄道開設にあたって、それより狭い一〇六七ミリを採用し、それに従って汽車の車体自体も小さかった。

5　ロチは cigogne（コウノトリ）と書いている。コウノトリの可能性もなくはないが、一般的にはツルであろう。ただ、日本でもツルとコウノトリは混同されてきた経緯もあり、以下、適宜訳す。

6　当時の人力車は、速度をあげるため、また長距離利用するなどのために二人引き、三人引きをすることがあり、この場合は二人引きで一人の車夫が二本の梶棒の間に入り、前に渡した横棒を柄にして走り、もう一人の車夫はその柄と自分の身体を白ひもでつなげ、先を走った。

7　京都で初めての西洋風ホテルで、一八八一年（明治一四年）に長崎県出身の井上万吉が、現在の円山公園内に建築、開業した。

8　テニスの前身の競技。以下テニスと訳す。

9　一六六〇～一七四四。イギリスの初代モールバラ公爵ジョン・チャーチルの夫人サラ・ジェニングス。名誉革命以後、アン女王のもとで権勢をふるった。

10　明治初年の仏教排撃運動、いわゆる廃仏棄釈の結果である。

11　描くものを画表面と斜交もしくは直交させて配置し、透視画法的に形態が縮減して見えるようにする技法。

12　ここでは薄手の綿織物をさす。

13　一八五〇年代後半に、スカートをふっくらとふくらませるために、鯨ヒゲや針金を幾重も輪状にして組んだ骨組みをつくり、それをスカートの下に着用する（これをクリノリンという）ようになったが、一八八五年のこの段階では、描写されるような形は不恰好であるとともに流行遅れだろう。

14　ロチは cigale（セミ）としている。ロチが cigale の言葉にセミだけではなく、キリギリスのような鳴く虫も含めていた可能性もあるが、後出の例を見ると、少なくとも基本的に夏に鳴く虫と考えていたようである。これ以降も、しばしば秋に鳴く虫を、夏のセミのなごりとしている。以下、適宜訳す。

15　西本願寺には豊臣秀吉の伏見城や聚楽第の遺構が残ると伝えられており、ここでは西本願寺をさす。

16　当時は松方デフレと呼ばれる大不況が極限に達していた時期で、全国的に生活困窮者が増えていた。京都においても、天皇が新都・東京に移り去ったことに加えて、この不景気のため失業者が多発し、多くの人々が、家を失ったり、人力車夫となったりした。ロチのこの前後の文章にも、「打ち捨てられた」京都の人家、客をつかまえようと群がる車夫の描写など、さまざまなその影響のあとが見て取れる。

17　実際は金箔、金粉もあろうが、ロチは西洋の感覚でこう言っている。

18　角材を格子形に組み、上に板を張った天井。

19　註5参照のこと。寺内には対面所に雲とコウノトリを透かし彫りにした欄間があり、そのためその部屋は「鴻《こうのとり》の間」と呼ばれているほどであるが、ロチの描写を読むと、同じ対面所の花鳥図のツルや、またむしろ「雁の間」の蘆雁図の雁《かり》などを表現しているように思われる。

20　キリストの聖体として聖別されたパンを高く挙げて示す儀式。

21 明治天皇の嫡母、英照皇太后（一八三五～一八九七）。

22 実際には大仏自体の高さ（座高）は一五メートル弱である。

23 大仏の顔と体をつなぐ頸部は、何度もの修復によって当時不自然なものとなっていたことは、ロチ一人の観察ではない。たとえば森鷗外は帝室博物館総長だった大正六年から一一年にかけて、毎年正倉院保持に立ち会うため奈良を訪れていたが、その際に、「盧舎那仏　仰ぎて見れば　あまたたび　継がれし首の　安げなるかな」（「奈良五十首」）と歌を詠んでいる。

ちなみに同じく東大寺を詠って、「大鐘を　ヤンキイ衝けり　その音は　をかしけれども　大きなる音」とあるのは、大正時代にもロチと同じように鐘をつきたがる外国人が目に立ったのだろうか。

24 古代、中世に敵の城を崩落させるのに用いた。

25 稲穂、巻物、鍵または玉か。

26 ロチは和紙もそうだが、これも米で出来ていることにしてしまう。米粉を原料とすることもあるかもしれないが、一般的ではないだろう。

27 北野天満宮で、毎月二五日に催される縁日「天神さん」の日だったのだろうか。

28 北野天満宮の用いる荒枝付き左陰三階松の紋を、ロチはこのように見立てたのか。

29 ロチは pagoda（パゴダ）としており、一番多いのは仏塔をさす言葉だろうが、ロチは寺院や神社にもこの言葉を用いている。以下、適宜訳す。

30 十九世紀後半に流行したスカートの後腰部の膨らみ。

31 ロチは bonzes（僧侶）と書いているが、神官たちであろう。また、神社も temple をあてていて、仏教の寺院と区別をしていない。それはいわゆる神仏分離令（一八六八年）が発せられた後とはいえ、神仏習合の形態が色濃く残っていたその時代の反映といえないこともないが、またロチにとって判別の難しさもあったのだろう。以後は神官の場合は神官と訳す。

32 おそらくは十月一日～五日に行われる「ずいき祭」のことであろう。農耕儀礼の祭りで祭礼行列がある。

33 これも長さについての、ロチの大げさな物言いだろう。
34 民族舞曲のひとつ。十九世紀を通じてヨーロッパで流行した。
35 長さの旧単位、一クデが約五〇センチメートル。ただし、ロチが三十三間堂を三三クデの長さをもつお堂と解釈したのは間違い（註41参照）。
36 実際は約一二〇メートルである。
37 実際は四二本。
38 三十三間堂では、「通し矢」（的《まと》にあたった矢の意）といって、お堂の西縁（長さ一二〇メートル）を南から北へ射通し、的にあてる競技が江戸時代を通して盛んに行われた。矢数は合計すると一〇〇万本に達するという。
39 怪獣などをかたどった雨水の吐水口。
40 ロチは仏像という程度の意味で阿弥陀像と言っているのかもしれない。手が六本となれば、阿修羅や明王などだろう。
41 ロチの誤り。三十三間堂の名称は、内陣に柱間《はしらま》（柱と柱の間）が三三あることに由来する。
42 Julia Allard。一八四〇～一八九七。作家アルフォンス・ドーデ夫人であると同時に、自ら文学論なども発表する文筆家だった。
43 ロチはこの年の七月八日から八月一二日にかけて、長崎で初の日本滞在をしている。
44 一八六八年に江戸は東京と改称されていたが、一八八五年当時、まだ東京をエドと呼ぶ外国人は少なからずいた。ロチは本書において、一貫して江戸《エド》の呼称を用いている。
45 キリスト教の葬儀では、多くは黒の布地に白の十字架が描かれている。
46 鹿鳴館は薩摩藩中屋敷（装束屋敷）のあったところに建てられたが、その装束屋敷の黒門（旧国宝）は、唐破風造りの番所が両側についた重厚なもので、そのまま鹿鳴館の正門としてもちいられた。
47 ジョサイア・コンドルの設計で、現在の千代田区内幸町一―一の地に建てられた。一八八三年七月に完成している。

48 フランス王家のシンボル。
49 外務大臣井上馨夫人・武子。
50 ロチはそう記している。
51 武子は当時三五歳。
52 宮中顧問官、鍋島直大侯爵夫人榮子《ながこ》。
53 十七、八世紀にヨーロッパで流行った舞曲のひとつで、男女がグループになって対面して踊り、順次相手を替えてゆくもの。
54 色紙を用いた、蛇腹式の飾りをつけた提灯。
55 当時ロチは一八八四年から一八八五年にかけての清仏戦争において、一八八五年五月から台湾での戦闘に参加し、六月に天津で講和条約が結ばれたのち、軍艦の修理点検のために日本を訪れた。ここでロチが清（と日本）の国旗を前にしてなんらかの脅威、または感慨を覚えたとしても不思議ではない。註71参照のこと。
56 一八七四年、ルコック作曲のオペレッタ。
57 カドリーユ（男女四人一組のダンス）の内の牧歌的ダンス。
58 型枠を下に着用して、ふんわりとふくらませたスカート。
59 イギリスのカドガン将軍に由来する、リボンでうなじに束ねた髪形。
60 舞踏会では、女性の踊り手がこの「舞踏会の手帳」を持ち、順次踊られるダンスの名と、そのダンスの相手を務める男性の名を、心覚えに書き入れておく。
61 英国起源のスクエアダンス。
62 ヨーロッパ周辺国、たとえばロシアでは上流階級の近代化された女性たちは、フランス宮廷風の衣服を身に着け、フランス語で会話することが通常であったので、ヨーロッパのドレスを身にまとった日本女性が日本語を話していたことに、ロチは意外の感を持ったのだろうか。
63 ルイ十五世（在位一七一五～一七七四）の愛妾。ポンパドゥール侯爵夫人は「ロココの華」と謳われたが、装いには柔らかな色彩の可憐な花束、花房、小花等を好んで用いた。

64　一六八四～一七二一。フランスの画家でロココ様式の雅宴画の確立者。

65　一八一九～一八八〇。『天国と地獄』で有名な、ドイツ出身のオペレッタ作曲家。

66　おそらくは昭憲皇太后付女官で、フランス語の通訳を務めた山川操だろうと思われる。彼女は会津藩の国家老の娘で、ロシアに留学してフランス語を身につけ、帰国後一八八四年に宮内省御用掛に任用されている。戊辰戦争で会津軍を率いた山川大蔵（のちの浩）は兄、大山巌伯爵夫人捨松は妹である。

67　お辞儀で下を向いたまま、長広舌の挨拶の言葉を述べるために、口中にたまる唾をひんぱんにすすり上げることになる、その独特のしゃべり方を言ったのだろう。幕末から明治初期にかけて来日したほかの外国人、メーチニコフやエミール・ギメらも非常に特徴的だと思ったようで、このシューシューという音に言及している。

68　小鳥のヒワの一種。

69　カルパントラはフランスの南端部、ヴォクリューズ県の町、ランデルノーはフランスの北西部、ブルターニュ地方の町である。

70　一八〇七～一八五五。フランスの当時有名だった作曲家。

71　註55参照のこと。ハノイを中心としたインドシナ北部地帯（トンキン）をフランスがたびたび攻略して一帯を自国の保護領としたが、これが清の軍事介入を招き、一帯は戦火に見舞われた。このいわゆる清仏戦争で、フランスは敗北を喫した戦闘もあり、相当の痛手をこうむった。ロチが「中国人の目」の「傲岸」を言うのはこのことだろう。ロチの乗っていた軍艦トリオンファント号も、このフランスの世界的戦略図の絵図の中にあった。

72　一八八〇年にフランスの作曲家エドモンド・オードランが作曲したオペレッタ。

73　「たまやー」「かぎやー」といった掛け声か。

74　ロチは作品『お菊さん』、『わが弟分イヴ』でこの登場人物を出しており、モデルはロチとよく行動を共にした同艦の水夫ピエール・ル・コル。ただし実際にはこの日の散歩にピエールは同道していないので、フィクションか、もしくは別の人物が同伴したのだろう。

75　イチハツまたはアヤメの類いであろう。「柴棟」という、棟からの雨漏りを防ぐための「棟仕舞い」の一種で、日本ではこうした花や芝を屋根に植える習慣があった。ただしロチは自生したものと取ったようである。

76　註29参照のこと。ロチは神社でも寺でも、区別をせずにpagodaという言葉で呼ぶ。ここは祠《ほこら》だろう。

77　この地形の描写を見ると、次の章「皇后の装束」とよく似ており、したがって場所は同じく、天然の要害と言われ、七つの切通しを持つとされる鎌倉一帯だと思われる。

78　十六世紀フランスの作家ラブレーの『ガルガンチュアとパンタグリュエルの物語』の主人公。大食漢の巨人。

79　Louise Murat。一八〇五〜一八八九。ラスポーニ伯ジュリオ夫人。

80　国宝「五襲《いつつがさね》の衣《きぬ》」。かつて鶴岡八幡宮が収蔵していたが、現在は東京国立博物館にあり、鎌倉初期のものとされている。

81　記紀伝承では、神功皇后は仲哀天皇の后で、天皇の死後、新羅を攻略して凱旋し、筑紫で応神天皇を出産したという。

82　リュー（lieue）はフランスの古い距離の単位。一リューは約四キロメートルだが、一里は約三・九キロメートルなのでほぼ同じ。

83　京都より時代が古いとしているのはロチの資料の間違い、もしくはロチの勘違いであろう。以下同様。

84　「歌合せ（人々を左右に分けて、詠んだ歌の優劣を競うもの）」のことだろうが、史実としてはどうか。

85　ロチはcigale（セミ、半翅目セミ科の昆虫の総称）と書いている。註14参照のこと。

86　ロチはgerfaut（シロハヤブサ）と記している。

87　ロチの観察は正しく、若宮大路は一一八〇年代初頭に、源頼朝により鎌倉都市計画の基幹として造営されている。また、若宮大路には段葛《だんかずら》と呼ばれる、道の中央を高く盛って両側を石で固めた独特の構造が見られるが、これは山を削って宅地造成したために、雨などの際道路に土砂や水が流れ込み、ぬかるんで歩きにくかったため、中央に一段高い道（幅九メートル、高さ五〇センチ弱）を設けたことによる。その段葛に樹木が植えられたのは明治期になってからで、すぐあとにロチが道の中央に並木がある、と言っているのもこれを指していると思われる。
88 本書の「『春』皇后」の章を参照のこと。
89 註133参照のこと。
90 高徳院清浄泉寺。
91 実際は仏像の高さは一一メートル強、台座をいれても一三メートル強である。
92 ロチは、たとえば「開けゴマ！」の呪文のように、それさえあれば入構が許可されるので、こう言うのであろう。
93 城壁をかたどった冠。古代ローマでは敵の城壁に一番乗りをした戦士に与えられた金冠。
94 国宝・籬菊螺鈿蒔絵硯箱のことだろうが、日蓮が使った証拠はない。
95 国宝・太刀銘正恒などであろう。
96 インド産イネ科植物の根からとる香油。
97 註125参照のこと。
98 ロチの小説『お菊さん』に、長崎滞在の際の借家の家主の妻として出てくる人物。のちに実在したその女性をモデルに、小説『お梅さんの三度目の春』を書いている。
99 ロチは輪舞《ロンド》と書いている。
100 一八五三〜一九一四。フランスの詩人、劇作家、批評家。印象批評の代表者。
101 一八四八〜一九二一。南仏トゥーロン出身の劇作家、小説家、詩人。
102 註82参照のこと。
103 ロチは天皇と同じ empereur をあてている。
104 註86参照のこと。
105 ロチが日光旅行に出かけたのは、正確には一〇月二七日で、おそらく二九日に横浜に戻っている。
106 一一月一一日頃の、紀元四世紀の聖人サン・マルタンにちなむ祭りの時期の小春日和を言う。

107 ロチが旅行したこの一八八五年と同年の七月に、日本鉄道会社は大宮駅―宇都宮駅の区間を開通させ、上野駅―宇都宮駅の鉄道路線が出来上がった。

108 ロチは醬油を、ナンプラーのような魚醬《ぎょしょう》と思ったのだろう。

109 元和三年（一六一七年）日光東照宮が造営され、寛永二年（一六二五年）頃から幕臣松平正剛により植えられた。

110 キリスト教建築において、入り口から主祭壇へと向かう中央通路を指す。主廊ともいう。

111 ペロー（一六二八～一七〇三）の童話の主人公。貧しい木こりの子で、兄たちとともに森に捨てられる。夜、森の中で人喰い鬼の家の灯りにおびきよせられてしまうが、機転をきかせてついには鬼を退治して、一家に富をもたらす。

112 ビロードに似た長くやわらかなけばのある布。

113 この直後の記述も含めて、ロチは馬頭観音と阿弥陀如来を取り違えているようである。姿の激しい馬頭観音と穏やかな阿弥陀如来の描写が逆になっている。

114 初代若狭小浜藩主で、家光、家綱の時代に老中、大老を務めた。ただしロチが見たのは、文化一二年（一八一五）に焼失後、文政元年（一八一八）に十代藩主酒井忠進が再建した、現在の五重塔である。

115 実際に巫女のいるのが神楽殿だとすれば、三番目の敷地、すなわち陽明門をくぐった先にあるのだが、ロチはこのように記している。

116 スルプリもしくはサープリスは、カトリックの司祭がミサの時に長衣の上に着る白い袖のゆったりとした衣であるが、ロチは巫女の白い小袖をそれになぞらえているのである。

117 クラゲは円形模様などの見間違いではないかと思われる。以下同様。

118 この場合は、哨兵（見張りの兵）が詰める、一人が入るほどの箱型の小屋。

119 十六世紀に発掘された、もとファルネーゼ家所有のグレコ・ローマン様式のヘラクレス像。現在はナポリ国立考古学博物館に収蔵されている。

120 実際には二天門には四体の像が配置されており、前面に持国天・広目天、後面に風神・雷神の像がある。

121 そこから「化け地蔵」の名がついて、現在、憾満ヶ淵（含満ヶ淵）沿いに今も名残りを残している。

122 フランス語gnome、地中に住み、地中の宝を守る地の精で、醜い小人。

123 氷河の浸食によって山地の斜面に生じた半円形の窪地。

124 中禅寺湖と思われるが、その日に徒歩でそこまで行くのは無理ではないか。他の文献でも、ロチが実際にそこまで行った形跡はない。

125 campanule。ツリガネソウは通常春から夏にかけて咲くので、一〇月末の時点で咲いているのは、リンドウ、あるいはひょっとしたらキキョウなどかとも思われるが、確定できない。

126 二荒山神社の菊水祭りか。一八八五年には一〇月二九日に行われ、前夜から各戸で提灯を灯して賑わったという。例年に比べ、この年の祭りが特に盛大だったことは、二九日に栃木県会議事堂の新築落成の式典が行われたことと関わっており、この後の記述の「お役人の行列」は、この式典行事の一環だろう。

ロチが実際に日光を訪れたのは文中にあるような一一月ではなく、一〇月二七日からなので（註105参照）、ロチは帰りに宇都宮でこの祝祭行事に出合ったのだろう。

127 前年の一八八四年に新築された栃木県庁のことを言っている。

128 色紙を用いた、蛇腹式の飾りをつけた提灯。註54参照のこと。

129 メキシコ銀貨は当時、アメリカの一ドル銀貨として通用していた。また、日本の銀貨が「幻獣がとぐろを巻いている」というのは龍のことで、ヨーロッパ諸国などでは貨幣に君主の像が描かれたりするが、日本では天皇の肖像は恐れ多いということで、君主を象徴する龍が描かれたことによる。

130 パリのシテ島の先端にかかる橋。ここでは当時からその河岸にあったデパート、「ラ・サマリテーヌ」をさしているか。

131 一八八五年の七月に上野―宇都宮間の鉄道が完成したことは先（註107）に述べたが、同じ一八八五年の三月には赤羽―板橋―新宿―渋谷―品川駅の路線（品川線）も敷設されており、ロチは赤羽で品川線に乗り換えて、さらに品川駅から横浜駅まで乗って帰船したのだろう。なお、駅に着いたのが一〇時ごろ vers dix heures とあるが、先に「午後一時から夕方の五時までは、急行列車の旅」とあることから、一〇時（dix heures）は六時（six heures）の間違い、または誤植ではないかと思われる。

132　ロチは高輪の泉岳寺を訪れている。

133　camélia。一一月の時期を考えると、「山茶花《さざんか》」かもしれないが、特定はできない。

134　史実としては殿中事件の翌年、一七〇二年（ただし旧暦で数えた場合で、すなわち元禄一五年一二月一四日。新暦では一七〇三年一月三〇日となる）にこの討ち入りは行われている。そのことは、この後ロチが正確に一七〇二年とその年を記している通りである。なお、実際には処分が下るまで浪士たちは複数の大名屋敷に分けて預けられ、その後、各大名屋敷で切腹した。

135　ブリストル（イギリス南西部の都市）産の、素描画や名刺、招待状に用いる上質厚紙。

136　一八四〇〜一九〇六。フランスの詩人、作家。

137　おそらく実際には一一月一五日の日曜日。ロチが横浜港を出港して日本を離れたのは、一八八五年の一一月一七日である。ロチの日記によれば、その二日前の一一月一五日（日曜日）に友人と泉岳寺、増上寺、そして浅草、上野、吉原をまわっている。

138　当時ロチの艦船は、横浜に停泊していた。

139　註137参照のこと。

140　浄土宗大本山増上寺は徳川家の菩提寺となり、一五九八年家康によってこの地に移されて以来、壮大さを誇ったが、一九四五年の二度にわたる空襲によって被災し、その建造物群のほとんどが焼失した。ただし先の三解脱門は戦災をまぬがれて、現在も残っている。このロチの記述には、当時の明治政府治下の寺の様子がうかがわれる。

141　両方ともパリの有名デパート。

142　越後屋（のちの三越）だろうか。越後屋と並んで江戸の三大呉服店だった白木屋、大丸も考えられる。

143 馬が線路の上に乗った車を引く鉄道で、十九世紀イギリスに誕生した。日本では一八八二年に「東京馬車鉄道」が初の運行を開始したが、次第に電車などに取ってかわられ、衰退した。

144 浅草寺は都内最古の寺で、観音菩薩を本尊とすることから「浅草観音」と呼ばれる。一九四五年の東京大空襲で、旧国宝の本堂や五重塔は焼失している。

145 一四六五頃～一五二四。ドイツの画家。死を擬人化した「骸骨」が、あらゆる身分の人々を訪れ死へと導く、一連の「死の舞踏」に関する木版画は有名である。

146 イエス・キリストが、聖堂内で商売をする者たちを追い出したことをさす言葉（「ヨハネによる福音書」第二章一三節～一六節など）。

147 十六羅漢の一人、賓頭盧《びんずる》尊者。大正の大震災前までは、本堂背後の六十六仏堂に鎮座していた。

148 パリ西部の公園になっている森。

149 パリのコンコルド広場とド・ゴール広場を結ぶ大通り。

150 ロチはここで、当時フランスに広まっていた日本的絵画《ジャポヌリー》について語っている。ジャポネズリー（日本趣味）は早くも一八七〇年代半ばからフランスの印象派画家モネらによって取り入れられ始めており、その後のヨーロッパ絵画にセザンヌ、ゴッホを含め、さらに大きな影響をおよぼしたことは知られている通りである。それにはゴンクール兄弟の文筆活動や、ロチの日本を題材にした文章も与《あずか》っていたことは疑いのないところだろう。

151 一八八一年、第二回内国勧業博覧会に合わせて建てられた、ジョサイア・コンドル設計のレンガ造り二階建ての建物。上野公園の寛永寺本坊跡、現在の東京国立博物館本館の位置にあった。

152 このいわゆる上野の大仏は、現在は顔の部分だけがレリーフとして公園に残っている。

153 この遊郭は現在の台東区千東三、四丁目にあった。

154 一八四九頃～一九三六。パリでサロンを開き、自らも執筆して『サラワクでの生活』（一九一三）などを著した。

155 紀州徳川家の旧藩邸で、一八七三年に皇居だった旧江戸城西の丸御殿が火災で焼失したため、それから一八八八年までの一五年間仮皇居となっていた。現在残って、迎賓館赤坂離宮となっている洋式建築は、一九〇九年に完成されたもので、当時はまだ存在していない。

156 キュクロプスはギリシア神話などの伝説に出てくる一つ目の巨人であるが、その壁とは、粗面の巨石をモルタルを用いずに不規則に積み上げた、古代ギリシアの石積み法によるものを言う。東京のいわゆる外堀を言っているか。

157 毛皮やビロードの布などを筒状にし、両側から手を差し入れて、戸外での防寒具として用いるもの。

158 重陽の節句（旧暦の九月九日）を祝う祭りである。

159 建築や家具などの仕上げ面につける装飾的な輪郭。

160 「江戸の舞踏会」の章を参照。

161 ヴェルディ作曲の歌劇。一八五一年初演。

162 ベルリオーズ作曲の交響曲。一八三〇年初演。

163 ペローの『昔話』のひとつ。女主人公は空、太陽、月をあらわす三着のドレスを身につける。

164 「君が代」だろうか。「君が代」は『古今和歌集』「賀歌」の巻頭の短歌をもととしているが、江戸期までさまざまな形で歌われたこの歌は、明治期に入って国歌を作る必要性の出てきた中で新たに作曲され、一八八〇年の天皇誕生日には、天皇を祝する礼式曲として宮城内で初演奏されている。

165 十九世紀に流行した、暗い室内で幻灯機を用いて幽霊などを映す見世物。

166 いわゆる袿袴《けいこ》。この観菊御宴の前年一八八四年に婦人の和装大礼服として制定され、宮中の諸儀式で着用された。袿《うちき》、単《ひとえ》、袴《はかま》（切袴）、小袖からなり、これに履《くつ》をはき、手に檜扇を持った。

167 papillon。蝶と蛾のどちらをも指す。あとではこの衣を「シャク蛾」にたとえている。

168 おそらく山川操。「江戸の舞踏会」の章を参照。

169 ロチは pièces montées と書いている。ピエスモンテとはケーキ、砂糖細工、アイスクリームなどの菓子を高く盛って、建物の形に仕立てたものを指す。

170 捺染《なっせん》。染料に糊を混ぜた、ペースト状の色糊で布に印捺する染色技法を指す。

171 bombe glacée は円錐形のアイスクリームを指すので、先にあったピエスモンテ（註169参照）を言いかえているのかもしれない。

172 ひと口サイズのケーキ。食後のデザートやビュッフェ式の軽食の折などに供する。

173 一八七六年、シャルル・ルコック作曲のフランスのコミック・オペラ。

174 pourpré 赤紫色は、西欧においても王者、帝王の色である。

[わ]

『わが弟分イヴ』(ロチ)　263
若宮大路　91, 92, 287
ワトー、アントワーヌ　74

ボン・マルシェ百貨店　204
ポン・ヌフ　184
ポンパドゥール風　73, 77
ポンパドール夫人（ジャンヌ=アントワネット・ポワソン）　186, 285

［ま］

籬菊螺鈿蒔絵硯箱　288
マギー嬢　189
『マスコット』（エドモンド・オードラン）　79
マスネー、ジュール・エミール・フレデリック　242
松方デフレ　282
マルカイユー　77
円山公園　281
神輿　43
源頼朝（ヨリトモ）　91, 287
ミュラ妃殿下、ルイーズ　89
ミラ、アンリ・ド　83
虫蝕の鐘　152
睦仁天皇　80, 81
メアンドロス模様　121
メーチニコフ、レフ　286
メキシコ銀貨　184, 290
メロペー　47, 147
モールバラ夫人（サラ・ジェニングス）　16, 282
森鷗外　283

［や］

也阿弥ホテル　13, 21
八坂の塔　16
山川大蔵（浩）　286
山川操　286, 293
陽明門　155, 156, 158, 289
横浜（駅／港）（ヨコハマ）　60, 80, 112, 117, 119, 121, 184, 217, 226, 228, 230, 263, 265, 281, 288, 291
吉原（ヨシヴァラ）　218, 219, 222, 223, 291
「ヨハネによる 福音書」　292
「ヨハネの黙示録」　157

［ら］

ラスポーニ伯ジュリオ夫人　287
ラブレー、フランソワ　287
『ラ・マルセイエーズ』　8
ランデルノー　77, 78, 286
『リゴレット』（ヴェルディ）　242
輪王寺　144, 165
ル・コル、ピエール　263, 274, 286
ルイ十五世　186, 285
『ルヴュ・デ・ドゥ・モンド』　262
ルーヴル百貨店　204
ルコック、シャルル　285, 294
ルメートル、ジュール　114
鹿鳴館　第二章　265, 269, 284
『ロチの結婚』（ロチ）　263
ロバの皮　244

天神さん　283
殿中事件　291
ド・ゴール広場　292
ド・ミラ、アンリ　83
トゥーロン　288
東海道（トカイドー）　83, 197
東京国立博物館　287, 292
東照宮〔日光〕　157, 160
通し矢　284
ドーデ（アルフォンス）夫人、
　ジュリア　59, 284
ドーフィネ地方　10, 267
徳川家綱　289
徳川家宣　192
徳川家光　165, 289
徳川家康　150, 164, 291
徳川綱吉　191
栃木県会議事堂　290
利根川　120
豊臣秀吉　282 → 太閤様
トリオンファント号　264, 281, 286
トンキン紛争　78

［な］

長崎　60, 72, 263, 264, 265, 266, 272,
　274, 284, 288
鍋島直大　285
鍋島榮子　285
並び地蔵　173
『日記』（ゴンクール兄弟）　281
ナポリ国立考古学博物館　289
男体山　139
西本願寺　24, 282
二十八部衆〔三十三間堂〕　49
日光　第六章　199, 200, 264, 265, 271,
　274, 278, 288, 290
日光東照宮　278, 289 → 東照宮
二天門〔輪王寺大猷院〕　166
『ヌーヴェル・ルヴュ・フランセーズ』
　262
眠れる森の美女　27

［は］

化け地蔵　290 → 並び地蔵
箱根　184
長谷　98
馬頭観音　147, 289
ハノイ　286
パリ国立高等音楽院（コンセルヴァト
　ワール）　48
『氷島の漁夫』（ロチ）　263, 276
賓頭顱尊者　292
ファルネーゼのヘラクレス　165, 289
『フィガロ』　263
プヴィヨン、エミール　197
富士山　110, 120, 213, 229
二荒山神社　165, 290
ブリストル紙　194
ブルターニュ地方　263, 286
ブン将軍　67
ベルリオーズ、エクトル　242, 293
ペロー、シャルル　289, 293

三十三間堂　49, 284
三仏堂〔輪王寺〕　145
サン・マルタン祭　119
磁器製造所　31
シテ島　290
品川（駅）　184, 198, 199, 290, 291
『死のごとく強し』（モーパッサン）　261
不忍池　212, 268
芝（シバ）　199, 200, 201
渋谷　290
『ジャポヌリー・ドトンヌ』（ロチ）　261
ジャポネズリー　262, 292
シャンゼリゼ通り　211
十一面千手観音〔輪王寺〕　147
『獣人』（ゾラ）　261
十六羅漢　292
『ジュロルスタン女大公』（オッフェンバック）　67
昭憲皇太后　93, 246, 286
『小公子』（シャルル・ルコック）　255
白糸の滝〔日光〕　169
新羅　287
『ジロフレ・ジロフラ』（シャルル・ルコック）　69
神橋〔日光二荒山神社〕　142
神功皇后　89, 287
新宿　290
神道（シントー／シントーイズム）　19, 40, 45, 49, 77, 97, 118, 161, 200, 233
新橋（駅）（シバシ）　60, 61, 80, 281
神仏分離令　283
ずいき祭　283
随神坐像〔日光東照宮〕　156
セザンヌ、ポール　292
瀬戸内海　7
泉岳寺　265, 291
千手観音〔三十三間堂〕　49
浅草寺　206, 291
増上寺　199, 291
相輪樘　148

［た］

太閤様（豊臣秀吉）　22, 28, 34
第二回内国勧業博覧会　292
大仏〔上野〕　214, 292
大仏（大－仏）〔鎌倉〕　96, 97, 98, 99, 100, 101, 265
大仏〔奈良〕　32, 33, 34, 283
大仏殿　32, 33
大猷院〔輪王寺〕　165
台湾　285
高輪　291
太刀銘正恒　288
段葛　287
チャルダーシュ　48
仲哀天皇　287
中禅寺湖　290
重陽の節句　293
鶴岡八幡宮（「八幡」宮／「八幡」神社）　第四章　279, 287

大山捨松　286
『お菊さん』（ロチ）　263, 264, 272, 276, 286, 288
奥社〔日光東照宮〕　164
オッフェンバック、ジャック　67, 75
音羽の滝　19
表門〔日光東照宮〕　151
親指小僧　132

［か］

回転灯籠　152
神楽殿〔日光東照宮〕　153, 289
カドガン（風）　70, 75
鎌倉　90, 91, 96, 97, 110, 264, 265, 279, 287
上神庫〔日光東照宮〕　152
唐門〔日光東照宮〕　158
ガルガンチュア　88
『ガルガンチュアとパンタグリュエルの物語』（ラブレー）　287
カルパントラ　77, 78, 286
寛永寺　214, 215, 271, 292
観菊会（観菊の宴）　226, 259, 265, 269, 293
憾満ヶ淵　172, 290
憾満納骨搭　174
北野天神（キタノテンジ）　40
北野天満宮　283 → 北野天神
君が代　293
ギメ、エミール　286
キュクロプス　227, 293
香車堂　169
経蔵（輪蔵）〔日光東照宮〕　152
京都　第一章　91, 264, 265, 267, 281, 282, 287
御所〔京都〕　31
清水（寺）の舞台　20, 268
吉良上野介　190, 191
迎賓館赤坂離宮　292
『幻想交響曲』（ベルリオーズ）　243
皇室門〔鹿鳴館〕　226, 231
高徳院　96, 288
神戸（港）　7, 8, 55, 263, 265, 267, 281
五重塔　271
五重塔〔浅草寺〕　206, 208, 292
五重塔〔寛永寺〕　215, 216
五重塔〔日光東照宮〕　150, 289
『ゴッド・セイヴ』（イギリス国歌）　8
ゴッホ、ヴィンセント・ヴァン　292
ゴンクール、エドモン（・ド）　7
ゴンクール兄弟　281, 292
コンコルド広場　292
コンドル、ジョサイア　284, 292

［さ］

酒井忠進　289
酒井若狭守忠勝　150
薩摩藩中屋敷　284
サラワク土妃マーガレット・ブルック　225
サン=サーンス、カミーユ　242
三解脱門（三門）〔増上寺〕　199, 291

索　引

◎（　）は補足あるいは作者名等である。
◎〔　〕は同名建造物等の所属を示している。

［あ］

赤穂公（浅野長矩）　190, 191, 193
赤坂仮皇居　265, 292
赤羽　184, 290
浅草（ラ・サクサ）　202, 205, 206, 208, 211, 274, 291
浅野内匠頭　190 → 赤穂公
『アジヤデ』（ロチ）　263, 273, 276
阿弥陀如来　96, 147, 289
荒枝付き左陰三階松の紋　283
『アフリカ騎兵』（ロチ）　263, 273, 276
イヴ（ピエール・ル・コル）　83, 86, 274
石鳥居〔日光東照宮〕　150
石の間〔日光東照宮〕　163
板橋　290
五襲の衣　287
伊藤博文　226
稲荷神社　36
井上馨　59, 285
井上夫人（武子）　59, 285
井上万吉　281
ヴェネチア　11
ヴェネチア（風）祭り　63, 68, 78
上野　184, 211, 212, 213, 214, 217, 268, 271, 289, 290, 291, 292
上野公園　292
ヴェルディ、ジュゼッペ　293
ヴォクリューズ県　286
『美しき青きドナウ』（ヨハン・シュトラウス2世）　73
宇都宮（駅）　121, 123, 126, 140, 171, 182, 274, 289, 290
産の宮　169
英照皇太后　282
エカール、ジャン　117
江戸〔ロチは東京をこう呼ぶ〕　第八章　48, 91, 226, 227, 230, 265, 284, 291
江戸湾　189
応神天皇　287
お梅さん　113
『お梅さんの三度目の春』（ロチ）　265, 288
大阪　11, 281
オードラン、エドモンド　286
大山巌　286

装丁・本文組　細野綾子

ピエール・ロチ　Pierre Loti

本名ジュリアン・ヴィヨー。1850年フランス、ロシュフォール生まれ。フランス海軍士官となって世界各地で任務につき、その時々の体験をもとに『アジヤデ』、『アフリカ騎兵』、『氷島の漁夫』などの小説、及び旅行記を発表した。その文筆活動により、1891年に弱冠41歳でアカデミー・フランセーズの会員に選出されている。1923年死去。なお、日本での滞在をもとに小説『お菊さん』、『お梅さんの三度目の春』、旅行記『日本秋景』が生まれている。

市川裕見子　いちかわ・ゆみこ

1953年東京生まれ。東京大学教養学科イギリス科卒業。同大学院比較文学・比較文化博士課程単位取得。宇都宮大学国際学部教授を経て、現在宇都宮大学名誉教授。近代日欧比較文学を専門とする。主な訳書にルシラ・バーン『ギリシアの神話』（丸善ブックス、1994年）、M・J・グリーン『ケルトの神話』（丸善ブックス、1997年）、アンリ・トロワイヤ『フロベール伝』（共訳、水声社、2008年）、アンリ・トロワイヤ『トゥルゲーネフ伝』（水声社、2010年）がある。

日本《に ほん》秋景《しゅう けい》

ピエール・ロチの日本印象記《にほんいんしょうき》

2020年9月25日　初版発行

著者　ピエール・ロチ
訳者　市川裕見子
発行者　松田陽三
発行所　中央公論新社
〒一〇〇-八一五二
東京都千代田区大手町一-七-一
電話　販売　〇三(五二九九)一七三〇
　　　編集　〇三(五二九九)一七四〇
印刷　図書印刷
製本　大口製本印刷

定価はカバーに表示してあります。落丁本・乱丁本はお手数ですが小社販売部宛お送り下さい。送料小社負担にてお取り替えいたします。

Published by CHUOKORON-SHINSHA, INC.　Printed in Japan　ISBN978-4-12-005333-7　C0021
http://www.chuko.co.jp/